U0092006

# 復貴盈門

4

風 文創 057

雲霓 著

# 目錄

# 第一百三十七章

屋子裡是火焰吞沒一切的噼啪聲，外面是叫喊救火的聲音。

在她的新婚之夜，耳朵裡被這些淹沒，沒法將其他的話聽得更清楚。

她馬上就要和這婚房裡所有的東西一樣被火燒盡，外面的事已經和她沒有半點關係。

不知道過了多久，眼前出現一個模糊的身影，緊接著有人喊：「奶奶、奶奶……」

她被抬出火海，新鮮的空氣一下子擠進她的胸口，琳怡睜開乾澀的眼睛，眼前是林正青的臉。

琳怡霍然睜開眼睛，窗外已經有柔和的光透進屋子。

她這才完全清楚，剛才那個是夢。

奇怪的、和現實完全不同的夢。

「郡王妃該起床了，」橘紅笑著道。「一會兒還要去給老夫人請安。」

琳怡不見周十九的身影。「郡王爺呢？」

橘紅道：「郡王爺起得早，已經騎馬出去了。」

騎馬出門是練武？還真是天天不停歇。

琳怡從床上起來，立即感覺到兩條腿痠疼。「誰服侍的？」

橘紅沾了薄荷水給琳怡梳頭髮。「奴婢看到的時候，郡王爺已經穿戴好了，奴婢只打了水伺候梳洗……」

昨晚還是連扣子也不會繫的樣子，今早就自己穿好衣服出了門。說話間，白芍帶著丫鬟、婆子魚貫進了屋子，換的衣服、鞋子、首飾都準備妥當，只等著一樣樣往琳怡身上穿戴。

第一天早晨和成親那天一樣，穿戴都是要非常講究，作為宗室婦還要戴上領約和彩帨。打扮好了，周十九也進門來。

他比昨日更加神清氣爽，騎了一圈馬也不見疲憊。

兩個人都換好了衣服，去三進院裡給周夫人請安。

白芍已經向府裡的嬤嬤打聽過，這二進院原是給周老太爺和周老夫人準備的，周夫人不肯住，搬去了三進院子。

琳怡相信，周十九若是沒有打了勝仗回來，周老夫人絕不會搬去三進院。

琳怡跨進三進院，耳邊立即聽到一陣笑聲。「來了、來了，可比我那時候準時呢！」

既然誇她，她哪有不笑著受的道理，琳怡對上周大太太的笑容，上前去給周老夫人行家禮。

周老夫人忙讓人攔著。「該我們先行禮，然後才是家禮。」

新婚第一天，晚輩哪敢禮數不周到？在別人眼裡，周十九的康郡王爵位沒有周老太爺和老夫人是得不來的。

還好關鍵時刻周十九沒讓琳怡費口舌，接上了孝賢的話。

周老夫人受了大禮，接著周大老爺、周二老爺一家上前和琳怡認識。琳怡也來去過周家兩次，對周家女眷還是相識的，很快就將所有儀式走完。

落坐之後，周十九提出來要看看周老太爺。

周老夫人表情有些傷心。「也好，從昨日起就念叨著你呢。」

周老太爺留在從前的老宅子裡。成親第一天，本來就要回宗室營認親，宗室那邊的人口眾多，就算將主要的親戚看全了，也要花上一天的時間。

周十九和琳怡帶了禮物，早早就出發。

周老夫人讓周大太太攙扶著也上了馬車。

馬夫緩緩駕馬前行，車馬串連在一起，倒真像是一家人。

周十九在外騎馬，寬大的馬車內只有琳怡和白芍兩個，白芍拿了軟軟的靠墊讓琳怡靠著，她正好補眠。

馬車到了周家老院子，已經有不少的宗親等在那裡。

琳怡被親切地迎進屋內，和周十九一起先去看了病在床上的周老太爺。

炕上隱約堆積出一個瘦骨嶙峋的人形，琳怡之前也聽說過不少周老太爺的事，早年在先帝跟前也受過倚重，著實過了段春風得意的日子，不過內宅過得有些不消停，差點為了個棄婦做出休妻的舉動，卻在康郡王一家被奪爵之後伸出援手，之後就辭官在家，再也沒有入仕，周家全家只靠朝廷發的養廉銀子度日。

見到周十九和琳怡請安，周老太爺似是有些激動。琳怡從那混沌的目光中似是看到了和長房老太太看自己時一樣的眼神。

慈祥的，滿懷關切。

周老太爺眨眨眼睛，流下一行眼淚。

周老夫人上前親手給老太爺擦眼淚，老太爺整個人似是哆嗦了一下。

周老夫人嘆口氣。「老太爺心裡最放不下的就是郡王爺，我們大老爺、二老爺成親的時候，老太爺可沒這樣。」

周老夫人的賢名除了養育姪兒，還有照顧病在床上的老太爺。

琳怡將宗室親屬認得差不多了，坐到一旁休息，看到有人陸續地看過周老太爺，然後坐下來勸周老夫人。「現在郡王爺成了親，妳也少了塊心病，這些年妳可真是不容易，日後要多疼疼自己才是正理。」

本來是新婦的認親宴，而今周老夫人順利做了主角，琳怡倒是樂於在旁邊聽聽大家說閒話。

又有長輩抹著眼淚出來。「照顧老十一這麼長時間也虧了妳，我知道妳心裡定是辛苦的。」

周老夫人親切地看了一眼周老太爺住的內室。「也不覺得辛苦，早年老太爺在外面奔波，而今在家裡，也該輪到我好好侍奉。」

這番話真是讓人欽佩。

這樣的嬸娘至少在名聲上讓人得罪不起。

琳怡正拿起茶來喝，耳邊聽到熟悉的聲音。「六妹妹。」

琳怡轉過頭，看到了臉色紅潤的琳婉和周元廣。她和琳婉都嫁來了宗室，算上是多了一層親。

琳婉的婆婆鎮國公夫人顯然對這個兒媳婦很是滿意，笑著拉起琳怡的手。「唉呀看看這手涼的，突然見到這麼多人肯定心裡慌著，早知道就讓妳姊姊先過來陪陪妳。」

鎮國公夫人、周元廣和琳婉將琳怡圍住，琳怡和琳婉對視一笑。「嫂子那時慌張嗎？」

鎮國公夫人看著滿面笑容的康郡王妃陳氏，陳氏眼睛閃亮，似是很認真地在等琳婉回答。按理說，這時候在夫家看到娘家的人該是倍感親切，陳氏卻並不領這個情。

現在在周家而不是陳家，無論怎麼說，琳怡都該叫琳婉嫂子，琳婉不該叫六妹妹而是郡王妃。

琳婉道：「我當時沒這麼多的人。」

琳怡笑容更深。「那嫂子該識得很多親戚了吧？嫂子再指一遍給我認識。」宗室的親戚關係最為複雜，她備嫁這段時間，每日都聽長房老太太細數，可是大家混在一起就很難辨別，尤其是大家穿著相同款式的衣服，相信琳婉也認不出幾個。

琳怡親切地拉起琳婉。新婦認不全人很尋常，琳婉閒著無事做，正好幫忙。

提出幫忙的人是琳怡，琳婉自然不能拒絕，只得拉著琳怡將周家繞了一圈，最後來到了一群同輩婦人中間說話。

有爵位的婦人居多，沒有爵位的就是閒散宗室。

和勛貴的爵位不同，宗室爵是因血親恩賞的，所以沒有勛貴爵位來得有說服力，大家表面上互相禮敬，其實暗地裡互相不服氣，經常傳彼此的閒言碎語。

哪家的通房小妾得寵，這些人是如數家珍。

琳怡從這些話裡知曉，原來成親時在喜房裡看到的兩個相貌十分漂亮的丫鬟，就是通房丫鬟。

通房是通房，不過名不副實。

琳婉在這邊說話，周元廣不停地看過來，琳怡只覺得那雙眼睛裡頗有怨氣。

女眷們說話，男人們出去騎馬。

女眷們抱怨著笑。「也不知道那臭臭的畜牲有什麼好的，每次只要聚在一起都要出去賽馬打獵。」

女眷們有深意地看了琳怡和琳婉一眼。「從前都是元廣拔頭籌，後來才知道康郡王會騎馬，一下子就將元廣壓了下去。」

周元廣的母親、鎮國公夫人穩穩地端起茶杯。康郡王才回到京裡，又剛剛成親，這次誰贏了還不一定。想及之前的傳言，她就覺得可笑。聽說康郡王回京的路上還縱容手下收搶民女，年紀輕輕的人帶兵在外，管束不住手下人也是正常，錯就錯在進京之後太過張揚，讓有心人將這些醜事挖出來。

皇上一抬舉，毛頭小子就頭腦不清，這樣下去定要栽個大跟頭。

女眷的宴席準備好了，琳怡正要扶著周老夫人入席，管事嬤嬤急匆匆地進門，走到周老夫人身邊低聲耳語。

周老夫人臉上一變。「有沒有摔成什麼樣？」

鎮國公夫人的耳朵豎起來，心中頓時欣喜。老話就說過，男人才成親是斷不能騎馬的，要知道馬上功夫關鍵在於腿腳，腿腳發軟不聽使喚，定會控制不住那畜牲。

周老夫人皺起眉頭。「早知道就不該讓他們去騎馬，這大喜的日子可如何是好？」

周圍的安靜下來，琳怡等著周老夫人下句話。周十九不是毛躁的人，不會輕易從馬上摔下來。若是周十九，周老夫人的眼睛早就盯在她臉上，既然沒有她的事，她也不用跟著驚慌。

# 第一百三十八章

琳怡才思量完，周老夫人一眼看在鎮國公夫人臉上。「元廣騎馬腳踩空了，不小心扭了腰。」

鎮國公夫人的臉色立即變了，再也沒有閒看落花的神情。「這……這是怎麼回事？」

琳婉忙去扶鎮國公夫人。

周老夫人忙道：「傳回話來說沒事，我已經讓人去請郎中過來……」

不多時又傳回來消息，說周元廣回來了，周老夫人和鎮國公夫人帶著琳婉忙去看了。琳怡在內院裡照顧其他女眷。

白芍遣了機靈的小丫鬟去打探情形，不一會兒工夫就傳到琳怡耳朵裡。「是跟郡王爺比馬摔翻了。」

那可真是不小心。

知曉的女眷都嘆氣。「兄弟倆怎麼這時候較上了勁。」

琳怡眼觀鼻鼻觀心，自顧自喝茶。作為新婦，這裡面的玄機她可不知曉。

周元廣摔得一瘸一拐，鎮國公夫人一家沒有了作客的心思，周大太太忙讓門房備了馬車，將鎮國公一家妥善送了回去。

進了家門，鎮國公夫人安頓好滿頭冷汗的兒子，兩隻眼睛搓得通紅。

等到鎮國公也回來，鎮國公夫人顫抖著手抱屈。「欺負人欺負到我家頭上來了，我們家老爺立軍功的時候，他還不知道在哪家門檻上捧冷飯呢！誰不是鳳子龍孫，這般張狂，將來還要被革出宗室！」

鎮國公也頗心疼兒子，瞪圓了眼睛看老妻。「也是妳兒子不爭氣，人家出征回來又剛成了親，這樣也比試不過?!」

鎮國公夫人紅了眼圈，尖著嗓子。「國公爺，您以為這靠的都是本事？是我兒不如人奸詐罷了。這次八成是看在您的臉面上保住我兒一條性命，明兒還不知道在哪裡使絆子。皇上信任的宗室就那麼幾家，您是礙了人家的眼，您老了，該將兵權讓給旁人了，再說那是您的姪兒，爵位還比您高上許多呢，您要手把手地教，教出個中山狼來，轉過頭吃了我們一家！」

鎮國公眉毛一皺。鎮國公夫人知曉見好就收，倒了杯茶給鎮國公。「當年生下元廣，你就去了邊疆，辛苦了多少年才有如今的地位。康郡王乾等著就撿了這麼大的軍功，可見咱們算計不如人家。廣兒生性敦厚，將來必定是要吃虧的，就像秋獵那次，本來好好的路是給元廣鋪的，最後卻讓元澈復了爵……」

鎮國公喝口茶，就將茶杯重重摔在矮桌上。「沒有年紀輕輕就手握重兵的，皇上的恩寵也沒那麼容易享。」

鎮國公夫人挑起眉毛。「國公爺的意思是……」

鎮國公道：「既然將來要身負要職，自然免不了去邊關吹上三、五年的風。」

京裡沒有人幫忙打點，去了邊疆就沒那麼容易回來，康郡王又攀了個文官做姻親，就算在聖前磨破嘴皮又有什麼用？

鎮國公夫人抿著嘴笑。這麼一說，剛成了親就要去守邊，偌大的一個康郡王府就要十五歲的丫頭撐著……藉這個機會，周老夫人還不磨磨新媳婦的性子？好戲還在後面。

周老夫人準備留在老宅。在周家女眷苦口勸說下，周老夫人決定選個吉日將周老太爺搬去康郡王府，跟著姪兒享享福。

周家長輩都誇周十九，這個姪兒沒白養。

康郡王府在京城北邊，達官顯貴的宅第都在附近，北邊靠著西山下來的水，地氣最好，周老夫人不想過去，可是周老太爺重病纏身，過去住下，說不得病就會有起色。

周老夫人一點沒有替自己著想。

只要提到叔嬸一家搬去康郡王府，所有人的目光都落在琳怡身上。

琳怡只好出來做好人，其實她最不願意說假話。「嬸娘養育了郡王爺這麼多年，也該讓我們來孝順。」

周大太太得意地彎起嘴唇。早知道繞不過去一個孝字，她會風風光光地搬去康郡王府。

周老夫人也頗為欣慰，眼睛裡都是對這個姪兒媳婦的滿意。

周大太太笑著去擦眼角。「我們一家人真是不容易。」

等的就是這一句。

琳怡在眾人注視下看向周大太太。「日後大嫂、二嫂也要常來常往，三進院裡有好幾個套院，我都讓人收拾乾淨……」

周大太太的笑容僵在臉上。

琳怡以為自己說錯了話，有些不自在地去看周老夫人。

屋子裡的氣氛也有些奇怪。

周大太太攥緊了帕子。

琳怡衝著周大太太的方向勉強笑。「我是……真心的……郡王府那麼大……又有叔父、嬸娘在，既然是一家人，就該常常來往。」琳怡垂下眼睛。「我也很喜歡全哥。」

全哥是周大太太的長子。

邀請來康郡王府住下，和讓周大老爺、周二老爺兩家順理成章地搬進門是兩個結果。一個是康郡王府由她這個郡王妃作主，另一個是周大太太管家在先，她想改弦易轍就要大費周章，她何必多費力氣。

看著琳怡臉上怯生生帶著羞澀的笑容，周老夫人慈祥地笑著。她是沒看錯陳氏。這麼多宗室在場，陳氏都不在意，順理成章地演著她的戲碼。

這般熱情的邀請，而不是開口婉拒，她想開口諷刺，也找不到由頭。周大太太一下子被憋住。

琳怡恭謹、溫和地笑著，在任何目光下，那份笑容都萬分坦然。

醜話說在前頭，周大太太要知道，就算硬著頭皮搬進康郡王府也不能再管家，事事都要聽她安排。

最終還是周老夫人解圍。「一家人不說兩家話，看到妳們這樣，我是比什麼都高興。」

被周十九算計到了周家，她更要做好這個康郡王妃，否則她自己這關就過不去。琳怡安靜地笑了。

馬車回到康郡王府，白芍先下車，掀開錦簾，琳怡走到車廂邊，周十九已經站在一旁伸手將她抱了下來。

她小巧的手握在他手裡是溫暖的。

被這麼多宗室圍在中間，她臉上沒有半點的慌亂。如同在鄭家時，表面上對他恭謹，實際卻不肯後退半分。

琳怡抬起頭看周十九。

周十九平靜疏朗的眼睛裡是清淺的笑容。在眾目睽睽之下讓周元廣丟盡了臉面，是在算計什麼？

一場認親宴，大家都各有收穫，只不過她是動了心思，而周十九是勞了筋骨。

白芍領著丫鬟伺候周十九和琳怡梳洗。

忙了一天，躺在軟軟的被褥裡，伸展手腳覺得無比舒服，聽到周十九的腳步聲，琳怡將身體挪到床裡。

烏墨般的長髮散下來，擋住了些臉上清晰的線條，就算神采秀徹也不會讓人覺得灼眼。

周十九躺下來。帳子裡，除了琳怡身上淡淡的花香，多了種似薄荷混雜著木葉的氣息，琳怡不太習慣身邊忽然多了個人，好像手腳一伸都會打到對方，昨晚是累極了，不知道今晚什麼時候才能睡著。

還好周十九這個鳳子龍孫不是白做的，睡覺姿勢很正統，呼吸聲音很淺，幾乎沒有半點聲音。

琳怡試圖想像自己仍舊在閨床上。

小心翼翼地翻過身，睡不著；再轉過來，仍舊睡不著。

覺得冷，將被子扯到脖子上，不一會兒又覺得熱……

琳怡又折騰了兩回，耳邊傳來清澈的笑聲。「睡不著？要不要我讓人掌燈？」

「別。」琳怡馬上拒絕。「看了光就更別睡了。」

「不習慣？明日回門問問能不能將家裡的床鋪搬來。」

琳怡正在聽周十九說話，只覺得腰上一緊，落入他的懷抱。琳怡剛要掙扎，周十九的聲音傳來。「兩個人蓋被子不暖和。」

真的？

這樣是暖和了，不過讓她更不習慣。「那不如讓人再拿床被子進來。」

周十九指指被子。「百子被，要兩個人睡才吉利。」

所以她之前在腦子裡想的兩種方法全都不行，既不能換被子又不能去旁邊的炕上單睡。放棄了心裡的想法，反而覺得不再如坐針氈。

琳怡吐口氣，漸漸在周十九懷裡放鬆，慢慢地就真的睡著了。

清晨的空氣總是讓人覺得清爽，天還沒有完全放亮，琳怡就睜開了眼睛，意外發現周十九還在身邊。昨天早晨周十九已經出去騎馬了。

琳怡要起床，卻被腰間的一雙手拽了回去。「冷。」

這時候天氣已經不涼了，難不成是生病了？她伸手去試探周十九的額頭。

手指被拉下來，模糊的晨光下，周十九的笑容舒展著。「還早，再多睡一會兒。」

她早晨只要醒來就沒有再睡的習慣。「郡王爺睡吧，我去整理回門的物件兒。」

「妳不累？」

琳怡覺得腰間的手一鬆，直起身來要去拿枕邊的長簪固定頭髮。「不累了。」話音剛落，琳怡就覺得固定的長髮又散開，她也順勢倒在床鋪上。

「元元，行不行？」好聽的聲音就像從琴瑟中彈出來的一般。

行不行？最後一個字如同嘆息。

# 第一百三十九章

突然被周十九喊「元元」，她還有些不適應。

喚小字是夫妻之間常見的事，周十九說出來彷彿順理成章，琳怡卻覺得心裡難言的彆扭。

「其實還是……」叫琳怡的好。

她的話沒說完，只覺得一隻手順著她的小衣探了進去，她這才明白，周十九問的行不行，不是問這樣喊她行不行，而是……

「今天還要回門呢。」琳怡試圖阻止那隻手。

周十九微微笑著。「半個時辰婆子就會來叫起了。」

這和她說的是一個意思，讓下人聽到了動靜，日後她這個做主母的要怎麼管家，再說天已經亮了，出嫁的時候引教嬤嬤還千叮嚀萬囑咐要勸說姑爺有節制。

周十九嘴上這樣說，手指靈巧地將她的衣帶解開。

哪有這樣賴皮的，明明都已經說好了……琳怡就要躲開。

溫熱的手拉住她的，往前指引，最終落在他的小腹上，灼熱、堅硬的東西輕翘在腹部，琳怡手放在上面，那裡還輕輕地搏動。

琳怡只覺得全身的血液順著指尖一下子到了臉上，想要抽手，卻被周十九攥得緊緊的。

周十九笑得散漫。「我這個樣子怎麼辦？」

還有半個時辰婆子就要叫起了，這樣怎麼辦？
這個問題就是再聰明也想不出結果。
看到琳怡臉頰緋紅，目光一瞬間渙散，周十九轉個身，將琳怡壓在床鋪間。
隔著褻褲的摩擦依舊讓人覺得危險，火熱的堅挺抵在她腿上，輕觸著緩緩移動，如同心跳的節律般。周十九的呼吸從清淺逐漸變得急促，修長的手指在她腰間輕揉著，手指一翻，將她的褻褲褪下來。
身上突然一涼讓琳怡覺得有些戰慄，立即想起新婚之夜的疼痛，腿也輕輕地合起來。
周十九抬起頭，清澈的眼睛閃爍。「這次我會慢一些。」
琳怡還沒說話，他的吻已經落在她嘴邊，一時間氣息相纏，不辨彼此。

康郡王府的馬車按時出發，浩浩蕩蕩地到了陳家長房。
陳家的親戚都在門口相迎。
周十九將琳怡從馬車上接下來，兩個人進門先給長輩磕頭行禮。
長房老太太受過禮，輪到小蕭氏，小蕭氏手腳冰涼，神情頗為不自在，她可是第一次被宗室尊禮。
禮數過後，陳允遠帶著周十九去認親。琳怡就去內室和長房老太太、小蕭氏、琳霜說話。
長房老太太先問起周老夫人的消息。「怎麼樣？準備什麼時候搬去康郡王府？」
琳怡將昨日定下的吉日說了。

長房老太太看著琳怡頷首。「有些話該說就要說，這下讓她們自己去思量，是要進郡王府受妳的管制，還是留在老宅自己作主。」

周家的事，琳怡不想讓長房老太太操心，笑著轉開話題，去問長房老太太的身體，然後站起身將老太太這幾日吃的糕點和蜜餞都看了一遍。「一會兒我去給祖母做酸棗糕吃。」要不是早晨周十九……她已經做好拿過來了。

琳怡說著從橘紅手裡接過紫蘇。「這個祖母留著，等過兩個月就可以摘來做成茶。」紫蘇茶宣肺止咳，理氣和中，適合祖母長期喝。從前她在祖母身邊用紫蘇葉子來做糕點，現在她不能每日照料，就選了做茶的法子。

長房老太太看著滿屋子跑來跑去為自己忙碌的孫女笑了。

白嬤嬤在一旁道：「這幾日可是難見老太太的笑容。」自從六小姐的花轎抬出陳家，老太太就在數日子。

回門的時間很緊，大家就揀重要的說，長房老太太讓白嬤嬤拿來兩張魚鱗冊遞給琳怡看。「妳出嫁那天，康郡王讓人送來的聘禮，我們當時沒有仔細察看。」

琳怡拿起魚鱗冊。這是三河縣的田產。她立即想起回陳氏族裡時，在田埂上看到周十九身邊的陳漢。

「這是……」長房老太太緩緩道：「這是我們陳家一直想買回的地。」

那兩塊地在陳氏一族住的三河縣，無論什麼時候都會受陳氏族裡庇護，再說有琳霜和葛家在那邊，平日裡也好照應，沒有比這更好的保障了。

大約是看到了周十九的誠意，長房老太太也開始漸漸接受這個孫女婿。「妳在郡王爺身邊，也要多提醒著他點，他年紀小又獲重恩，未必就是好事。」

長輩的話很快就應驗了，陳二老太太一家來到長房，琳怡立即見到董長茂的夫人尚氏閃爍的神情。

陳二老太太一家送給琳怡的禮物不少，尚氏還送了一對金娃娃給琳怡。「咱們川陝都興這個，擺在床頭櫃子上，將來好生養。」

拿到那對金娃娃，琳霜在一旁腹誹，這不過是金疙瘩又不是會下蛋的母雞，還管什麼生養。

總之，表面上的禮數大家都不缺。

二老太太董氏也拉起琳怡的手。「我們家的貴人，轉眼就做了郡王妃。」

宴席上，大家更是將周十九好一陣子誇讚。

尚氏笑著道：「這麼年紀輕輕就立大功，咱們大周朝可是頭一份吧，日後定是前程無量了。」

琳怡吃著茶，忽然懷念起琳芳來。如果琳芳在這裡，她就能從琳芳嘴裡聽到些消息。

琳怡才想起琳芳，族裡就有女眷問到二太太田氏。「狀元郎準備什麼時候迎娶四小姐？」

二太太田氏倒是榮辱不驚，和善地笑著。「本來是定在明年，可是林家那邊著急就改了婚期，下個月就要迎娶。」

林正青這麼著急將琳芳娶回去？

眾人都笑道：「狀元郎生怕說好的親事有變呢！」

這話二太太田氏聽了也覺得臉上有光。

吃過宴席，琳怡和琳霜兩個坐下來說話。琳霜明日就準備啟程回三河縣了，琳怡頗捨不得。

「要不然妳來郡王府和我住兩日。」

琳霜笑道：「妳才新婚，還是等下次吧，我也想看看郡王府到底是什麼樣呢。」

從陳家長房出來回到郡王府，琳怡開始帶著丫鬟、婆子將康郡王府好好遊了一圈，讓人將三進院子再收拾一遍，主院子留給周老太爺和周老夫人住，東、西兩側的院子做成客房，等王府來客人的時候住。

另從庫房調了幾套家什放在裡面，讓伺候院子的丫鬟、婆子登記在冊。

幾個時辰下來，雷厲風行，讓郡王府裡的下人都覺得驚訝，當中有幾個婆子要多嘴，都被琳怡身邊的鞏嬤嬤看得將話憋了回去。

琳怡從早晨起來就累得腰痠背疼，勉強支撐到現在，也沒時間和康郡王府裡的下人兜圈子，乾脆將罪魁禍首周十九拘來，向周十九詢問。「不知道家裡常用哪家的人牙子？」

周十九是一問三不知，在眾多下人面前果斷地搖頭。「內宅的事我不懂，妳來安排。」

周家眾多下人頓時洩了氣，不住地向旁邊兩個穿著不尋常的大丫鬟用眼色。

周十九的兩個通房丫鬟，兩雙如煙似霧的眼睛看向周十九，周十九沒明白裡面的意思，轉身出了門。

這下子眾人總算知曉，這個康郡王府由郡王妃主宰。

內宅的事告一段落，琳怡舒舒服服洗了個熱水澡，換好衣衫準備休息，不一會兒工夫，周十九也好整以暇地踱步回來，琳怡讓橘紅傳了溫水來給周十九梳洗，兩個人很快躺在大床上。

琳怡本以為還要像昨晚一樣，好半天才會睡著，誰知道沾上枕頭很快就夢周公去了。

第二天，琳怡早早就起床，讓廚娘煮了軟軟的山藥粥，準備了四碟小菜，然後又將郡王府的管事的見了一遍，和鞏嬤嬤商量哪個得用哪個不得用，正說著話，橘紅進門道：「郡王爺回來了，等著郡王妃換衣服呢。」

周十九在家裡穿的長袍，琳怡已經拿了出來，又安排從前伺候周十九的丫鬟等在屋裡……難不成是哪裡伺候得不妥當？

琳怡回到房裡。情形沒有她想得那麼壞，丫鬟們都在門外候著，周十九坐在椅子上看書，專等著琳怡回來。

琳怡親手解著他的扣子，慢慢地道：「怎麼不讓丫鬟伺候換衣服？」

周十九悠然道：「笨手笨腳的，沒有一個伶俐。」

這話可是真的？

吃過早飯，鄭七小姐的信到了，琳怡回信請鄭七小姐來作客，信才發出去，鄭家就來人傳話，鄭七小姐一會兒就坐車過來。

鄭七小姐的急性子，是改不了了。

現在，康郡王府裡只有周十九和琳怡，鄭七小姐再熟悉不過，進門就拖著琳怡去逛郡王府。

「就是現在住得遠些，要是能在旁邊就好了，我們每日都能見面。」

琳怡笑著道：「那也容易，等過幾年妳在附近置了宅子……」

鄭七小姐開始沒明白，轉念想及琳怡的意思，伸手去搔琳怡的癢。

兩個人笑了一會兒，鄭七小姐道：「妳還不知道，周琅嬛最近也要嫁了，到時候我們就又能在一起說笑了。」

鄭七小姐正說著，橘紅來傳話。「國姓爺家的嬤嬤到了，說給郡王妃送帖子呢。」

鄭七小姐掩嘴笑。「有些人就是不經念叨。」

國姓爺家的嬤嬤笑容滿面地向琳怡請了安，恭敬地將帖子送給琳怡。「康郡王妃和我家二小姐是手帕交，我家二小姐成親那日，還請康郡王妃定要過去。」

之前是琳霜送她上轎，難不成這次是她送周琅嬛？

# 第一百四十章

周琅嬛來請她，她也不能不去，琳怡笑道：「若沒有旁事定是要去的。」國姓爺家的董嬤嬤向琳怡福身。「那是好了，我們小姐聽了不知多高興。」

董嬤嬤走了，鄭七小姐和琳怡坐在一起說笑一會兒，側臉看看沙漏，時間過得飛快，偏有許多話總也說不完，可是今天重要的事還沒做，心裡想著，忙將身邊的葛嬤嬤叫來給琳怡。「這是給我們家教管過下人的嬤嬤，宗室營那邊有好幾家都是用她教下人禮數。」

周老太爺和周老夫人搬進康郡王府，府裡定是要辦宴席的，請的都是宗室，若是禮數上有半點差錯，都會讓人看了笑話，就算她從陳家帶來的管事嬤嬤能盡心，有些宗室裡的事，她們畢竟還是不能知曉，需請個懂得的嬤嬤來看看，防患於未然。她寫信向鄭七小姐打聽，鄭七小姐不但帶來了嬤嬤，自己還跟著跑了過來。

葛嬤嬤謙虛了幾句，琳怡讓鞏嬤嬤帶著葛嬤嬤去四處看。

鞏嬤嬤知曉這事的重要，打起了十二分的精神。

等到周老太爺、周老夫人搬進來，許多事做起來就沒這樣順利了，郡王妃要立威，讓下人知曉郡王妃雖然年輕卻不是好糊弄的。葛嬤嬤將規矩教下來，郡王妃從旁看著，挑選幾個管事嬤嬤。

隨著宅子賜下來的家僕不多，若是不能好好用著，將來只怕敵不過周老夫人帶來的下人。

鄭七小姐在一旁小聲道：「母親說你們新婚，不讓我坐的時間長，要不是為了這件事，我還不能來呢。」

琳怡剛剛成婚，總是要過幾個月才好和外面正式走動。

琳怡讓橘紅拿來只雙魚榆木鑲貝盒子，打開之後，裡面是一塊魚形玉珮，玉珮下是琳怡親手結的攢心梅花絡子。「看看喜不喜歡，我成親的時候家裡拿來讓我瞧的，我自己留個一塊，這塊給妳。」

鄭七小姐聽說琳怡有塊一模一樣的，就歡歡喜喜地收了。

她知道鄭七小姐過來，吩咐廚房做了杏仁酥和核桃糕。

鄭七小姐看到糕點，挑起眉毛笑了。「我就知道妳最好了。」

兩個人又說了會兒話，琳怡才將鄭七小姐送走。

回到房裡，琳怡聽葛嬤嬤將府裡的情形說了，現在郡王府的人手顯然是不夠，要想在牙婆子手裡買到合適的也不能著急，好在郡王府只修葺好了第二、三進院子，第四、五進院子要等到年底才能用，那時候人手再陸續進來，這樣已經能選出來得力的管事，府裡進來新人更容易撥用。

琳怡也是這樣思量，葛嬤嬤來郡王府幫著郡王妃選管事人選的消息很快就能傳出去，到時候金子、銀子都會想盡法子發光，她只要在旁仔細瞧著，總能選到合適的人選。

琳怡和葛嬤嬤說完話，橘紅進來稟告。「郡王爺出去了，說一會兒就回來。」

雖然皇上放了周十九大假，可是政局瞬息萬變，稍不注意機會轉瞬即逝，周十九人在家裡，心依舊在朝堂。

琳怡帶著白芍和橘紅。「去瞧瞧晚上廚房做些什麼。」

在廚房安排好飯菜，又將廚娘的拿手菜問了個遍。雖然不合琳怡的胃口，卻是標準的京味兒菜，想必擺宴席時大家能吃得慣。

琳怡想再去花房遛達一圈，橘紅來道：「郡王爺回來了，請郡王妃回房裡呢。」

周十九這麼快就回來了。

琳怡走到第二進院子，走上通往主院子的臺階，就聽到調琴弦的聲音。在陳家時，琳怡聽過周十九彈琴，不過當時她只聽了半曲就走開了。

琳怡進了屋，看到束著手恭立在一旁的商家，那婦人上前給琳怡行了禮。

周十九正笑著調眼前的七弦琴。

琳怡走上前幾步，流暢的曲聲立即響起，雖然曲子琳怡並不太熟悉，可知是上次沒有聽完的後半曲。

屋子裡只有清澈的琴音。

琳怡忽然想到，琴瑟在御，莫不靜好，大抵是這個意思，只不過琴對，人對，只是感覺上有些出入。

一曲終了，商家婦人恭敬地誇道：「這具琴是店裡最好的了，郡王爺彈著上手，不如就留下。」

周十九抬起頭看向琳怡，目光清澈明亮。「我不大會挑琴，妳來看，好不好？」

琴有四善又有九德，能彈琴的人自然知曉這琴到底好不好。

旁邊的商家婦人彎著腰喜誇自己的琴。「……透、潤、靜、圓、勻、清、芳……難得會見這樣的好琴，康郡王妃，您就將這琴留下吧，錯不了。」

每說到一個，周十九的笑容都彷彿更深些，長長的袍袖劃過琴身，眼睛裡的神采透澈卻讓人猜不透、摸不清，嘴角彎彎地對著她笑，那笑容是單純又有些青澀的朦朧，與甲冑加身、騎在馬上威風凜凜的模樣彷彿出自兩人。就是這般的差別，很容易讓人心生忐忑。

能將琴的九德彈出來，不是因琴好，而是彈琴的人。

自從成親之後，周十九就人前人後地縱著她，幾乎人人都知曉，康郡王對這門親事十分滿意，她這個郡王妃因此也做得順風順水。

這樣正好順著彼此的意思。

琳怡轉頭看商家婦人。「我們郡王爺用著順。」

商家婦人十分歡喜，下去和管事的領銀錢。

琳怡吩咐橘紅。「讓廚房擺飯吧！」

糕點是琳怡教著廚娘做的，千層酥、貓耳卷、糯花糕，總是和外面做得不一樣，千層酥裡放了乳酪，貓耳卷裡用了芝麻、杏仁碎，糯花糕裡放了桂花。

另有幾道清炒的小菜配著廚娘做的米粉肉，還用糖細熬了一碗山楂羹。

等到康郡王、郡王妃用完了膳食，從周家來郡王府的嬤嬤笑著走到廚房裡與廚娘說話。「從來沒見過這麼精緻的菜式，郡王爺也用得好，咱們郡王妃真是手巧，中饋上的事就不是旁人能及的。」

整個廚房的下人都高興起來，本以為郡王妃會將廚房的人手都撤換成從娘家帶來的陪房，今天看來郡王妃是不論親疏，真正在選能擔當的人。

廚房裡可是極好的差事，這樣一來，誰都有可能在這裡扎根。

待到幾位嬤嬤出了門，年輕的媳婦們聚在一起商議要怎麼將郡王府的宴席做好。

薔薇正好到廚房裡要糖水，吩咐媳婦子做。「用紅糖塊熬些送進屋裡來。」

薔薇是郡王爺從周家帶來的大丫鬟，傳是給郡王爺做通房的，郡王爺成親之後卻被晾在一邊，連屋都進不去，現在看郡王妃的勢頭，薔薇和碧玉兩個大丫鬟遲早要被嫁出去。

討好郡王妃的心思一盛，對待從周家帶來的丫鬟也就怠慢起來。姜四媳婦笑道：「煮把糖倒是容易，姑娘體諒我們，這邊還要張羅宴席的事，姑娘等一等，自個兒端去也好趁熱喝了。」

薔薇的臉立即沈下來。她在郡王屋裡伺候這麼長時間了，從來都是被下人、婆子迎合著，自從郡王妃進了門，她和碧玉兩個便連郡王爺的面也見不到了，現在竟然淪落到被媳婦子奚落。

薔薇冷笑一聲。「何時我們府裡連小丫鬟也不曾有了，讓我端茶送水豈是妳們受得的？」

她氣得手腳冰涼，一路走回下人房，碧玉在炕上做針線，看到薔薇的臉色，輕蹙眉角。「這是怎麼了？」

薔薇眼圈一紅，一口氣堵在心窩上不來下不去。「我們現在成什麼了？從前還能伺候郡王爺，現在被遠遠地扔在旁邊。」

碧玉的手一僵，安慰薔薇。「郡王爺和王妃新婚，許多事都沒安排妥當，將來會好的。」

薔薇負氣坐在炕上。只怕沒有那一天了。「我們不能這樣等。」說著站起身來。

碧玉心裡一驚，想要去攔著，卻還不及說話，眼睜睜地看著薔薇走了出去。

周十九要寫字帖，琳怡在一旁磨墨，薔薇緊咬著嘴唇在外間等著。

待到裡面傳出要梳洗的聲音，薔薇忙從小丫鬟手裡接過水盆端了進去，侍候康郡王和郡王妃梳洗。

小丫鬟們一時驚慌失措地站在旁邊，不知道是不是哪裡做錯了。

「這是做什麼?!」屋子裡傳來喝斥的聲音。

銅盆摔在地上，薔薇跪在水裡。「郡王爺、郡王妃，奴婢原是糊塗人，也不知道哪裡笨手笨腳就做錯事，郡王爺、郡王妃打罵也使得，只是莫要不用奴婢們。」

從來都是主子使著丫鬟，哪裡有丫鬟主動來對主子指指點點？

周十九抬起頭看向薔薇，臉上表情平淡。

薔薇不知怎麼地心裡微安。她伺候了康郡王這麼多年，郡王爺素來待她溫和，她總能為自己爭得一席之地。

「妳是從老夫人房裡出來的吧？」

薔薇連忙點頭，就因為這樣，所有下人都要敬著她。

周十九聲音清澈，除了剛才喝斥一聲，現在臉上反而不見一絲怒氣。「如今妳也大了，明日就讓郡王妃準備份嫁妝，妳出去吧！」

薔薇瞪圓了眼睛，彷彿不肯相信般，好半天才喊出聲。「郡王爺……郡王爺……」

門口的婆子進門拉扯薔薇，薔薇拚命掙扎著啼哭。

周十九靠在床邊看書，琳怡去側室裡和白芍、橘紅幾個分線，準備繡幾個荷包，將來送給周家的女眷。

白芍有些擔心。「要不然我出去瞧瞧，免得鬧騰得太厲害。」

琳怡搖搖頭。「鞏嬤嬤會處理好的。」

不一會兒工夫，鞏嬤嬤來向琳怡回話。「已經安排妥當，誰傳出消息，我們就能知曉。」

周大太太先佈置的康郡王府，自然在府裡留下眼線，現在是好機會將人捉出來，省了日後猜來猜去。

鞏嬤嬤還是有些不放心。「會不會太早得罪了周老夫人？」

周老夫人不會因一個通房和她翻臉。

這時候就要殺伐決斷，也算給碧玉提醒，莫要和薔薇犯同樣的錯。

忙碌了一日，琳怡才躺在床上，望著身上的百子被。

這個吉利的一床被子，要什麼時候才能蓋到頭啊……

# 第一百四十一章

三月二十六日，大吉宜搬遷，周老太爺、周老夫人的馬車到了康郡王府的垂花門，琳怡上前將周老夫人迎了下來。

周十九和宗室裡的晚輩親手將周老太爺從車裡抬下來，送進第三進院子的主屋。

康郡王府的丫鬟都穿著青色半臂、粉色羅裙站在夾道兩側，女眷見到了都是一陣誇讚。當著親戚的面，周老夫人關心起了周十九，生像是第一次和兒子分開的母親，在審視另一個女人照顧得好不好。

周十九臉上依舊是淡淡的笑容，應該是已經適應了在眾目睽睽之下，這般出乎尋常的關懷。

當周老夫人那雙眼睛落在琳怡身上時，琳怡才真正瞭解他的不易。

明明沒有那麼親近，偏像是將人捧在手心上一樣。

周老夫人笑容慈祥。「府裡佈置得這麼好，累壞了吧？」

「沒有。」琳怡笑著。比起周老夫人的虛假應承，她顯得十分坦然。「不怕累，就怕做得不對。嬸娘覺得哪裡有不妥當的地方，教教我，以後我就學會了。」

這樣的情況下，男人可以硬挺著應付，女人是一彎一繞將想說的話說出來。她還年輕，有些事想得不夠周到哪裡出了差錯，不是她有意為之。

周老夫人微微頷首。這樣的回答讓人無可挑剔，兩口子都沒有出錯的地方。

不出錯並不代表就會平平安安。
男人們去前面說正經事，女人在後宅閒話家常。
周大老爺的兒子全哥在院子裡跑著玩，琳怡從小丫鬟手裡端來糕點，剛要擺在周老夫人眼前，就看到一個小影子忽地跑了過來，然後撞進她懷裡。
琳怡嚇了一跳。
還是周大太太先喊起來。「全哥別胡鬧，將郡王妃撞倒了可怎麼得了？」
當著這麼多人面訓斥小孩子，再怎麼樣她也不會被一個五、六歲的孩子撞摔了。
琳怡笑著彎下腰，看到抿著嘴的周永全。
周永全則別開目光，看向琳怡手裡的點心。「嬸娘給我點心吃吧，我喜歡那個金絲球。」
原來是餓了要吃點心。
端郡王妃笑著埋怨周大太太。「孩子還小，哪裡由得妳這樣嚇唬。」
琳怡要了巾子將全哥的手擦了，然後將金絲球端過去讓他捏了個。
全哥咬了一口，笑著說：「真甜。」
將女眷們都逗笑了。「到底是小孩子，好壞都在臉上。」
端郡王妃道：「我家裡全哥也沒少去，可沒這樣沒個拘束呢，到底是老話說得好，差著一層就是一層，全哥這嬸娘兩個字叫得多親啊。」
周大太太被端郡王妃逗笑了，半眯著眼睛看琳怡。「我們郡王妃叫嬸娘也叫得親啊。」
琳怡叫周老夫人嬸娘，全哥叫琳怡嬸娘。

周老夫人將周十九當作親生兒子，她是不是也該將全哥當作親生兒子？

周二太太郭氏彷彿置身事外，等到要開宴席時，起身跟著琳怡走了出去。「今天客人多，我來幫忙。」

郭氏娘家在揚州，舉手投足都透著江南女子的婉約，琳怡在福建的時候見到不少似郭氏這般的女眷，多數心思細密，又有好手藝傍身。琳怡看向郭氏腰間的香包，繡得十分精緻。

郭氏先開口。「聽說郡王妃在福寧長大。」

琳怡道：「一直和家父在任上，只是這兩年才回京裡。」

郭氏提起帕子掩嘴一笑。「那一定吃不慣京裡的菜式。」

比起福寧那邊的菜式……還真的是，琳怡道：「滿口都是鹹味兒。」

郭氏道：「我也是。才嫁來的時候，都不知道怎麼下筷子，可是當著長輩的面，只能硬著頭皮吃下去，到了晚上只想喝水。」

琳怡想及初來京城時的情形，和郭氏一模一樣。

「那現在老宅那邊可有會做淮揚菜的廚子？」

郭氏搖搖頭。「家裡人都不愛吃素淡的菜式，我偶爾下廚做兩次，也只是我自己吃……」

在夫家本來就諸多不便，當著全家人面只吃自己做的菜，長此以往定會被人說閒話，但凡是新媳婦，哪個不是這樣隱忍著？

郭氏幾句話就透露了實情。周家是周大太太在掌家，郭氏平日也是看旁人臉色。

「怎麼沒見二老爺？」琳怡想起來沒看到周元貴。

郭氏有幾分為難地抿起嘴唇，不過並不是不想說的樣子。「不怕郡王妃笑話，」說著頓了頓。「就算我不說，郡王妃也遲早會知曉。我們二老爺膽子小，前些日子玩雀鳥被大老爺撞見，罵了兩句，這幾日就躲著大老爺走。」

玩雀鳥被罵，若是這樣，滿京城的勛貴子弟都要抬不起頭來，這些年，那些鳥兒的身價可是一漲再漲。

兩個人說話間就到了廚房，郭氏忙著幫琳怡布菜、擺箸。

郭氏早嫁進周家幾年，這方面比琳怡有經驗，說出來的都是琳怡打聽不到的消息。「端郡王妃和大嫂喜歡用玉筷子。大嫂愛乾淨，專用自己那套碗筷，一會兒就能送過來。鍾郡王妃要用套銀的，憫郡王妃飯前要喝溫鹽水……」這樣細細說來如數家珍。

琳怡笑看著郭氏。「妳是怎麼記下來的？」

郭氏婉約一笑。「我有個小冊子，改日拿來借給妳瞧，上面記得很清楚，不過我識字不多，有好些都是記號。」

郭氏和周元貴的婚事是早早就訂下的，雖然江南女子喜讀書的多，可是郭家為了討好周家，特意讓郭氏多學規矩少讀書，和宗室攀上親，讓郭家在揚州的聲望增了不少。

宴席還沒開，郭氏又提起一件事。「郡王妃和國姓爺家的二小姐周琅嬛交好？」

琳怡頷首。「我和周姊姊也是近來才相識的。」

郭氏笑道：「怪不得上次在周家看到周二小姐，周二小姐在我耳邊提起郡王妃，還讓我多幫襯，我和國姓爺家的大小姐經常走動的。」

怪不得前世是周琅嬛嫁給了周十九。

郭氏和琳怡準備好宴席，請女眷們進了花廳，一場宴席吃下來，氣氛很融洽。琳怡和周大太太甄氏和周二太太郭氏將客人送走。

周大太太甄氏本要留著琳怡說話，下人卻來說周大老爺周元景喝醉了，甄氏只得去照顧周元景。

第三進院子的抄手走廊過去就是東、西兩個院子，每個院子都有五間正房和三間廂房，院子也不小，裡面錯落著各種景致。

東邊院子種的是夾竹桃，西邊院子種的是薔薇和牡丹。

琳怡和郭氏給周老夫人請了安，才要離開，周老夫人身邊的申嬤嬤就急急忙忙地走來，在周老夫人耳邊低聲道：「大老爺喝醉了和二老爺鬧起來，郡王爺勸也勸不住。」

郭氏坐得離周老夫人近些，聽得隻言片語，臉色立即變得很難看，站起身來。「娘，我過去看看。」

周老夫人看向郭氏。「去準備點解酒湯，今天高興難免多喝了兩杯，讓他們早些回去睡了。」

郭氏應下來。

琳怡和郭氏一道出了門。

琳怡輕聲問郭氏：「怎麼回事？」

郭氏遮遮掩掩。「也沒什麼，老爺不知道從哪裡贏了隻鳥，大伯說是老爺重金買來的，就……老爺哪來的銀錢去買這些……真的是別人送的。」
琳怡將郭氏送到抄手走廊。
琳怡道：「我還是不去了，二嫂多勸勸。」說著吩咐玲瓏。「讓廚房多煮些醒酒湯送過去。」
郭氏感激地向琳怡一笑。「多謝郡王妃。」
琳怡道：「剛剛二嫂還幫了我，我們不要總這樣客氣。」
郭氏頷首。
琳怡回到房裡，周十九讓人備了澡水去梳洗。
鞏嬤嬤在琳怡耳邊道：「郡王妃不去看看？」
這種熱鬧還是少湊的好，周十九都「勸說」不了，她何必上前？不管有什麼事，明日都會聽到耳朵裡，演戲也好，真打也罷，現在和她沒有半點關係。

# 第一百四十二章

周大太太甄氏見到周元貴被嚇得畏畏縮縮的模樣，上前勸說周元景。「老爺，有什麼話以後再說，已經鬧到娘那裡去了。」

周元景仍舊沒有發洩完心中的怒氣，周二太太郭氏趕過來，先上前看了周元貴。「老爺，您這是喝醉了，我讓人準備了醒酒湯，老爺先回去歇著吧！」

郭氏伸手推周元貴，周元貴轉身剛要提步走。

周元景大喝一聲。「去哪裡?!今天誰也別給我裝糊塗，將話說清楚再說，要不然我日子過不下去，你們也別想消停！」

話說得這麼重。

周大太太看看郭氏身後，康郡王妃陳氏竟然沒有跟過來。

郭氏恰好走到周元景和周元貴中間，抬起頭看周元景。「大伯，都是一家人有什麼話不好說，明兒一早老爺醒了酒，定會去大伯屋裡。」說著指揮丫鬟去扶周元貴。

丫鬟將周元貴攙扶起來。

周元景瞪圓了眼睛。「我看誰敢走！」說著一身酒氣地上前幾步，差一點就要碰到郭氏。

郭氏不退不避，皺著眉頭看愣在一旁的丫鬟。

丫鬟忙扶著周元貴往後走。

「大伯——」郭氏還要勸說。

周元景就要越過郭氏去追周元貴，沒承想差點就碰到周老夫人身邊的申嬤嬤。

申嬤嬤定下神來。「大老爺，您怎麼動這麼大的氣，老夫人請您過去說話呢！」

聽到老夫人這幾個字，周元景臉上的戾氣似是少了些。

不過有酒作祟，周元景的聲音依舊大。「母親叫我，我也有話說！」說著看向申嬤嬤。「申嬤嬤妳是母親身邊的人，母親屋裡有什麼東西妳最清楚，前朝的花瓣碗哪兒去了？那可是母親的寶貝，我小時候連碰也不讓碰一下。還有一套薄胎瓷，這次搬家怎麼都不見了？是不是賣了給老二買了鳥？」

郭氏說不出理來，淚凝於睫。「真的沒有……老爺不會說謊的。」

周元景冷笑道：「別當人都是傻子。」

郭氏強忍著眼淚，總算挨到周元貴被攙扶著走出了小院子。

周大太太上前勸說。「好了老爺，有話回去說，別傷了一家人的和氣。」說著看向郭氏。「老爺也是怕二叔玩物喪志和外面那些人一樣，長兄總是擔心弟弟多一些……老爺這個脾氣妳也知道，喝了酒就……」

周元景早就聽得不耐煩，歪頭看周大太太。「妳一個婦人懂得什麼？」

申嬤嬤從中調和，笑著看郭氏。「二太太，您先回去照顧二老爺，這邊有奴婢呢。」

郭氏有申嬤嬤解圍，帶著丫鬟徑直走了。

周大太太也上前攙扶起周元景。「老爺醉了，回去喝些醋茶。」

周元景哪裡肯，腳下踉踉蹌蹌，還嚷嚷著要去見周老夫人。

周大太太和申嬤嬤兩個連哄帶騙才將人弄進了東院子。

周元景喝了醋茶又折騰了半天，這才躺下來睡了。

周大太太和申嬤嬤道：「煩勞嬤嬤回去和娘說一聲，老爺醉了恐會惹娘生氣，等明日酒醒了再……」

申嬤嬤臉上微帶笑意。「大太太放心，奴婢會和老夫人說。」大老爺這個毛病也不是一日、兩日了，家裡的人早就已經習慣。

周大太太又和申嬤嬤到東側屋裡說了會兒話，這才將申嬤嬤送走。

第三進院子一下子安靜下來。

鞏嬤嬤是陳家長房的家僕，在長房老太太屋裡伺候的時間長，早就看慣了內宅裡的事，凡事一點就透，就因這個，長房老太太才將鞏嬤嬤一家給琳怡做了陪房。

鞏嬤嬤出去一趟打聽了消息，將第三進院子裡，周大老爺和周二老爺打架的事說了。

和郭氏說的話正好對上。

不過在哪裡打不好，偏要等到今天在康郡王府打起來。

鞏嬤嬤一下子就說到點上。「您要小心些，奴婢瞧著這事八成是衝著郡王爺和您來的。」好些事開始覺得和自家無關，轉眼這把火就會燒自家頭上。

琳怡頷首，喝了杯淡茶，進了內室。

白芍在外面值夜，琳怡低頭吹滅了屋子裡的燈，只留下了床頭的一盞。

窗戶輕開了一條縫，床邊的帳幔就像輕煙一樣輕輕地飄著。

相處了幾日，琳怡漸漸摸準了周十九的習慣。周十九睡覺時喜歡半掩著窗子。琳怡低下頭來吹滅床邊的燈，然後慢慢地從周十九身上爬過去，掀開百子被躺下。

琳怡才鬆口氣，腰上一緊，就被周十九拖進了懷抱。

兩個人之間這樣的動作已經不讓她陌生，所以只是有些意外。「郡王爺沒睡著？」

「沒有。」周十九清澈的聲音響起來，吐出淡淡的薄荷香味。

大約是多喝了些酒，所以才吃了薄荷葉子。

她喜歡薄荷的味道，周十九好像也很快適應了她的習慣。琳怡剛想問他要不要再讓丫鬟端碗醒酒湯來，就覺得耳邊一癢。

周十九沈下頭來。

「元元。」他的聲音如同緩緩流淌的溪水，淡淡的笑意就像水中夾雜的翠葉，暗自清香。即使沒有去瞧，琳怡也能看到周十九的笑容。

無論發生什麼都不會改變的微笑。「我現在很窮。」說著頓了頓，他的頭緩緩沈下來靠在琳怡脖頸上，嘴邊的笑容更深些。「以後會好的。」手掌還在琳怡腰間揉了揉。

沒有誰能這樣坦然地說這話。

周十九在叔叔家長大，自然不會有多少銀子，這個她都是知曉的，好在郡王的俸祿不少，歲俸五千兩，比父親多多了。

不過同樣地，偌大的康郡王府開銷也大，宗室親友眾多，要花出的禮錢也不知有多少，重要的是今年康郡王府還要修葺。

「若是不節制，有多少銀錢也是不夠用的，銀錢緊有緊的花法。」琳怡低聲道：「郡王爺不用擔心這個。」

她在周十九懷裡，屋子裡安靜下來，她能聽到周十九的心跳聲。「家裡總不會做不出飯來。」

她第一次在他面前說笑。

周十九輕笑一聲，放鬆下來，聲音就有了幾分懶散。「只要有吃有穿我就不愁了。」

有吃有穿，要求還真的不高。

周十九漸漸不說話，琳怡耳邊傳來均勻的呼吸聲。

剛才還說話，一眨眼的工夫就睡著了。

琳怡並不覺得意外，前面伺候的婆子來向她回話時說，周十九喝了許多酒。上次因要進洞房，宗室親戚沒有鬧得太凶，這次就乾脆不再留情面。籌備宴席時，琳怡就知道是這個結果。新郎官哪能不醉一次……

十幾桌的車輪戰，就算酒量再大也禁不住這樣，所以剛才知曉周十九沒有睡著，她也詫異。

周十九在床上躺著沒睡著就是為了告訴她，他很窮。

也不知到底是不是喝醉了，就連這個都讓人猜不透。

周大老爺喝醉了可以任意發脾氣，周十九卻只是緩緩地微笑，和平常沒什麼兩樣。

若說真的有什麼不同……

琳怡轉過身來。

黑暗中，周十九的表情格外安靜。

第二天，琳怡醒過來，周十九已經早早出去騎馬了。

她換好衣服讓廚房做了早膳，等到周十九回來，幫著周十九梳洗、換上家常的長袍，橘紅忙下去將飯菜擺在側室裡。

清淡的小菜和白粥，周十九吃了不少。

吃過飯，兩個人去給周老夫人請安。

「今日該去衙門裡了吧？」周老夫人關懷著問。

周十九道：「今日到假，先去衙門裡看看有沒有事。」

成親幾日不用去衙門，日後就要恢復正常，周十九不用上朝，和陳允遠的作息時間差不多，琳怡也很適應。

周十九說了兩句話就帶著陳漢、桐寧兩個出門去。

琳怡正好藉口從周老夫人那裡脫身，要將周十九送出垂花門。才走上長廊，琳怡就看到周元景、甄氏、周元貴和郭氏不約而同地走到周老夫人院子裡。

周老夫人訓斥周元景和周元貴，琳怡就坐在屋裡等著聽最終的結果。大約過了一個時辰工夫，周老夫人的門開了，周元景如同被拔了刺的刺蝟，周元貴伸直了脊背，宛如冤情得了伸張。

甄氏和郭氏互相看一眼，均都沒有說話。

不過消息很快就傳了出來。

鞏嬤嬤道：「老夫人房裡的古董真是少了，不過不是變賣了給二老爺買鳥，而是……」

琳怡伸手拿起矮桌上的茶來喝。「而是送到我們家做了聘禮。」

鞏嬤嬤眼睛一亮，立即頷首。

一百二十抬聘禮，是周老夫人辛辛苦苦才湊起來的。

周家和鎮國公家不同，周家這一百二十抬聘禮用的可都是周老夫人的體己，要不是周大老爺和周二老爺鬧起來，這件事還不能揭開。

# 第一百四十三章

這事怎麼辦？難不成還要將聘禮還回去？郡王妃剛嫁過來，周家就出了這樣的難題，鞏嬤嬤也不知道該怎麼給琳怡出主意。「要不然奴婢回去問問老太太……」

她已經嫁了人，不能事事都依靠祖母，再說了……

「這是件好事。」

鞏嬤嬤不明白琳怡的意思，老太太讓她全家給郡王妃做陪房的時候，她還自信滿滿，這才在郡王妃身邊幾日，她怎麼就有些看不清了呢。

郡王妃才十五歲，做事就處處周到，根本用不著她提醒，郡王爺更是，看起來一團和氣，卻讓人摸不到半點心思。

是她老了，腦子不靈光了，還是……這兩個主子太聰明？

琳怡吩咐鞏嬤嬤。「嬤嬤去問問申嬤嬤，老夫人都將什麼陪嫁當了，然後用銀錢想辦法將東西贖回來。」

贖回來，那就是還要還回去。

「這——」

琳怡笑道：「嬤嬤按照我說的做就是，我既然嫁到周家，聘禮是還不回去了，可是嬸娘喜歡的東西，我卻能買回來送給她，討她喜歡。」

這是賣的什麼關子，鞏嬤嬤想了片刻，腦子裡霍然一亮，臉上之前迷茫的神情終於雲開見月明。「郡王妃安心，奴婢立即就去辦好。」

昨晚周十九和她說的時候，她就已經將整件事想好了。

手上銀錢雖然不多，可是不多有不多的花法。

周大太太看著琳怡佈置的郡王府。要說聰明，陳氏也算是拔尖的了，只是再怎麼樣也不過才十五歲，顧前顧不得後。

周大太太體貼琳怡這個郡王妃做得不容易，仔細拉著琳怡說體己話，感嘆周十九的父母早逝，這些年不容易，順便帶出周老夫人這個孀娘的辛苦，說得是一把鼻涕一把淚，現在周老太爺、周老太太年紀大了，該輪到晚輩孝順了。

周大太太說著又起誓發願要好好孝順公婆，將一片孝心表達得淋漓盡致。

橘紅都聽得不耐煩，直向玲瓏使眼色。

末了，周大太太拉起琳怡的手語重心長，不管外面的流言蜚語如何，他們永遠都是一家人。

這些話正好被來給琳怡送醃漬小菜的白嬤嬤聽到，白嬤嬤將話原原本本地說給了陳家長房老太太聽。

小蕭氏正好也在場，聽得皺起眉頭。「這話怎麼說的？生像是我們琳怡不孝順，周大太太這個做長嫂的來提點。」

就連小蕭氏都聽出弦外之音。

小蕭氏因此愁起來。「琳怡這個家可是難當啊。」

長房老太太卻對孫女有信心。六丫頭嫁過去之前已經做足了準備，怎麼可能被意料之中的事難倒？看向白嬤嬤。「六小姐有沒有說什麼？」

白嬤嬤搖頭。「郡王妃只是擔心老太太和老爺、太太的身體，還問了二爺和八小姐如何。」

小蕭氏道：「這孩子，現在夫家的事要緊，這些哪裡用她惦記著？」

長房老太太看了小蕭氏一眼。琳怡讓白嬤嬤帶回來的衣料子，小蕭氏知曉女兒想著她，高興得笑不攏嘴，現在說這話也是口不對心。

大家正說著話，陳允遠下衙回來，知曉白嬤嬤去康郡王府看過琳怡，陳允遠也提起康郡王的事。「康郡王今日上了衙門。」

小蕭氏很關心女婿的前程。「皇上會給多大的官職啊？」

陳允遠搖搖頭。「康郡王雖然立了大功，可是年紀尚輕，雖是宗室，也要有人說話從中促成，才能領個更好的差事。」他是想幫忙，可這事要借助武官，他幫忙走動關係，也收效不大。

長房老太太輕捻著佛珠。周家這時候將聘禮的事鬧出來，跟康郡王的前程有不小的關係，一來是要讓康郡王和六丫頭知曉，康郡王畢竟根基尚淺，想要博得好前程，還是要依靠周老夫人走動關係，二來靠著名聲，將來也好插手郡王府的事。

「兒孫自有兒孫福，」長房老太太緩緩開口。「想要娘家幫襯，六丫頭就會開口了，既然沒說就是還能應付得了。」康郡王好不容易拿下了成國公又將六丫頭娶到家，不可能不為自己的前程做打算。

陳允遠也覺得既然康郡王尚是天子身邊的新貴，前程定會差不了的，他憂慮的不是這個。「兒子是怕康郡王出京任職。」京裡正三品以上的武官哪個資歷都不淺，家世更別說，想要躋身其中，比復爵還要困難。

小蕭氏不大知曉深層的意思，只是立即想到了琳怡。「那琳怡不是也要跟著出京？」女兒離開自己眼前就已經是大事，再遠遠地出京……她是不敢想像。

長房老太太嘆口氣看向小蕭氏。「就算康郡王出京任職，琳怡也不能跟著，否則康郡王府要誰打理？」

也不知道是要高興還是要擔心，小蕭氏換了口氣。「那……剛要成親就要分開？將來子嗣怎麼辦？」她也不是沒聽說過這種情形，成親幾年被派出京的，待到回京的時候，身後跟著小妾和庶子、庶女，好好的正妻被扔下了十幾年……女人最好的年歲都空度了。

小蕭氏思緒飄得越來越遠。

「好了，」長房老太太開口阻止小蕭氏的胡思亂想。「我們還是聽消息。」說著抬眼看向陳允遠。「你在外面遇到康郡王也可以開口問問。」作為岳丈，關心是順理成章的。

陳允遠應下來。岳丈他是第一次做，還要慢慢適應。

想要耐心地等消息並不容易，不過是兩日之間，各種傳言就陸續地灌進耳朵。琳怡繡隨身戴的香包，用的是周大太太送來的樣子，石榴求子圖，掛在腰間圖個吉利，才繡好了石榴籽，就抬起頭來看向鞏嬤嬤。「嬤嬤怎麼不接著說了？」

周家老宅又辦了次宴席，琳怡吃過宴席回來，鞏嬤嬤就打聽到了不少消息。

人人都像是話裡有話，繞著彎地在說周十九的前程。

鞏嬤嬤道：「無非都是一樣的話，郡王爺將來前程無量。」

開頭都是這樣說，不過往下就不同了，連周十九會去邊疆的話也有了。琳怡要是將這些聽進去，一定會睡不安寢，說不得就要去周老夫人跟前打聽消息。

「嬤嬤去看看我進宮穿的吉服，不要有什麼差錯。」皇上又得了位皇子，皇后娘娘主持洗三，內命婦要進宮賀喜，琳怡接到了宮牌。

鞏嬤嬤應了一聲去看琳怡的吉服，在院子裡遇到了康郡王。

鞏嬤嬤行了禮，看著康郡王進了主屋門，然後心裡默唸句佛語。郡王爺和郡王妃夫妻感情甚篤，千萬不要讓郡王爺去了邊疆，硬生生將兩個人拆開。

琳怡和周十九吃過晚飯，向周十九說起自己的想法。「想將旁邊的東院子做書房。」雖然是東西兩側院子，也是南北的正房，放些平日裡用的書籍綽綽有餘，有時去那邊看書、喝茶、下棋，比正房裡安靜又隨意，特別是有客來時，也有個說話的地方。周十九在主屋的書房占了兩間正房，她不好過去擠個位置，就想著不如去東院子……

都是家事，完全沒有問起周十九朝局。

周十九彷彿也不準備主動提及。

他沒有反對，笑道：「妳安排吧！」

琳怡在福寧和陳家長房都有一間類似的書房，她喜歡在裡面下棋，偶爾看著窗外喝喝茶，偶爾回想起前世的種種，有時候會了然一笑。

鞏嬤嬤端茶進屋，站在一旁，悄悄地看郡王爺和郡王妃。

兩個人相合該是在平日裡就能流露出來的，端茶、喝茶，都透出一股灑脫，目光也都是清澈的，情緒如同天上的雲彩，彷彿離著很近，伸手又觸碰不到。

自從王妃嫁進來，郡王爺身邊的一切都出自郡王妃的手，郡王爺也將內宅的大權都交給郡王妃。

白嬤嬤過來問，她也說郡王爺和郡王妃相敬如賓。

可是，有時候也總有些讓人覺得不對頭的地方，她說不上來，明明融洽的氣氛，卻有些奇怪。

鞏嬤嬤正想著，周十九起身去小書房看書，琳怡趁著有時間，去東院瞧瞧。

琳怡在東院的書房裡立了一個偌大的屏風，想在上面畫春夏秋冬四季花圖，將來好嵌在牆上。望著桌上的筆和染料，琳怡難免技癢，吩咐橘紅多拿幾盞燈放在屏風旁，提筆先畫最後一幅臘梅。

一株梅花剛有些神采，她放下筆起身，想去瞧瞧周十九是不是看完了書，轉頭看到黑色的雲靴走了進來。

周十九笑著看了看屏風。「準備畫四季花圖？」

一眼就能看透她的心思，就像她能看穿他一樣。

「本來是想要找匠人畫的。」

周十九笑得悠然，眨眨眼睛，一瞬間就將琳怡揭穿。「再好的匠人也不一定就能合了妳的心意，」說著一頓，又笑起來。「我來添筆梨花好不好？」

就算猜中是四季花圖，又怎麼知曉她定要畫梨花？

# 第一百四十四章

「梨花春季開，冬季臘梅的形是春季梨花的影兒。」周十九穿著藍色偏衫直裰長袍，看起來舒適悠閒。

為何臘梅一定就是梨花的影兒……

似柳葉般的黛眉輕揚起來，似是不計較。「郡王爺喜歡，就添梨花吧！」

周十九提起筆來。

梨樹慢慢躍於紙上。梨樹枝葉不似臘梅老乾澀皺，枝葉柔中寓剛，而是樹形亭亭玉立，木葉圓潤，周十九提起大白雲蘸了白色，慢慢染成五瓣。

一枝輕帶雨，淚濕貴妃妝。梨花在風雨中翻飛，彷彿要越過中間的紙張飛上梅花花枝般。

琳怡硬毫勾線，淡墨染花瓣輪廓，花朵從側面到半側隨意而畫，一樹梅花不同姿態變化，周十九筆下的梨花不變應萬變。

琳怡換了畫法，梅花含苞欲放，卻換來了一片喬木葉。

不多一會兒，雖然額頭微微汗濕，卻讓她覺得難有地暢快淋漓。這樣下來，遠遠望去，梅花豔麗嬌柔，梨花胸懷廣闊，難得地潤韌。

剛柔並濟，是外面的匠人如何也畫不出來的。

琳怡想過畫這樣的梨花，卻不知能不能染出來，於是揀了梅花先畫。

而那各具形態的梅花，也是周十九沒有畫過的。

橘紅、玲瓏帶著丫鬟也收拾得氣喘吁吁，五、六枝排筆，大中小染筆散了一桌，看起來好不狼狽。

丫鬟忙亂，兩個人倒是閒下來坐著喝茶。

周十九眼睛裡深深淺淺一片，映著對面琳怡的影子，如同風雨過後的皎月。

琳怡靈秀的指尖上彷彿染了層白雪。

想及剛才的鬥畫，倒真的鬥出了些意味來。

一杯茶下肚，嬤嬤來催促。「郡王爺、王妃該安寢了。」

兩個人一同出了書房，丫鬟們忙去傳水伺候梳洗。

洗去了身上的墨味，換成了淡淡的花瓣香氣，在軟軟的被褥中舒展手腳，長髮拂過臉頰，看著床帳內吊著一只精巧的荷包。

周十九的手臂伸過來將琳怡抱進懷裡，修長的手指撥弄著她的。「元元，那幅畫上要不要題字？」

題字？她還沒想過。

「一樹梨花一溪月，不知今夜屬何人……」周十九聲音中宛如夾雜著細雨，鑽進人心裡，微有些濕潤，說到最後停頓下來，彷彿詢問她一般。

琳怡心臟不由得揪起來，呼吸也有些緊張。

身上的小衣被解開，手指慢慢地順著一掌能握住的腰身攀爬上去。

算起來已經有幾日沒有了……

黑亮的長髮也落下來，身體輕輕地蹭著她，手指穿進她的長髮裡，閃亮的眼眸仔細瞧著她。

半遮半掩的帳幔裡，琳怡也在看周十九。

他臉上永遠掛著閒適的微笑，難不成他就從不害怕有一日會失算？

嫁給他之後，才知曉他遠遠比她想像的還要聰明。

所有人都在他的算計中。

也許在他這盤棋中，人人都是棋子。

琳怡的目光變幻，心緒在他跟前不遮不掩，他不可能看不懂。

周十九笑容更深。「元元幫我解開衣帶。」

琳怡的思緒這時候被打斷，回過神來才發現，她的衣服已經落在床上，他的還好端端地穿在身上。

通常周十九都是自己脫衣服，現在怎麼要求起她來？

她自然不肯。

周十九眼睛一亮。「我忘了，元元畫梅花手痠了。」

說著將手滑下來，挽住了琳怡的，慢慢地往衣帶上按去。

琳怡想要將手縮回來，他手指只是輕輕一勾，就將她的手指捏在衣帶上，輕輕一扯，衣帶就解開來。周十九微笑著定定看她，隨著身軀的挪動，很快就肌膚相貼，他俯下腰身，黑色的眼睛隨著身軀的挪動，似有波瀾漸漸泛起。

雖然不像新婚之夜那麼疼，卻也是痠脹得不舒服，好在周十九動作不大，好半天琳怡才算適應。身體一放鬆下來，她立即就後悔了，周十九明顯地加快了速度。隨著他深裡一送，琳怡整個人一顫，耳邊似火燒起來，身體像是要被碾碎了一般，更是難熬。

以她這兩次的經驗，速度越快越接近尾聲，只是隨著時間越拖越長……

琳怡才發現此人並非吳下阿蒙。

汗濕了身子，香爐裡的清香已經蓋不住帳幔裡栗花味，琳怡忍不住推他，說出去的話帶了顫音。「好了吧，明日還要上衙門呢……」

周十九的聲音慵懶中帶著些許無奈。「元元不能強人所難，再等一等好不好？我還沒好呢。」

他有多為難？

男人和女人真的有那麼不同？

琳怡早晨起來看著身邊空了的位置。周十九比往日起得還要早。

橘紅端水進來伺候梳洗，琳怡用帕子輕掩著嘴打了個哈欠，勉強撐著。今天還有好戲上演呢。

周老太爺、周老夫人搬進來之後，周大太太就拉著周二太太時時跑來郡王府作客，今天是大家聚頭吃茶的日子，琳怡不能錯過好時光。

茶話會才開了一會兒，陳漢就匆匆忙忙來覆命，琳怡聽了消息，笑著向周老夫人道：「嬸娘屋裡的古董都找回來了。」

周老夫人意外，周大太太甄氏更是吃驚不小。

琳怡就抿著嘴笑道：「是大嫂跟我講了咱們家從前的事……我就覺得反正錢財都是身外之物，嬸娘喜歡的物件流落在外，沒得讓外面人聽了笑話，還讓嬸娘少了歡喜，於是我就和郡王爺說了，郡王府平日裡花銷湊手就好，那些東西還是贖回來妥當。」

將物件贖了回來。

琳怡說完話，吩咐管事的將古董抬了上來。

去當鋪贖東西用的都是現銀，這一下子用掉不少銀錢，日後周大老爺、二老爺外加宗室親戚若是抱怨沒被康郡王照拂，她也有話搪塞。這樣一來，她這個新媳婦豈不是做得輕鬆多了？

古董買賣向來是外報價目高於實際價格，陳漢將商家出的價目送到她手裡，她委實嚇了一跳，加起來一共八千多兩銀子。其實周十九只讓管事的從她那兒支走兩千兩銀子，她知曉的市價也該是五、六千兩。要知道周老夫人那幾件最貴的可是前朝官窯燒的青花、鬥彩花瓶、孔雀綠的扁瓶和美人醉的花瓣盤。

琳怡倒了杯茶給周老夫人。「買的時候有些波折，結果還是湊了齊全。」

這樣興師動眾地將古董買回來，大家都知曉了周老夫人屋裡的這幾樣好東西。

琳怡點古董，商家將單子交出來。

周大太太湊過來瞧，頓時被上面數額晃花了眼。沒想到周老夫人這幾樣東西如此值錢。

周老夫人有些不高興，埋怨地看琳怡。「買這些東西回來做什麼？你們正是用銀錢的時候，支撐一個郡王府哪裡就容易？」

「是不容易，」說到勞苦，琳怡臉上有些青澀。「可是該孝順的我們還是要孝順，嬸娘撫養郡王爺長大還不是不容易。」周老夫人好不容易幫她說句話，她怎麼能推辭。

甄氏目光就沒離開那幾件古董，目光流轉中總要多瞧幾眼。

「就像嬸娘湊的聘禮，」琳怡眼睛垂下來。「那是一份心意，現在這些東西贖回來，也是郡王爺和我的心意，嬸娘不成全，可讓我們日後如何是好。」

話說到這個分上，不肯點頭倒是她這個做長輩的不是。尤其是後面那半句，日後在郡王府裡怎麼相處。周老夫人嘆口氣。「我把你們當作自己的孩子，就算花些銀錢也是應當，哪個做父母的還用兒女來回報，這樣算來算去，是要跟我生分。」

「怎麼沒有，」琳怡笑容俏皮。「《孝經》裡就這樣說啊。」

從來都是周老夫人用孝義來壓她，現在她也要周家人嚐嚐《孝經》壓上頭的滋味。

周老夫人被琳怡逗笑了。「這孩子。」

琳怡看向丫鬟。「快將老夫人屋裡的仿品換下來，」說著看向周老夫人。「嬸娘的心意我們都知曉，這些東西擺在嬸娘屋裡，郡王爺和我過意不去。」

丫鬟將仿品拿出來，鞏嬤嬤就安排送去庫裡。

周老夫人眼神微微閃動。

# 第一百四十五章

大家說了會兒話，吃了頓飯，琳怡回到第二進院子。

周元景笑著和周老夫人說話。「母親，這些東西找回來了，不如就拿回老院子一起收著。」真沒想到那些東西如此值錢。

周老夫人放下手裡的茶杯，抬眼看周元景。「這些東西你還想拿回去？」

周元景表情一僵，正色起來。「兒子只是想著給母親收好，沒有別的意思。」要不是他這樣一鬧，哪裡能找回這些物件？

周老夫人譏誚地看周元景一眼。「康郡王妃用仿品換了這些真品是為了討我高興，你將真品抱出康郡王府，那些仿品還留在康郡王府的庫裡，外面人知曉了，沒人會說是你要幫我收著東西，而是康郡王才成親，我們就想方設法將聘禮要出去……日後你在外面還要不要抬頭做人？」說著摩挲著手裡的銀薰球。「除非我搬出康郡王府，否則這些東西都是有進無出，你不要想了。」

她明明當了死當，周元澈卻想方設法將東西贖了回來，陳氏又孝順地將東西捧到她跟前，這一內一外配合得可真是巧妙。

從前周元澈在外面的事，她一概不知，現在內宅裡的事也要脫離她的掌心，周老夫人嘆口氣看向怔愣的周元景夫妻。「我老了，這個家我是管不了了。」

周元景回過味兒來，將手裡的紫砂壺砸在地上。「等周元澈去了邊疆，我就要那個賤人好看！」

周老夫人抬眼看看滿臉戾氣的周元景。「別忘了這是康郡王府，不是你自個兒屋裡。」

康郡王府怎麼樣？還能將他清出去不成？

「母親，您就這樣甘心？父親當年做的那些事，哪有一件對得起我們母子？說到親骨肉，周元澈更像是父親的──我和二弟又擺在哪裡？母親擺在哪裡？」

周兆佑從來沒有將她當過正妻，也就只有現在躺在床上，每日裡看到她，他才知曉這個家是她主事。

當年的那樁事，周兆佑和她都明白得太晚了些。

周老夫人半合上眼睛。「你父親已經病成這般，從前的事就不要再提起。」

周元景憤恨地青筋暴起。「母親，您就是太仁善！」

周元景、周大太太和周老夫人說話的工夫，周二太太郭氏來到琳怡房裡說起周琅嬛的婚事，笑著問琳怡：「準備了什麼禮物？」

琳怡成婚的時候，周琅嬛送來了一套頭面。

琳怡看上了一套高宗年間的青花瓷，拿出來讓郭氏看。

郭氏抿著嘴笑。「我送的金釧是麒麟送子的，和妳這個童子圖正好合了。」

琳怡笑道：「我那時大家送的也是這些。」成親求子圖的就是吉利，開始覺得挺有趣，後面也就看膩煩了，不過送別的東西又不應景，她就又繡了個荷包，荷包下面的桃紅絡子編了一具琴一具瑟，取琴瑟和鳴的意思。周琅嬛就喜歡這些小東西。

周琅嬛請了她去伴嫁，她怎麼也要盡心力。

郭氏等到門口的車馬準備好了，周大老爺和周大太太先走一步，這才從琳怡房裡挪步出來。

鞏嬤嬤看著郭氏的馬車離開，向琳怡道：「大太太到處找二太太，二太太是躲到了您屋裡。」

甄氏是想要拉著郭氏一起從周老夫人手裡要東西，郭氏還真會找地方躲。

晚上，周十九從衙門裡回來，夫妻兩個吃了晚飯，琳怡又讓廚房做了紅豆杏仁奶酪。

小蕭氏常在屋裡做的，紅豆細細地熬，和在奶裡香味四溢，她小時候和哥哥一起淘氣，小蕭氏管教不了，就用奶酪來說服他們兄妹兩個，只要聽話晚上就會有奶酪吃，兩個饞貓一下子就聽話起來。

其實就是哄小孩子的，只是琳怡這些年養成了習慣，一段時間不吃就會覺得難受。

琳怡將奶酪遞給周十九，沒想到周十九也像小孩子一樣覺得很好吃，吃了又讓廚房盛一碗。

臨嫁之前，小蕭氏還叮囑琳怡嫁人之後千萬不要在夫家開小廚房，這樣會被夫家人說沒有規矩，還好她嫁過來之後，整個康郡王府都由她管，這大概就是嫁給周十九的好處，周十九比平常人聰明，卻比平常人好伺候得多。

除了穿戴從來不肯自己動手。

琳怡邊打荷包邊將今天的事講給周十九聽。

周十九在炕上支起膝蓋來看書，一雙清澈如水的眼眸看著琳怡，忽然靜靜地一笑，慢悠悠地道：「在做什麼？」

琳怡的絡子正好編好，提起來遞給周十九看。

燈光下，周十九淡藍色的長袍袖子上沾了粉紅色的線。「這是給誰的？」

不說好不好，先問是給誰的。

琳怡道：「給國姓爺家的二小姐，她要成親了。」

「是什麼？琴？」

對於一個懂音律的人，琴瑟應該很容易分辨吧？難不成是她做得太不像了？

「琴瑟。」

琴瑟……周十九沈默，將荷包捏在手裡。「做得不像，自己用也就罷了，送人不好，還是換個別的東西。」

不好？那是她好幾日才做好的。

琳怡道：「周二小姐會喜歡的，面子上的禮物我也準備了一套。」

周十九拿起荷包來聞，上面有股杏花的味道。

繡花紋的線是用香粉浸過的，這幾日屋子裡就有這樣的味道，琳怡捏線親手繡，白皙的指尖上也都是杏花香。

除了薄荷，琳怡還喜歡杏花的味道，略帶青澀的酸甜。

周十九閒逸地翻書，將手裡的荷包收到了懷中。「上次妳做的瓔珞荷包就很好看，就送那只吧！」

那是雙蝶戲花的荷包，她是想自己用的，昨天剛剛做好。

琳怡看著周十九。

他目光淡然沈靜，神情高雅、俊秀不凡，似是沒有覺察出琳怡的深意。

倒讓琳怡不好開口硬將荷包要下來。

周十九笑道：「早點睡吧，明日還要去宮裡。」

她是想將絡子編好就睡覺的，可是現在送給周琅嬛的絡子卻被他拿了去。

周十九停下翻書，抬起頭來。「要不然等我一起去睡？」

那還是……算了。

第二天，琳怡早早就起床梳洗，穿上郡王妃的服制和周十九一起出了門，臨走之前周老夫人叮囑琳怡。「在宮裡要小心說話，拿不準的話不要說，免得出差錯。」

琳怡應下來，看一眼身邊的周十九。有些話不用她說，只要按部就班地去做就行了。

女眷們拿著牌子陸續進宮，每到一個人，就有內侍喝一聲，宮人抬來一頂藍呢小轎。

琳怡彎腰上了轎子。

這是她第一次進皇宮，巍峨的城牆、宮人們謹慎的表情都讓她覺得陌生。

轎子抬到內宮門外停下，宮人前來引路。

琳怡看向周圍，都是陌生的臉孔，大家微微頷首，跟著宮人去了景仁宮。

一直進了大殿，大家才互相打招呼。

「原來是康郡王妃，怪不得看著眼生。」

琳怡笑著和大家見禮。憫郡王妃來了之後，不用琳怡開口，就主動拉著琳怡見各位內命婦。

穿著紅緞鞋，鞋面上繡著石榴花，腰間還掛著求子的香囊……憫郡王妃掩嘴笑。這康郡王妃打扮得也太土了些，生怕旁人不知曉她求子心切似的。

# 第一百四十六章

皇后娘娘和幾位后妃在內殿裡還沒有來，宮人們將內命婦請去了東側殿。

皇后娘娘的寢宮很素淨，內命婦們四處看著，雖然不敢明言，卻知道裡面的玄機。皇上少年登基，大婚之後，年輕的帝后感情本來是極好的，只是皇后母家不大會做人，皇后娘娘入宮三年，專寵一身卻不見有喜，年輕的皇上想要親政就越發想要長子，皇后好不容易懷上了孩子，皇上開始向顧命大臣奪權，誰知道關鍵時刻，皇后小產了。

皇上沒能親政又痛失皇子，皇后的母家又在這一年出了大事，皇后的哥哥貪了水師造船官銀，那一年，大周朝和倭寇大戰慘敗，多虧後有成國公力挽狂瀾。這事之後，皇后毅然站出來支持皇帝，皇后的哥哥因此被正法。

不過娘家不太得力的皇后沒能換來眾位臣工的支持，反而流言四起，說皇后年紀小卻行事毒辣，皇后一家想要依仗皇上的年幼奪權得利，帝后的感情看似濃厚，卻禁不住種種流言蜚語，再加上皇上沒有子嗣，皇太后主持選了德妃和淑妃，從此之後，皇宮中粉黛漸多，新顏換舊顏，皇后的地位不算是一落千丈也算逐漸被疏遠，曾經熱鬧繁盛的景仁宮，就變成了如今的模樣。

琳怡進京那麼久，從陳允遠嘴裡聽說朝政，幾乎都是關於寧平侯家大小姐惠妃娘娘的，皇后很少被提及。

直到她被賜婚，也是太后娘娘作主，皇后娘娘彷彿很少問事。

這次也就是皇上又有子嗣誕生，必須要國母主持洗三，否則皇后依舊不會出面的。洗三按照禮部和欽天監定好的時辰進行。

琳怡坐在一旁靜候，一盞茶見了底，內侍打簾，又有位貴人露了面，盛裝打扮的五王妃顫顫巍巍地走進屋子。

五王妃的目光在屋子裡巡視一圈，落在琳怡臉上片刻，琳怡禮儀地微笑，然後坐下和旁邊的夫人說話。

寧平侯五小姐貴為五王妃，身分和從前大不相同，特別是在宮裡被名頭壓著，自然多了幾分自持，看琳怡的眼神也柔和了許多。

誰都要在婆婆面前表現，何況這個婆婆是一國之母。

所以無論權力還是身分，大家現在不在一個檔次，更不可能會有衝突。五王妃充分享受她的身分特權，琳怡只要在旁邊跟著大家看熱鬧就可以了。

女人畢竟善於表達，大家湊在一起話就多起來，琳怡很快認識了獻郡王妃，大家都屬於遠支宗室，獻郡王是宗室裡有名的書呆子，周十九走的是武將路子，大家地位相同，位置一致，之間卻又沒有任何利害關係，不用互相防備也不用互相逢迎，說起話來就輕鬆很多。

獻郡王妃比琳怡大上幾歲，見過這些場面，在旁邊提點琳怡，讓琳怡獲益不少。

「等到了好時辰，我們才能見到皇后娘娘。」

也就是說，除了主持禮儀，皇后娘娘一般不會單獨面見大家。

獻郡王妃一笑，露出兩個圓圓的酒窩。「妳成親那日我在賓客裡，不過沒能說上話，今天一見就知道妳是個爽利人。」

宗室子弟實在太多了，周十九成親那日，馬車、轎子都已經抬不進去了。

琳怡笑道：「以後就好了，姊姊過來作客，我一定好好招待。」她雖然對獻郡王妃不太瞭解，不過大家話說到這裡，她不能在一旁裝木頭人，說不定大家相處脾性會相投呢。

獻郡王妃大概也這樣想，提醒琳怡。「禮儀過後，皇后娘娘總要留下幾個人說話的。」

皇后就算再不問事，這些上面也要做做樣子。

比如各位王妃就要留下說話，接下來就是……

「妳是新婦，定要見見的，」獻郡王妃抿嘴笑道：「上次皇后也留下我問了問平日的喜愛。」

就是一個模子的問話，然後一個模子的回話。

皇后不願意「關切」太多，就算有人想阿諛奉承也沒有用武之地。

琳怡看了看腳上的石榴鞋。

獻郡王妃拿起帕子掩嘴。「妳啊，莫要太心急。」說著看看左右。「妳年紀尚小，有的是時間。」

她的求子之心這樣明顯嗎？琳怡不好意思地笑了。

果然是等到吉時快到了，宮人們才將大家請到正殿裡，桌子上擺滿了長生糕團，紗簾後，皇后抱著小皇子將習俗一件件地做好，內命婦躬身旁觀，之後說些吉利話。

小皇子的奶娘將小皇子抱走，皇后娘娘才從紗簾後走出來。

皇后娘娘因吉日穿了玄色鳳尾鎏金步步生蓮褙子，梳高高的宮髻，戴著鳳紋逐日挑心，環髻上帶著雲紋鑲瓔珞赤金扣簪。

女人年過三十就會姿容衰退，皇后娘娘的年紀比小蕭氏等人大許多，卻仍舊難掩眉目中的秀麗，若是精心打扮，不但比滿屋子的女眷多了高貴的氣質，姿態容貌更不輸於任何人。

皇后微微一笑，稱身體不適回去歇著，女眷們不敢走，只等著宮人來傳話。

果然像獻郡王妃說的，皇后娘娘留下了幾位王妃。琳怡靜等著，內侍笑著走到琳怡面前。

「康郡王妃稍坐，一會兒皇后娘娘傳召。」

琳怡應下來謝了內侍。

等到五王妃等人笑著從內殿裡出來，琳怡才在五王妃的注視下走進內殿。

五王妃眼睛一甩，流露出戲謔的笑容。

琳怡跟著一笑，似是風吹過陰霾，全然不在意。

內侍請琳怡稍等，琳怡半低著頭，看著地面上能照出人影的黃磚。內殿很安靜，偶爾聽到宮人小碎步侍奉的聲音。

不多時候，琳怡恭謹地走進去，看到坐在明黃色龍鳳錦緞上，手捧著茶碗的皇后娘娘。

琳怡上前行禮，身上的環珮沒有發出半點聲音。

皇后娘娘頷首，吩咐宮人擺座，琳怡輕輕地坐在一邊。

皇后抬起頭，對面是一張稚嫩的臉頰，十五歲上下年紀的郡王妃緊握著手帕，稍顯拘謹，郡王妃的服制下露出石榴紅的裙角，腰間是三只荷包，一只畫了石榴求子圖，另一只寫滿了梵文，還有一只繡了個童子，完全是新婦的打扮。

這些吉祥的荷包多少年都沒有變過，她被抬進宮的那年也是戴了許許多多這樣的荷包，其中求子路的崎嶇更是讓她永生難忘。

琳怡垂著頭，露出一截雪白的脖頸，恭謹的眉宇中帶著些鬱色，想要遮掩卻遮不住。這樣的神色，皇后最為熟悉。

皇后吩咐宮人將賞賜拿來。「我看過妳繡的流蘇繡，很是漂亮。」說著又抿了口茶。「我記得妳祖母是出自川陝董家？」

「不是，」琳怡恭謹地道。「我父親過繼給長房，我的祖母娘家是京畿李氏。」

皇后「唔」了一聲。「過繼前呢？」

琳怡道：「過繼前，我的親祖母是趙氏。」

皇后娘娘微抬眉毛，不再過問琳怡的家事。「妳手靈巧，繡花的樣子也十分細緻，琴棋書畫也會些吧？」

琳怡不敢托大。「只是跟著先生學了些，略懂皮毛。」

皇后溫和地笑起來。「我聽說妳師從姻語秋，這位才女的書畫本宮很是喜歡，姻語秋還通醫理，妳可學了些？」

說到這個，琳怡不好意思起來。「只是會點藥膳。」

皇后也失笑。「這樣也很好，」說著又仔細端詳了琳怡。「時辰不早了，跪安吧！」

琳怡起身向皇后行了禮出去。

皇后身邊的姑姑捧著賞賜，將琳怡送出景仁宮。

琳怡望著滿臉笑容的姑姑。「煩勞姑姑送出來。」說著扯扯衣襟，半晌才下定決心開口。「我是不是哪裡不妥當，還請姑姑幫忙指點。」

姑姑笑著道：「哪有呢，郡王妃舉止得體，禮數周到，已經很難得了，只是──」話到此而止。

琳怡忙又哀求，姑姑這才道：「郡王妃是新婦也算尋常，這求子的香囊戴在裡面，所以才引了口舌。」

琳怡聽得這話，忙將香囊摘下來放進袖管裡。

姑姑道：「這樣就好多了，郡王妃還年輕……」

說到這裡，琳怡臉上一片黯然。

「郡王爺這支就獨一個……我也是不小心挑錯了，不該佩帶……」

皇后身邊的姑姑格外照顧琳怡。「沒關係的，這也不是禮數上有差池，郡王妃成親還不過月，奴婢說也是雞蛋裡挑骨頭罷了。」

琳怡這才鬆口氣。

「倒是有件事。」姑姑笑道：「皇后娘娘格外喜歡郡王妃的流蘇繡，郡王妃若是有時間，不妨繡一件送進來。」

琳怡受寵若驚。「姑姑放心，我一定會繡得精細。」

姑姑笑道：「那我就不送郡王妃了。」

琳怡徒步走到宮門處上了轎子，轎簾放下那一刻，輕輕吁了口氣。沒想到皇后娘娘會這樣喜歡她的流蘇繡，又問了她祖母……宮裡說話處處透著玄機，不過總算她這趟是功德圓滿，接下來就看周十九的了。

# 第一百四十七章

琳怡趁著還有時間，讓馬夫拐了個彎回到陳家長房。

小蕭氏見到琳怡，驚喜地笑彎了嘴，連聲喊丫鬟將琳怡愛吃的點心都端出來。「從宮裡出來還不回郡王府好好歇著，怎麼半路折來家裡，這要多累啊！」

琳怡笑道：「我坐一小會兒就走，累不著。」

小蕭氏沒看出端倪，長房老太太看著琳怡的打扮皺起眉頭來。祖孫倆坐在炕上，長房老太太才道：「真是胡鬧，讓那麼多內命婦看到要笑話妳。」

琳怡眨眨眼睛笑起來。「我還小，再說這也不算什麼。」嚴格說來也沒有什麼禮數不周到的地方，沒有正經的婆婆，誰能指點得那麼周全？

小蕭氏聽得雲裡霧裡，仔細看看琳怡，倒是沒看出什麼不妥。

白嬤嬤帶著屋子裡的丫鬟下去，又輕輕將隔扇門關上，長房老太太才低聲問琳怡。「郡王爺和妳已經算計好了？」

要說算計那是有的，她知曉周十九的想法也就沒有開口問，同樣地，她進宮如何，周十九也沒有張口囑咐。

琳怡輕鬆一笑。「郡王爺會安排好的，祖母就安心吧！」

長房老太太微皺眉頭。「怎麼不商量好了再行事？萬一有差錯要怎麼辦？」

不會有差錯的，一個人能在朝堂上顯眼，不光是要有出色的才智，還要有家族的支持，這兩樣缺一不可，若是少了一樣，只能劍走偏鋒。周十九是早就做好了準備，利用自己的長處，避開自己的短處。

有時候短處也會變成長處。皇上年幼登基，身邊有顧命大臣管理朝政，現在皇上雖然已經親政，但是對於從前被他人掣肘的感覺一定記憶猶新，若是有人想要越過皇帝替皇帝作主，就會淪落到成國公的境地。

是替皇帝作主還是體會聖心，本來就是一線之隔，建諫的程度一旦把握不好，皇帝改題翻臉的事就會發生。

康郡王閱歷尚淺，現在立了大功，皇帝應該有讓康郡王去邊疆歷練的心思，否則就不會遲遲沒有安排差事給康郡王，這也是長房老太太最擔憂的事。「康郡王的差事該早些定下來才是，拖的時間越長越是不好。」

她也知曉，大家都等著看她的笑話。周十九一走，她這個康郡王妃也少了依靠。琳怡攙起長房老太太的胳膊。「祖母放心，無論怎麼樣我都不會吃虧就是了，就算郡王爺真的去了邊疆，我也會想方設法立足。」

今日進宮，她故意將求子的香囊都掛在身上，就是想引起皇后娘娘的注意，畢竟皇后娘娘也有過同樣的經歷。一樣早嫁，一樣無靠，一樣想要早有子嗣，因為子嗣是唯一能扭轉局面的方法。她不光是在皇后娘娘面前顯露弱點，也是向皇后娘娘靠攏的意思。這是周十九想要的結果，同樣她也欣然前往。

周十九的眼光總是沒錯的，皇后貴為一國之母，若是有機會得到皇后賞識，她為何要拒絕？於是順著周十九的意思，既成全了周十九又幫了她自己。

長房老太太看了看琳怡。「平日裡多和康郡王說說話。畢竟是嫁人了，以後的日子還長著，性子不要太拗，吃虧的是妳自己。」

小蕭氏則是老生常談，讓琳怡對周十九多用用心，把握好新婚這幾年，要不將來一旦有了小妾、通房眾多如花似玉的女人，正室就更加難做了。

一會兒工夫，陳允遠回來，看到琳怡在娘家，二話不說就攆著小蕭氏預備馬車。「郡王爺也要下衙了，快回去吧，最近朝堂上許多傳言，想必郡王爺心裡也是愁得很，何況郡王爺在外面已經推掉許多應酬，回去府裡再不見妳成什麼樣子？」

琳怡怎麼覺得好像是有人在背後告了她一狀。

小蕭氏讓下人搬了一大堆吃的用的上馬車，琳怡臨上車時，陳允遠忽然皺著眉頭道：「郡王爺每天早晨起得也太早了，這樣下去能不能行？」

這……倒是問得琳怡一怔。

父親怎麼會知曉周十九每天早晨幾點起身？

琳怡不說話，陳允遠顯然不好意思多問，轉頭看小蕭氏，小蕭氏也就意味深長地道：「要不然隔天過來？」

這人不只是告了她一狀，還從背後戳了她一槍。

琳怡只得微低下頭，用小女兒情狀騙了小蕭氏。「我回去問問。」

小蕭氏這才鬆口氣，向琳怡頷首。

琳怡坐上馬車，小蕭氏又提醒琳怡別忘了琳芳的婚事。作為妹妹的，琳怡不好不出面。

京城裡大多數達官顯貴都已經歇下，皇帝也從養心殿裡出來，明晃晃的靴子踩在御輦上，旁邊跟著的公公低聲問：「皇上今晚翻的是惠妃娘娘的牌子，咱們現在是不是去——」

「去景仁宮。」皇帝威嚴的聲音傳來。

旁邊的公公怔愣片刻立即反應過來，吩咐小公公去景仁宮提前安排。

「皇后娘娘可歇下了？」小公公的聲音在景仁宮響起，整個景仁宮似是被驚飛的鳥，從上到下立即忙碌起來。

皇上可是很少來景仁宮，怎麼今天會這麼早駕臨？

御膳房將本來要抬去惠妃宮裡的吃食搬來景仁宮，景仁宮的內室裡上了炕桌，伺候皇后的姑姑親手張羅布菜。

皇上處理政事要到很晚，所以宮裡誰侍寢，誰房裡就要加菜。

皇后已經卸了妝，剛要重新將髮髻綰起來，皇帝已經進到內室，靜靜地坐在大炕上。等了片刻，皇帝似是失去了耐心，看向旁邊的姑姑。「讓皇后別打扮了，過來侍奉。」然後向內侍揮揮手，讓內侍將飯菜撤下。

皇后綰了高高的髮髻，只插了支鳳簪固定住就迎了出來。

帝后兩個人坐在炕上，皇后親手斟茶，皇帝的目光深沈。「皇后還記不記得朕提過的康郡王？」

皇后沈靜不語。皇帝的脾氣她再清楚不過，皇帝不過是說說，並沒有在等她的答案。

皇帝喝口茶，目光慢慢游離，聲音也低重。「康郡王在福建立了大功，又擒了張戈，朕以為他是可造之材，卻沒想他年輕浮誇擔不得大事，要不是朕格外用他……摺子現在也遞了上來。」

皇后安靜地坐在旁邊。

皇帝的目光看過來。「朕如今，就連個可用之臣也尋不到了。」說著站起身，撩開門口的帳幔，頭也不回地走了出去。

皇后躬身行了禮，聽著外面響起皇帝的聲音。「回養心殿。」

青絲如墨般散在床鋪之間，帳幔撩起一角就透進清新的空氣味道。周十九正準備掀開被子起身，床鋪上的人轉過身來，伸手拉住了他的胳膊。

琳怡睜開眼睛看周十九。

「郡王爺要去哪兒？」

從來也不曾問他，只是聽下人們稟告，還以為周十九真的是去騎馬了，經過昨日才知曉，原來並非那麼簡單，她畢竟不瞭解自己夫君的行蹤。

海棠般的素顏，微微仰著頭，因剛剛醒過來，朦朧中帶著嬌嗔。

周十九微側著臉，笑吟吟地看著琳怡。「去騎馬。」

平日裡話還算多，現在卻要她一句句地問。「跟誰？」

他神情清雅，彷彿在說一件再自然不過的事。「和妳哥哥。」

昨晚一直按兵不動，本就想不問了，誰知周十九起身她恰好醒過來。

每日這個時辰教哥哥騎馬，怪不得從祖母到小蕭氏都替周十九說起話來。

「母親說不如改成隔天去。」琳怡不想說，可是想想小蕭氏給她帶上馬車的東西，都是補身的食物和藥材。

「行不行？」周十九笑著反問琳怡，好像是完全沒有主意。

琳怡在腦子裡扳手指。「已經不少日子了，哥哥也學會了些，不如明日開始請武功師傅，郡王爺也就不用天天去指點。」

周十九不置可否，不說行也不說不行，嘴角的笑容彷彿是透過木葉的晨光，柔和卻又無比明亮。「那早晨我做什麼？」

二十幾年都是怎麼安排的？這事也要來問她……每日裡裝糊塗也就算了，今天既然已經伸手挽留，琳怡就順著話茬兒說下去。「時辰還早，郡王爺再躺一會兒。」

周十九的笑意忽然變得朦朧。

琳怡才說完話，只覺得腰上一緊，整個人被拉進周十九懷裡，清澈的聲音慢慢從頭頂傳來。

「也好，以後我們多躺躺……隔日早起……」

這話聽起來怪怪的，成了她阻攔周十九起床……這話若是傳出去，滿府還不都要笑她？

「郡王爺若是習慣晨起——」琳怡說著話，抬起頭來，看到周十九靜謐的神情。睡著了。

這樣就睡著了。

# 第一百四十八章

等到周十九穿好衣服去衙門，陳漢和桐寧的腿都已經站僵了。內院傳消息出來說是郡王爺不出去騎馬了，兩個人也不敢怠慢。郡王爺這幾年都是這個時辰起身，突然管事嬤嬤說要遲了，兩個人面面相覷，都覺得還是老實等著的好。

這一等，就是兩個時辰。

琳怡在屋裡吩咐丫鬟將大紅帳幔撤下來，換成杏黃色的軟煙羅，又讓人在黑漆鈿螺床邊擺了首案紅牡丹，上面橫了幅山水畫，這樣一來，整個內室都變了模樣。

琳怡沒有早晨醒來再睡回籠覺的習慣，可是周十九在身邊她就不敢起身，幾天前清晨的經歷還讓她記憶猶新，乾脆就想著怎麼將內室佈置一下。

似是能猜透她的想法，周十九問她：「喜歡什麼顏色？」

琳怡轉過頭，看到周十九亮晶晶的眼睛。「淺色的軟煙羅。」

「喜歡什麼花？」

琳怡覺得周十九的問題很好笑，這男人不懂女人的心思，若是只喜歡一種花，這一年四季豈不是要有三個季節沒意思了，這個時節自然只有——

「牡丹。」

牡丹的種類繁多，她不喜歡名貴的，魏紫、姚黃、紫二喬，反而喜歡首案紅，不過她還在思量將花擺在哪裡妥當，哪裡放山水畫，哪裡擺紫檀插屏。

周十九乾脆披了袍子起身，將她也拉起來。「這麼想沒用，不如試試。」

於是拉著她的手，撥開帳幔將整個屋子走了一遍。

說到放花斛的地方，周十九突然鬆開她的手走過去，他嘴角揚起個淺淺的弧度，臉上的笑意中帶著些許安靜。「好不好看？」

突然被這樣問，琳怡下意識地去看周十九的眉眼。

她其實從來沒有這樣仔細瞧過周十九，他臉上雖然總是帶著笑容，卻遮掩不住迫人之勢，看到那雙眼睛就不敢再直視他的面容，這樣便能遮掩他太過英俊的五官。

長相漂亮是好事，可一旦過了，就會讓人覺得是花拳繡腿，所以要氣勢勝人，在他面前，氣勢稍弱就會被他利用。因為對周十九的瞭解，她選了一個更輕鬆的相處方式，極為理智地做好一個康郡王妃，這是她的初衷。

幫襯夫婿仕途平坦，夫婿也會幫她護著整個娘家，但是她的願望從來沒變過，要有一個能自己掌握的人生。

「好看，牡丹放在那裡定是好看。」

周十九臉上的笑容更深了些。「那就這樣放，這樣躺在床上一眼就能看到。」

這是什麼意思？在說她剛剛裝睡？

裝睡的不止她一人，琳怡也跟著笑起來，堂堂正正地道：「郡王爺看不到，不如放在西角。」

被拆穿了，周十九笑容依舊坦然。「也好，這樣我也能看到了。」

琳怡想起小時候和哥哥兩個人去廚房偷吃除夕供奉用的糖餑餑，第二天被小蕭氏發現，來問她和哥哥，她和哥哥厚著臉皮撒謊說沒看到，小蕭氏半信半疑說大約是被老鼠偷吃了。若是她像周十九這樣，被人捉住還臉不紅心不跳，那小蕭氏定會讓人來捉鼠精。

琳怡正想著，鞏嬤嬤讓丫鬟端了點心進來。「大太太又來了，說是有事要跟您說，讓您去老夫人屋裡呢。」

會是什麼事？

鞏嬤嬤道：「看樣子挺著急的，不像是什麼好事。」

琳怡換了件青色薔薇妝花褙子，往第三進院子裡去，周二太太郭氏已經等在抄手走廊裡。

「是郡王爺的事，大伯聽到消息，讓大嫂過來找娘想法子。」

琳怡和郭氏邊走邊說。

郭氏道：「……說郡王爺管束下屬不嚴，將半路上捉來的良家女人供軍士玩樂，還說張戈本就有伏法認罪之意，郡王爺偏就要挑起戰端，為的就是回京領功。」

郭氏越說越慌亂，緊張地看著琳怡。「妳也別太著急，那些御史誰沒參奏過？這陣風過去也就好了。」

琳怡還沒說話，兩個人就已經走到周老夫人屋門前，小丫鬟上前打簾，琳怡跨進了門。

看到琳怡，周大太太立即道：「郡王妃來了，快來商量個主意。」

琳怡坐下來，丫鬟將窗簾放下，周大太太將話說了清楚。「軍功下來都是眼紅，話是說得有板有眼，咱們郡王爺不可能做出這樣的事，如今張戈也殺了，到底是怎麼樣誰又知曉。」

一副為她著急的口氣。

周老夫人也皺起眉頭。

周大太太甄氏道：「要不然請太后出面求求情？」

琳怡還沒說話。

坐在旁邊的周二太太郭氏小心翼翼地道：「若是求情，不就等於將這些錯處都承認了？依我看，還是聽聽消息再說。」

甄氏眼睛一抬，譏誚地看郭氏。「若是遲了，皇上那邊有了定論要怎麼辦？」

郭氏就不知道該怎麼辯駁，抬起頭看向琳怡。

琳怡看看周老夫人。「郡王爺沒回來，我們也不知道到底是什麼情形，從前家裡全仗著嬸娘主意，現在……嬸娘也要指點一二。」

周老夫人拿起手邊的茶來喝。讓她指點，若是做錯了，這事就要怪在她頭上，尤其是琳怡眼睛中閃過狡黠的光，讓她不能不防。

「那就等等再說。」

甄氏著了急。「娘，郡王爺真的有事……可是後悔也來不及的啊！」

「大嫂別急，」倒是琳怡勸甄氏。「我父親也被彈劾過，聖上明察秋毫，不會被輕易左右。」

這話又說得滿滿的。

甄氏嘴裡頓時像被堵了石頭，吞不下去又吐不出來，半晌才冷笑道：「妳倒是不著急。」琳怡垂下頭。「我們是女眷，朝廷上的事我又不懂，萬一不經過郡王爺將事情辦錯了，郡王爺怪罪是小事，只怕壞了大局。」說著抬起頭看周老夫人。「嬸娘擔心的不也是這個嗎？」

周老夫人頷首。「晚上等郡王爺回來再商量。」

琳怡坐了一會兒就走了，郭氏送出門去，屋子裡沒了旁人，甄氏焦急地道：「娘，妳怎麼被陳氏說糊塗了？這時候進宮向太后訴訴苦，讓郡王爺避開去邊疆，將來有了功勞再調回任職，有了資歷官員們也就不會不服了，武將不就是憑功勞——」

想得容易。周老夫人看甄氏一眼。不看清楚再下子，將來就是有去無回。要去求情也要等到無路可走的時候，現在有了消息就進宮，真出了事，她這個嬸娘要往哪裡站……

甄氏只能盼著連個替周十九說話的人也沒有。

周元景很快帶回了消息。「朝堂上只有兵部武選司的一位郎中替郡王爺辯駁了幾句，怎奈那位郎中素有口吃，在朝堂上半天也說不出一個字來，真是火上澆油。」

甄氏聽著就笑起來。「怎麼會這樣。」

「連話也說不全還要出面，聽說將皇上氣得直接就退了朝。」

武選司本來是很有話語權的，畢竟上次皇上提出去張家堡，只有康郡王肯去，若是換一個口才好的，洋洋灑灑地說出來也有幾分震懾力。

武選司的郎中是有事上奏才能上朝，聽說這人站出來，開始還以為會是個變數，沒想到弄巧成拙。

甄氏笑得合不攏嘴。「康郡王能找到什麼人幫忙，剛剛依靠皇恩立了功，眼紅的人就多著，現在出了事，就算不去踩一腳也要看看熱鬧。」

周元景道：「怪就怪他自己不懂收斂，新婚穿著甲冑迎親，實在是太招搖了，能站在朝堂上的武將哪個不是出生入死，誰能看得慣這個？不就是仗著自己有武功底子，又年輕……」

甄氏將琳怡不肯讓周老夫人進宮求情的事說了。「兩個人都眼高於頂，太將自己當回事了，自以為聰明，早晚撞到南牆頭破血流。」

到了晚上，周十九沒有回來。

周元景猜測是不是被傳進宮去了，陳漢擦著汗回來稟告。「郡王爺進宮了。」

周元景揚起眉毛。件件都按照他們預想的來。

琳怡在周老夫人屋子裡等了一會兒，周十九仍舊沒有消息，周大老爺和周大太太又準備住下聽消息，周二老爺和周二太太郭氏回去老宅。

周家熱鬧了一天，終於開始慢慢靜寂下來。

琳怡坐在燈下，邊看書邊和橘紅下棋。

鞏嬤嬤將丫鬟打發出去，站在琳怡旁邊。

琳怡不經意地抬頭，看到鞏嬤嬤一臉愁容。

「嬤嬤回去歇著吧，這裡有白芍幾個伺候。」

鞏嬤嬤忙搖頭。「奴婢不累，奴婢年紀大了本就覺少，回去也是睡不著。」說著偷偷地看琳怡一眼。郡王妃怎麼一點都不發愁？

到了宮禁時，周十九仍舊沒有回府，琳怡吩咐鞏嬤嬤。「落門歇著吧，明日一早再出去打聽消息。」

鞏嬤嬤應了出去，白芍忙進內室鋪床。

躺在床上，琳怡一眼就看到矮桌上擺著的牡丹花。一時得皇上讚賞，還是正式踏足朝堂，這步並不容易，周十九早就知曉今日會有什麼事，卻還留下來跟她笑看牡丹。

這個人……

# 第一百四十九章

琳怡睜開眼睛，天還沒完全亮，伸手扯扯床邊的鈴鐺，外面值夜的橘紅忙進門伺候梳洗。管事的早早就出去打聽消息，不過宮裡的事恐怕要等到早朝之後才能知曉。

鞏二媳婦正給琳怡綰著頭髮，鞏嬤嬤進門向琳怡稟告，陳家讓人帶來消息，說是陳允遠一早就去了衙門，讓郡王妃不要太著急。

沙漏走到巳時末，琳怡在周老夫人屋裡聽到周元景繪聲繪色地道：「郡王爺在宮裡跪了一晚。」

跪了一晚卻仍舊沒有回府。

周家這些年沒經過什麼大風浪，這樣的消息已經夠讓周老夫人聞之色變。「好歹也是立過功的，就算有錯也不至於如此啊。」

周元景滿臉躊躇。「母親不知曉朝局，這可是欺君之罪。」

甄氏微抬眼角，看向對面的陳氏，彷彿埋怨陳氏年輕不懂事。「母親快想想辦法，再拖下去可就來不及了。」

周老夫人思量了半晌才攥起手裡的佛珠手串，抬起眼睛。「我就去試試，聽聽太后那邊什麼意思。宮裡的消息也不一定準。欺君之罪我們是不能認。」

周元景道：「就是這個意思，現在是周氏江山，唯有我們對皇上沒有二心啊！」

宗室的身分就有這點好處。

甄氏將周老夫人扶起來，周元景跟著囑咐老夫人。「母親進宮只說郡王爺沒有回府之事，只要太后不提起來，母親就一概不知，將郡王爺保回來要緊。」

甄氏也道：「郡王爺委屈也受了，還能怎麼樣……」

周十九的事就是一柄吊在頭頂的劍，不知道什麼時候掉下來，周家人彷彿深切感覺到了劍的鋒利。不過琳怡知曉，這柄劍其實是懸在她頭上，和旁人沒有大關係。

「嬸娘，」琳怡開口讓周老夫人停住了腳步。「嬸娘何不等到郡王爺回來再作打算？」

琳怡不和諧的意見就像一杆銀槍直戳進周元景的屁股，周元景一下子就跳將起來，惡狠狠地瞪向琳怡。「真是沒見識的婦人，郡王爺能出宮昨日早就回來，怎麼會等到現在?!」

琳怡眼睛清亮，不躲不避地對上周元景。「大伯說的就是這個道理，昨晚郡王爺在宮裡跪了一晚，今天早朝皇上也沒有定下郡王爺的罪名，我們著什麼急。」

周元景額頭青筋暴出，屋子裡的小丫鬟見了，嚇得臉色煞白。「郡王妃在娘家沒見過這般架勢，誰家晚輩不聽長輩的話——」

早知道周家會拿她的出身和周老夫人來壓她，聽到這話也見怪不怪，琳怡仍舊神態自若。她娘家雖為五品官，但是她父親是耿直之臣。「我父親說過，耿直之臣不能退而求其次，在朝堂上要黑白分明，上不負君主，下不阿權貴，中不侈親戚，外不為朋黨，沒什麼可懼的。」琳怡頓了頓道：「我們去求太后，就算是將這件事壓下來，將來郡王爺也會被人說是因宗室的身分才被豁免罪責，掌兵的武官沒有了威嚴不能被下屬臣服，將來就算得了官職也是虛銜。正因為我們是宗室，現在更要避嫌。」

琳怡一口氣將話說出來，然後斂衽向周老夫人下跪。「姪媳若是有話衝撞了嬸娘，還請嬸娘不要怪罪。」

屋子裡一下子靜謐下來。

周元景氣得想要一腳踹過去，看到琳怡身上戴著郡王妃品級的彩帨，卻又不敢動手。

「這孩子，快起來。」周老夫人親自將琳怡挽起來。「這是做什麼……我也是為了郡王爺，否則怎麼捨出老臉去。」

周老夫人這話說得委屈，若是周十九這次真的被責罰了，日後她在周老夫人面前再沒有理由申辯，今日的事傳到外面，還要說她拿郡王妃的身分壓長輩。

贏了不必說，輸了就被人握住把柄。

在彼此的對視之下，大家已經互相明白對方的意思。

琳怡先頷首。「嬸娘說的是，姪媳婦也是怕弄巧成拙。」

既然如此，周老夫人靜看了琳怡片刻。她不得不說陳氏膽子很大，初生牛犢不怕虎也是難怪。響鼓不用重錘，周老夫人將話說到了，先退讓一步也無妨。

周老夫人道：「妳父親是堂官，先聽聽他的意見也是好的，別看我們這麼多親戚，能幫上忙的也是不多。」

重壓都在琳怡和陳家身上，周十九娶了她，關鍵時刻連個能幫忙的岳家也沒有，反倒因她被累，周老夫人早就料到她會阻攔，已經提前想好了如何應對。

畢竟大家是一家人，鬧大了無法收場。

這就是嬸娘對待姪子、姪媳婦的法子。

琳怡突然為周十九覺得悲哀。換作旁人早就骨頭也不剩，周十九家的爵位按照親疏，就要過繼周老夫人的兒子去承繼。

等琳怡走了，周老夫人坐在內室裡喝茶，甄氏急得如同熱鍋上的螞蟻。「她跪就讓她跪，我們還怕了她不成？」

周元澈在宮裡跪皇上，陳氏在家裡跪她。

陳氏每次心甘情願地跪拜都讓人吃不消。

周老夫人不說話，甄氏又道：「陳氏這般肯定，是得了消息？」

官員是十有八九被御史參奏過，可是，周元澈這次可不是小事，成國公一案得罪了不少人，又在張家堡一事上讓人憤恨，最重要的是武將被提拔起來的是董家人，董家和陳家長房的關係勢同水火。

周老夫人淡淡地道：「陳允周立過大功，現在董家為他活動，想要等著陳家從前的爵位落在他頭上，郡王爺擋了他的路，咱們郡王妃的父親不幫忙說話還好，若是幫著郡王爺說話，有個幫親的罪名等著他。作為吏部的官吏，本來就應該潔身自好，這一點做不到也該挪個位置了。」就算周元澈和陳氏之前已經算計好了，還是小看了這次的風波。

她願意替周元澈去太后面前說情，那是因為有嬸娘的關係在裡面。現在她袖手旁觀，是因陳氏阻攔的關係，總之，無論如何這裡面沒有她的錯處。周老夫人將茶杯放在矮桌上，瞇著眼睛看窗口的花斛。進一步她能推波助瀾，退一步她也可以作壁上觀，何樂而不為？「你們下去吧，我要歇一歇。」

周老夫人這邊睡下了，陳家二房那邊田氏還跪在佛龕前唸經。

陳允周等得不耐煩，乾脆進屋裝起善男信女在佛前許起願來。「但願這次我們家順順利利的。」

田氏抿嘴笑著不語。

陳允周抓住田氏白生生的手。「好菩薩、親菩薩，勝敗在此一舉，菩薩再發發慈悲，可憐可憐弟子。」

田氏故意嗔怒。「老爺在佛前怎麼說這種話？」

陳允周將田氏的香身子抱在懷裡。「老天這般眷顧我，我還怕什麼？不能為所欲為，枉來世上走這一遭。人人求菩薩，我就不用，因為我家有這麼一尊活生生的，我每日都要抱著，難不成還不夠虔誠？」說著上下撫摸不停。

田氏才從鎮國公家回來，和聚在鎮國公府的夫人們才講了佛經，正覺得口乾舌燥，推開陳允周。「萬一這事不成，老爺豈不是怨我？」說著要去取茶喝。

陳允周將茶捧來餵田氏，收斂笑容。「鎮國公那邊有什麼消息？」

陳允寧是爭不來爵位了，鎮國公府只好和他們結盟，琳婉對他這個二叔也恭謹有加，還不是想將來幫鎮國公世子取個好前程。

田氏潤了潤嗓子，目光流轉，彷彿照得朱砂痣都明豔起來。「郡王爺沒有根基，幫他說話的人有，卻都不能上達聖聽。」

這可是喜事。

田氏彷彿有些不忍。「咱們和郡王爺無冤無仇。」

陳允周拉起田氏的手。「我們只是先發制人，難道要等著將來做俎上魚肉？菩薩也是懲惡揚善，妳這做的可是好事。」

田氏這才安下心來。「三叔定是會幫忙呢，這把火終是要燒到我們陳家自己身上。」

陳允周臉上浮起不屑的笑容。「怕什麼，陳允遠這個新上任的京官，還能對付林家不成？南書房可是有林家相熟的人在裡面，有消息林家自然會立即知曉。」

只有等陳允遠一家根基不穩的時候動手，這爵位來得才踏實些。

陳允周越想越得意，正要再將田氏抱緊懷裡，只聽外面一連串的叫聲。「母親、母親在裡面嗎？」

說話間，琳芳闖了進來，顧不得看屋子裡的情狀，一下子撲進田氏的懷裡。「母親，是真的嗎？康郡王要被皇上重責？是因成親的時候太過張揚？」

琳芳隱約聽到隻言片語，顧不得多打聽，徑直來問田氏。

田氏微頷首。「和成親有些關係。」

「那……」琳芳攥起手裡的帕子。「琳怡會不會被周家休棄？這些都是因她而起，她才是罪魁禍首……」

「傻孩子，」田氏嘆口氣。「妳六妹妹沒犯七出，怎麼會被休回來？」

琳芳本來鼓起的氣頓時洩了下去。

一旁的陳允周冷冷笑道：「就算現在沒被休，將來也會有那麼一天。聽說六丫頭昨天就攔著周老夫人進宮求情，她以為她那個做吏部郎中的爹能扭轉乾坤？」

# 第一百五十章

四月的天氣還格外冷峭，陳允遠裹緊了身上的披風，邁著沈重的步子進了家門。小蕭氏帶著人等在那裡，見到陳允遠回來開口就問：「老爺，怎麼樣？」

陳允遠不想說話，如今彷彿還能感覺到周圍人的安靜和漠視。

這個京官做得竟然這樣難，比在福寧的時候一點不差。平日裡混混日子倒還好了，一旦有重要的事，上峰就會吩咐下來，他完全沒有法子獨自作決定。眼看著一個個作風不正的官員外放了實缺，他是有苦難言，就連這次女婿被彈劾，他不過是想要幫襯著說句話，換來的就是旁人頗有深意的眼神。

「摺子我是遞上去了。」陳允遠在長房老太太房裡喝了熱茶，嘴唇才勉強張開。被牽連就被牽連，否則這樣做個聾啞官員也是無用。

長房老太太讓聽竹用美人拳給她捶腿。屋子裡的氣氛窒悶，半晌，長房老太太才嘆口氣。

「按理說你在吏部，好些話不得說出口的。」

陳允遠開始也沒打算上奏摺，只是……

「著實可恨，兵部武選司的大人硬被逼得話也說不上來，去年郡王爺帶著幾百輕騎出京時，皇上也問過琳怡的婚期，既然那時我說了話，而今我也該張著個嘴。我是問心無愧，御史想要彈劾儘管來，大不了丟官回家。」現如今做官都要講根基，那些平日裡無所作為的只要肯對上峰諂媚，那些有家勢的只要有老子開路，一個個升遷極快。

陳允遠在福寧認識的清流，是天經九年的同進士，在京一直不得伸展，出京之後更是被一貶再貶，年過五旬不過熬個知縣，只要想起這位老大人，陳允遠就覺得這個吏部郎中做得不踏實。

「論資歷、家世，董長茂的勢頭是不好壓過去。」再加上皇上有意抬舉，朝廷裡的武官十分給董長茂臉面，陳允周在武將裡漸漸混開，就算不天天去衙門報到，好事還是圍著他轉，陳允遠想著就氣憤不平。

這邊倒還好說，小蕭氏皺起眉頭。「我們家還這樣，也不知道琳怡會如何。」

皇上在南書房處理政務，翰林院裡留了不少靜候。

林正青這個小小的翰林修撰不敢走，齊重軒也正好手頭有文書要謄寫。自從科場舞弊案之後，齊重軒很少和林正青說話。

海禁之題和去主考官家借書都是林正青的主意，雖然之後林正青解釋怕被牽連，他也不是傻子。林正青為人陰狠，這個狀元之名更是不實。

看著林正青走過來，齊重軒本想避過去，可是林正青接下來的話，他很難不聽進去。

林正青道：「你說聖上準備怎麼處置康郡王？陳允遠大人上奏摺求情，現在被呈進南書房，我剛才聽說南書房裡很緊張。」

他受冤入獄的時候，陳允遠大人曾幫他上下活動。

齊重軒自然而然地放下筆，抬起頭看林正青。「學士讓我們少論政事，林兄還是別在這裡提起。」

林正青微微一笑，安撫地看齊重軒。「無妨，反正一會兒就要有定論，只要皇上不出南書房，我們就不用下徜了。」

林正青靠著林家的關係，在翰林院能更快地聽到各種消息，齊重軒想要問，最終還是按捺住。正如林正青說的，只要今晚留在這裡，所有事都會知曉。

不一會兒，林正青坐下來。「恐怕陳允遠大人要危險了，吏部考評不佳，現在又不避親，皇上召見吏部尚書，吏部尚書說，陳允遠大人還沒有適應做京官。」

這話就十分嚴重了。

被調任到吏部這麼長時間，不適應做京官，也就是說這個吏部郎中不能勝任。

林正青說到這裡，齊重軒皺起眉頭。「你沒覺得這裡面是有人操控？康郡王怎麼也是立過功的，為何就沒有一個人替他說話？」

他們這種六、七品的小官自然沒有話語權，而朝堂上的各位大人難得地眾口一詞。

林正青從開始的看好戲的心態中漸漸回過神來。這事沒有表面上看得這樣簡單，康郡王表面上看似受盡了委屈，諸罪加身，萬難申辯。

朝堂上這樣的爭論也不是一次、兩次，按照以往的經驗，處置的摺子早就該發下來。這次不但沒有發下來，皇上還扣留了康郡王。

這是一個局，早就提前設好的局。

南書房的奏摺堆得像山一樣高，皇帝偶爾從繁忙的政務中抬起頭，南書房裡的翰林院學士立即停下手裡的工作，站起身聽命。

「你們先忙著，」皇帝踱步出去。「一會兒朕再回來。」

翰林院學士們躬身送走皇帝。

皇帝坐上步輦，低聲吩咐。「去景仁宮。」

這已經是近幾日皇帝第二次去景仁宮，從旁的內侍從這裡面悟出了些意味。

景仁宮裡沒用重香，皇帝坐下來，呼吸之間心裡輕鬆了許多。

皇后將宮人打發出去，坐下來等著皇帝開口。

夫妻這麼多年，沒有人比她更瞭解皇帝的脾性。

「廣平侯的爵位因妳母家之事被奪，我早就想選人承繼廣平侯，雖不能明面上將當年的事說清楚，也算為當年的事伸張。」

提起母家，皇后想起從前的往事。除了父兄被牽連，多少人的前程也被糊裡糊塗地斷送，這些年，外面人一直不知曉裡面的實情。當年水師的事是因皇上少年激進才全軍覆沒，皇上怕此事落人口實，父兄就一力承擔下來，她也被蒙在鼓裡，之後廣平侯等大臣知曉了內情……再往後，有人被尋了藉口奪爵，有人被冤屈著罷職，一番狂風驟雨，將少年君主的罪責吹得乾乾淨淨。

這些事除了參與其中的人，外面幾乎並不知曉，她也是後來才知道真相。再後來，她和皇上之間就有了嫌隙，但凡看到眼下這些富麗堂皇的物件，就能想到父兄血淋淋的模樣。作為妻子和皇后，她都已經盡了全力，對身邊的人，她卻永遠不能再視為夫婿，而是君主。

她清清楚楚地知曉，皇帝就是皇帝，身為九五至尊，其他人在他眼裡如同草芥。

康郡王妃陳氏就出自廣平侯陳家。

皇后神情平常，聲音也沒有波瀾。「皇上復了廣平侯爵位，陳家定會感念皇上恩德。」廣平侯一直到死都守口如瓶，算是為大周盡忠。

皇上善用無依無靠的臣子，這樣的臣子只能依靠皇上隆恩，更加忠心。

皇帝抿著嘴，慢慢道：「上次內命婦進宮，皇后可見到了康郡王妃？」

皇帝問起這個，皇后並不覺得意外。「見到了，很懂規矩知進退，話不多，性子穩健。」陳氏出自廣平侯家，廣平侯是當年少數為她父兄說話的人，何況陳氏現在的處境讓她想到從前……她倒是願意為陳氏說幾句好話。

皇帝眼睛不抬。「朕聽說，康郡王的嬸娘要進宮求情，卻被陳氏攔住了。陳氏說她父親和康郡王上不負君主，下不阿權貴，中不侈親戚，外不為朋黨，乃是耿直之臣。若是以宗室的身分進宮求情，倒壞了康郡王的聲譽……」說到這裡看向皇后。「是否當真是有耿正的家風？」

皇上知曉得這樣清楚……

周十九出了事，康郡王府格外引人注意，只要有什麽消息從府裡傳出來，定然會很快送到旁人耳朵裡。

琳怡就是要藉著這個將想說的話說出來，這樣那些話更有說服力，可謂是事半功倍。

琳怡將手裡的護膝繡好打了結遞給橘紅，橘紅接過去洗乾淨燙平。

琳怡看向多寶閣上的沙漏。這個時辰該有消息了。「玲瓏準備紙筆，我要寫會兒字帖。」

周大太太甄氏進屋聞到側室裡的墨香，不由得暗自好笑。陳氏還有閒心來寫字。

琳怡請甄氏坐下。

甄氏是來安慰琳怡的，可是看到屋子裡一切如從前般，安慰的話也就無從說起。兩個人還沒說上句話，陳漢終於打聽到消息，進府稟告。

陳漢道：「護軍營那邊亂起來了，好多兵馬圍過去，聽說抓了不少的人，統領、副統領都下了大獄。」

甄氏聽了詫異。「最近這是怎麼了？這樣不消停。」

「護軍營的副統領也曾去過福建平叛，也才領得功牌——」

甄氏似是聽明白了這裡面的意思，心裡頓時欣喜。「這……有功之臣怎麼也被捉起來了……」成國公案子得罪了不少武將，想必是……因為這個才被捉的，以此推算康郡王想到這裡，她看向琳怡。「妳也別想太多。」現在聽到的消息，對於陳氏來說都是再壞不過。

甄氏看向回話的下人，如今已經被嚇得滿頭大汗，目光一轉看向陳氏攥著手帕的手。陳氏的手心也該濕透了吧！

琳怡也在看陳漢。

陳漢急得滿頭大汗，想要說話卻說不出來。陳漢和桐寧兩個人截然相反，桐寧口齒伶俐、行事靈活，陳漢不擅言辭，做事卻比誰都忠實，所以桐寧常跑腿，陳漢則替周十九辦些事。

要是在平日，琳怡就會詢問陳漢，這樣更容易弄清楚來龍去脈，不過看到甄氏緊張表情下遮掩不住的喜悅，已經聽明白的琳怡故意不開口。

陳漢說話向來抓不住重點，詞不達意。

他結結巴巴，汗流浹背。

「陳漢，你說郡王爺怎麼了？」琳怡等著甄氏背地裡笑過三巡，這才間接提醒甄氏，陳漢不是因周十九的處境著急，而是說不出話著急。

陳漢這才擦擦汗，道：「郡王爺去了護軍營。」

「去護軍營做什麼？」

陳漢道：「奉命去拿護軍統領。」

甄氏恍然沒聽懂陳漢的意思。

琳怡鬆口氣，笑容滿面，伸手拉起僵在椅子上的甄氏。「大嫂，郡王爺沒事了，我們都可以安心了，您快回去告訴嬸娘，免得嬸娘再著急。」壞消息巴巴地來告訴她，現在有了好消息，大家也該禮尚往來。

稟過了周老夫人，琳怡拉著甄氏做一桌小宴。

「大家擔驚受怕的，郡王爺能平安回來，大家就一起壓壓驚。」

這才是內宅婦人該做的事。

# 第一百五十一章

琳怡和甄氏走進廚房。「大嫂中饋做得好，趁著這時候來教教我。」

甄氏看向琳怡。嫁進周家這麼長時間，偏選今日讓她來教中饋。聽到周元澈沒事了，她心裡就堵得難受，恨不得在陳氏看不到的地方好好發洩一番，順便再打聽打聽到底是怎麼一回事，偏陳氏一反常態幾乎和她寸步不離，下廚房都要拉著她。

甄氏表現出心不在焉，琳怡卻裝作沒看見，不斷地詢問甄氏周十九愛吃什麼。

要知道從前周家都是甄氏管家照顧老小，她是新婦自然知曉得不多。

鞏嬤嬤在旁邊笑著道：「郡王爺在外一定吃喝不好，回來可要好好補補。」

「大嫂，」琳怡望著臉皮繃得緊緊的甄氏。「郡王爺愛吃什麼？」

滿廚房的廚娘大眼瞪小眼地看著甄氏，琳怡垂著手，滿懷期待地笑著。

「我……」要是在平時，她倒還能想出個子丑寅卯，現在腦子亂成一團，哪有閒心想這個？

「妳這樣一問，我一時還想不起來了。」

琳怡很是意外。「大嫂該不是不知道吧？家裡的廚娘好像也不知曉。」她嫁進周家以來，凡是周十九的喜好，周家下人知曉得甚少。她和哥哥喜歡的飯菜，家裡的廚娘可是張口就來，周家辦宴席，菜單上列的菜品，周十九鮮有動筷，她倒是仔細數過哪幾道是周老夫人、周元景愛吃的，哪幾道是周元貴愛吃的，哪幾道是甄氏、郭氏愛吃的……

「怎麼辦？」琳怡故意著急。「這些事我還不清楚呢，大嫂快好好想想，別委屈了郡王爺。」別當旁人都是鋸了嘴的葫蘆，該替周十九說的話，她是一個字也不會少。

平時話不多的陳氏，這時候怎麼就來了話匣子，甄氏臉色難看。

尷尬。沒想到妯娌兩個第一次談中饋會是這樣的情形。

廚房一瞬間安靜，甄氏的臉色一陣青一陣白，好在平日裡也花過些功夫，穩住心神，勉強報了幾個菜名。

「大伯喜歡喝竹葉青。」琳怡說著打發丫鬟去取。「多拿幾罈來。」

周元景習慣酒後吐真言。

「別拿酒了。」甄氏剛鬆口氣，立即又警惕起來，忙伸手阻攔。「晚上喝醉了可怎麼得了？」特別是在心情不好的時候，很容易將怒氣洩在酒後。

琳怡笑著道：「在自己家裡怕什麼，喝了醒酒湯就安歇。」周元景和甄氏不是喜歡在郡王府住下嗎？今天她就懇切地留他們，免得讓他們這兩日無功而返。

只要酒罈擺上，周元景是管束不住自己的。

琳怡和甄氏都深知這一點。

甄氏現在想離開郡王府，已經晚了。

甄氏只能回去勸說周元景或是不碰酒，或是別說不合時宜的話，免得將來傳出去，他們這對好兄嫂無處立足。

門禁之前，周十九總算是回府了。琳怡將周十九迎進周老夫人屋裡，滿屋子裡的人都喜氣洋洋。

周十九將這兩日的事講了一遍。「御史參奏的那些事子虛烏有，皇上還是肯信我，跪在宮裡一晚是為了磨我的性子，小懲大誡，免得將來在任上有疏忽。」

聽到「任上」兩個字，周元景眼睛裡彷彿冒出綠光。

周十九緩緩道：「皇上提了我做護軍參領，朝廷任職明日就會有文書。」

護軍參領是正三品的武將官職。

怎麼會眨眼之間就乾坤逆轉？不但沒有被彈劾成，反而補了正三品官職。

琳怡看了一眼周十九，周十九目光清亮，正看向她。

這是早就算計好的。

以周十九的年紀和資歷，確實不能留京補三品正職，除非皇上格外恩典。

周十九求的就是這個恩典。

在朝堂裡孤立無援，沒有旁人抬舉，只有皇上肯用他，這樣的臣子皇上用起來安心。周十九娶了她，她娘家和董家的關係不好，正好用來互相牽制。

最重要的是，這幾日彈劾周十九的奏摺漸多，和之前平叛請功的摺子放在一起，多麼扎眼。就是因為周十九年輕莽撞，不足以大用，這不是和皇上尚未親政時一樣？

朝廷上為周十九說話的人極少，只有說話結巴的武選司那位大人，這個人周十九找得極好，有口吃的官員大周朝不是沒有，能做到堂官就極少，除非品行極佳的能吏。這樣的人平日裡不起眼，其實得皇上信任。

武選司的大人就算站在旁邊一個字也不說，也有了作用。

周十九從和她成親那日就已經有了算計，故意張揚，故意讓對手有機可乘，參奏他的奏摺中說不定也有他扔出的拋磚石。

任何人都是周十九手裡的棋子。

周十九早就看準了護軍參領的官職。

大家說著話，飯菜已經擺好了，琳怡扶著周老夫人去宴席，周元景尚有話沒問清楚，礙著宴席，只好暫時將嘴邊的話吞進肚。甄氏提前和周元景知會好要少飲酒，可是周元景三大碗下肚就再也阻擋不住。

琳怡和周十九吃過飯回到第二進院子，甄氏還忙著阻攔周元景喝酒，這樣一來二去地攔著，周元景藉著酒勁發起脾氣。

琳怡才梳洗完，第三進院子就鬧起來，甄氏忙著應付。

琳怡吩咐鞏嬷嬷。「早點落門歇著。」

鞏嬷嬷應了一聲，和白芍一起關門出去。

屋子裡就剩下周十九和琳怡。

周十九坐在床上，安靜地看著琳怡笑。和在周老夫人屋子裡的笑容不同，如今他臉上透著難得的喜悅。

「屋子裡有點冷。」

琳怡將他的官袍準備出來，剛想去看看橘紅準備出來的是哪雙靴子，就聽到他的話，只得拿著燭檯折返。

「我讓人換了床被子，郡王爺若是蓋不習慣就換回來。」

她將燭檯放在矮桌上，伸手去扯床邊的被子，不料一雙大手將她撈過來放在床鋪上，小鳳凰的錦被就蓋過來。

明明是他說冷，這被子卻蓋在了她身上。這人就算是關切也不會直說。

「早些睡覺。」

琳怡還沒反應過來，矮桌上的燈已經被周十九吹滅了。

黑暗裡，他的手握著她的腰身，細細地摸上去，一直到她的臉頰。「瘦了。」

亮著燈沒有說這句話，偏要等到這時候……

放在她頸窩的手指讓她覺得癢癢的，琳怡嘴角忍不住爬上笑容。

她伸手去拉周十九放在自己脖頸邊的手，修長的手指彷彿早就等在那裡，立即和她的合掌交握。她猶豫了片刻，沒有躲開，而是鬆懈下來，任由他拉著將手放在兩個人中間。

琳怡不大說話，周十九的另一隻手開始在她背後慢慢拍起來。

就像哄小孩子一樣。

一下一下的拍撫隨著心跳倒也讓人安穩了不少。這兩日她也並不是完全不擔心，現在才是真的覺得舒暢了。

琳怡突然想起來。「我去擰帕子。」讓橘紅拿了的熱水還擺在桌上。

周十九堅定地將琳怡拉回來。「擰帕子做什麼？」

他在宮裡跪了一晚，就算是不在乎。「腿還是要敷一敷。」

他微笑。「沒跪那麼實，宮人不是時時都看著，只是後半夜覺得餓，想回來吃飯。」

琳怡眼睛一跳。「想吃什麼？明天早晨給你做。」

「上次妳做的金絲球沒吃到。」

上一次，她才做好的點心直接送去給了鄭七小姐。

說起這些話，他們之間彷彿沒有了阻隔一樣。

# 第一百五十二章

琳怡閉上眼睛。這幾日想得太多，睡覺也不踏實，如今周十九回來了，也算告一段落。只是這樣想著，她一下子就睡著了。

有時候睡一天也不覺得神清氣爽，可有時候幾個時辰就能恢復精神。

琳怡糊裡糊塗地醒來，先聞到一股淡淡的清香，放在腰上的手，已經解開衣帶，順著衣襟伸了進去。

溫軟的親吻就落在耳後，她抿起嘴唇沒有轉過身去。反正無論她怎麼抗議，周十九都能振振有詞。

那吻沒有停下的意思，細細地親下來，琳怡覺得脊背上有小蟲在爬，再也不能裝睡，轉過身來。

周十九那雙含笑的眼睛果然在等著她。「下雨了。」

經這樣提醒，琳怡靜靜聽著，果然聽到淅瀝瀝的雨聲。

窗外的濕涼彷彿吹進屋裡，身邊的溫熱就格外地讓人覺得舒服。

纖細的身子在他懷裡漸漸地放鬆下來。

周十九輕輕道：「這雨一時半刻不會停，一會兒讓他們將排水堵起來。」

她在福寧的時候堵排水、放水禽……琳怡詫異地看向周十九。這話是誰告訴他的？是哥哥？

「我們府裡正好有鴛鴦，一會兒——」

周十九的話還沒說完，琳怡已經笑起來。「郡王爺，我們府裡養的不是鴛鴦，是野鴨子。」

他安然一笑，靜靜地聽著，伸手拂過她的長髮，然後低下頭來，溫熱的嘴唇親在她的耳垂上。

周十九是故意逗她說話。

琳怡故意生氣轉過身去，他手一鬆，也不攔著。

他得了護軍參領的差事，大約早晨是要上朝了，這個時辰也該起身，正想著，她就去摸枕邊床櫃上的小衣。

「今天不上衙。」

手臂將她攬回來抱在懷裡。

面對這樣的人，軟的不行硬的也不行，就算她防備著他，卻也不想冷冰冰地過日子，周十九好像就抓住了她這一點。

他曾說過：「再聰明的東西，只要找到它的弱點，它就是妳的了。」不知怎麼，琳怡無緣無故就想起這句話。

周十九奉行的主張和旁人不一樣。他外表是從容的笑，其實內裡是尋常人不及的驕傲任性，要想不被世事拘束，算計要比旁人用得更多些。她不喜歡被算計，可是身邊偏偏就是這個人。

「那就再睡一會兒。」琳怡假意閉上眼睛。

周十九笑吟吟地看著她，臉不紅心不跳慢悠悠地道：「好像這個樣子也能行。」

琳怡還沒弄明白這話是什麼意思，周十九躬身和她的腰臀貼在一起。她立時大窘，掙扎起來。「也不害臊……」

周十九聲音清澈。「漢書裡，張敞尚敢在宣帝前說，閨房之樂有甚於畫眉者。我就算風流、輕浮也不過是在閨房裡。」

博通古今就學了這些東西。

他沈下頭微笑。「元元，我這麼大年紀了，什麼都不懂要讓人笑話。從前也就罷了，現在可是成了親。」他似是在等琳怡臉上也浮起笑容，可她只是被他的言語惱得無可奈何。

「張敞因畫眉讓宣帝以為缺乏威儀，沒有列公卿。」琳怡思緒微遠。終究還是因夫妻情篤被人抓住把柄，從而失了前程。

周十九不是張敞。

閒時大家聚在一起的時候偶爾提起張敞，他不認為張敞有尋常人不及的膽色，只是……旁人未經此事，永不會想到自己能不能或者敢不敢，所以他也沒有答案。

早晨起來手腳多少有些僵冷，可轉眼就變得熱起來。

額頭上是薄薄一層汗珠，帳子裡的味道辛辣中帶著絲香甜。

這一次，周十九極為耐心，手鑽進她的衣襟慢慢地撫摸著，人在她身上半天也沒有動作，只吻得她有些氣喘吁吁，才將她的褻褲褪下。修長的手指就沿著她的小腹移到了腿間，輕輕地揉動和細密的吻讓她慢慢放鬆下來。

被褥很鬆軟，就像曬過陽光般，有一種特有的香氣，她的身體也變得輕軟，周十九這時候撐開她的腿衝撞了進去。

比起之前，這次少了許多疼痛，而是因為撐開而感覺痠脹，忍耐一會兒，不適漸漸消散，心跳隨著律動加快起來。

大汗淋漓之後，之前的談話彷彿就被拋到了腦後。

琳怡剛要起身找小衣。

換到床外的周十九霍然起身，伸手將袍子拿過來穿在身上，然後拉起錦被，溫和的目光定定地看著琳怡。「妳先別起身，我去叫郎中來。」

怎麼了？琳怡詫異地看向周十九手裡的軟巾，上面好大一片血跡。一瞬間，琳怡也覺得手腳冰涼。

是哪裡出了差錯？

聽到郡王爺說請女郎中來，白芍向內室裡望了望，神情慌張起來。「是不是郡王妃……咱們府裡有帶來的嬤嬤，要不要讓她先過來瞧瞧？」

周十九道：「還是去請女郎中。」

白芍應下來剛要走，只聽內室裡傳來琳怡的聲音。「白芍先別去，將鞏嬤嬤叫過來。」

白芍看向康郡王。

康郡王頷首，白芍像箭一樣跑了出去。

不一會兒工夫，鞏嬤嬤急著進了門，先向康郡王行了禮，之後就推開門進了內室。

琳怡已經穿好了小衣正靠在迎枕上。

帳子裡的味道撲鼻，鞏嬷嬷立即意識到發生了什麼事。剛成親的主子冒失，說不得做了什麼莽撞的事，尤其是昨晚，郡王爺心裡高興多喝了兩杯。

「郡王妃哪裡不舒服？」

琳怡抬起頭看到周十九，臉上一紅，吩咐橘紅。「先去給郡王爺更衣。」

周十九搖了搖手，自己去了屏風後。

他穿好了長袍，鞏嬷嬷已經吩咐丫鬟去熬藥水來。

「怎麼樣？」

看到周十九，琳怡的臉微紅。「沒事，是我的小日子來了。」她去年才來了天癸，日子一直不準，她也就沒有習慣想到這上面，突然看到周十九手裡巾子上的血跡，她也沒有了主意，可是聽到他讓人請女郎中，這才想起來……

周十九淡定從容，表情更是不著痕跡，聽得這話笑了笑。「下次記著些。」

似是在笑她，大驚小怪的可是他。

琳怡順著他的臉看下去，不禁訝然失笑。「郡王爺外袍的扣子繫錯了。」

從來衣冠整齊的周十九，穿著繫錯扣的袍子，笑容優雅地在屋子裡行走……

難得休息一日，琳怡和周十九吃過飯回去陳家。

小蕭氏看到女婿也就放下心來。昨天還是愁雲慘霧，今天就雲開見月明了。護軍參領的官職聽起來很大，到底是做什麼的，小蕭氏也不好意思問，只是知道正三品的官職已經很大了，何況女婿這樣年輕，將來做一品大員也是有希望的。

家裡正好給衡哥選武功師傅，小蕭氏就託女婿去看看。周十九答應下來，小蕭氏心頭一鬆。她正愁會挑不好，這下好了，女婿見識廣，定能挑出合適人選。

周十九去忙乎，長房老太太和琳怡在屋子裡說話。

這次雖然平安，長房老太太仍舊囑咐琳怡。「以後更要事事小心。」現在康郡王是木秀於林，說著，她問琳怡：「周老夫人和妳的妯娌聽了消息怎麼樣？」

琳怡就將昨晚拉著甄氏下廚的事說了。「今天一早，周元景和甄氏就回周家老宅去了。」

長房老太太好笑地看了琳怡一眼。「妳這個孩子啊，真是調皮。」

被她們害就得忍著，現在翻了身自然要還回來，也警告她們，下次還有下次的說法。

長房老太太一直不明白。「郡王爺對周老太爺、周老夫人到底是什麼態度？兩個兄嫂他又是怎麼想的？」

周十九將她娶進門就讓她在府裡立威，自然就是要對付周老夫人和周元景、周元貴。「看得出來，郡王爺對周老太爺更像是待長輩，周老太爺將郡王爺帶回周家，對待郡王爺似是比對周元景、周元貴還好，也怪不得郡王爺將老太爺當作長輩，日後我也會盡力悉心照顧。」

長房老太太點頭。琳怡向來會揣摩人心，她這樣說定是這般。「老太爺的病如何？還能不能得治？」

「每日奉藥，不見好轉。」琳怡道。「孫女也問過御醫，陳年舊疾只得維持，而且平日裡侍候都是周老夫人親力親為，孫女想要插手也沒有機會。」
長房老太太靜下來思量。「按理說該是沒什麼問題。怎麼說周老太爺也是一家之主，這病也不是一年、兩年了。」
這倒是，不過周老太爺見到周老夫人發抖的那一節，琳怡始終覺得蹊蹺。
說過這些，長房老太太說起鄭家。「惠和郡主要給鄭七小姐物色親事了，我上次過去，母女兩個剛好出去宴席。」
鄭七小姐定會覺得鬱悶。
祖孫兩個才說到這裡，小蕭氏匆匆進門，徑直走到長房老太太身邊。「老爺回來了，還跟著位內侍。」
長房老太太聽得這話起身，琳怡上前攙扶，轉頭吩咐聽竹。「去將貢茶沏來。」
屋子裡才佈置妥當，外面就傳來說話的聲音。
內侍在向周十九行禮。
小蕭氏緊張地攥著帕子迎出去。
片刻工夫，門簾高高掀起，內侍進了屋子。

# 第一百五十三章

大家互相見過禮，穿著官服的內侍笑得眼睛瞇成一條縫。「給老祖宗道喜了。」

長房老太太看到陳允遠一臉激動的表情，就算是再鎮定，心也似被一條線突然提起來。她忽然想到丟了爵位那日，老太爺面若死灰般帶著內侍來取爵位的鐵券，她當時聽了消息也是愣在那裡，耳邊嗡嗡直響，半晌也緩不過神來。

內侍的嘴一開一合。「老祖宗準備好明日迎廣平侯的丹書鐵券吧！」

這是真的，陳家的爵位終於能承繼了……

長房老太太的手緊緊地攥住琳怡的。多少年了，爵位終於回來了，在她已經不抱任何希望的時候，朝廷將爵位還給了陳家。

內侍向陳允遠行禮。「咱家向廣平侯道喜。」朝廷的正式旨意雖然還沒下，皇上已經在南書房口述陳家陳允遠襲爵，這事定是錯不了的。

長房老太太年紀大了，經的事也多，先反應過來，忙和內侍應付幾句，吩咐讓下人取了喜錢打點內侍。

送走了內侍，眾人在長房老太太房裡坐下。

陳允遠仍舊壓抑不住心中的驚喜，抬起頭看長房老太太。「母親，咱們的爵位回來了。」

這樣大的喜事突然降臨在他頭上，陳允遠如今不知是哭是笑，在聖前本來嚇出一身冷汗，現又高興出一身汗。

皇上將他傳去宮裡問他吏部任上的事，在吏部做郎中政績如何，他心裡是再清楚不過，皇上一通責罵下來，他只有跪地聽訓，不能反駁半句。

那雷霆萬鈞般的聲音，現在還震得他耳朵生疼。

「朕看你確實不適合在吏部任郎中，之前是高看了你。」

這話一出，陳允遠心中一陣瑟縮，整個人如同置身冰窖。

「擬旨，」皇帝提起筆來繼續批奏摺。「革除陳允遠吏部郎中之職。」說著快速在奏摺上寫下御批，然後合上，丟在陳允遠腿下。「你規諫的奏摺寫得不錯，就去科道吧。」說著頓了頓。「你陳家廣平侯的爵位也該尋人承繼。」皇帝抬眼看看陳允遠，揮揮手不再說話。

陳允遠半天也沒反應過來。

還是內侍走過來提醒。「陳大人，跪安吧！」

他這才跪下來謝恩。

陳允遠將整件事講得驚心動魄。不過是短短幾刻鐘的面聖，卻讓他覺得過了好久。

「兒子沒見到內侍前，還以為爵位是給二哥的。」董家活動了那麼久，陳允遠以為復爵要歸於董家功勞，而且皇上也沒有說明，承繼爵位的人就是他。

長房老太太道：「讓你去科道是任什麼職？」科道乃是朝廷耳目之官，糾察內外百司之官，這次彈劾康郡王就是科道兩衙門的御史，如今皇上讓允遠去科道任職，那不是如同在湖中投了顆石子？

曾被人彈劾的人，也去彈劾旁人。

陳允遠道：「都察院六科掌院給事中。」

這可是名副其實地升遷啊！

琳怡抬起頭看周十九，周十九也正轉頭看她，目光相接，他嘴邊的笑意更深了些。

小蕭氏道：「老爺這是多大的官職啊？」

陳允遠說起來有些不好意思。「正四品。」

正四品？小蕭氏驚訝地張開嘴。就算是好事成雙，這也太好了……她都要懷疑是不是真的。

陳允遠道：「我和科道衙門裡的御史有過過節，去了還不知是福是禍。」說著去看周十九。

周十九笑著道：「皇上向來喜歡朝堂上言論廣些，若是沒有人道時政之得失，析言地方之利弊，那不是朝堂上言路壅塞？」所以只要皇上有這個心，御史言官是最沒必要同出一口氣的。

陳允遠覺得女婿的話說得甚有道理，於是急忙忙地將女婿拉去談政事。

琳怡就幫著小蕭氏佈置院落，兩個人才看著下人收拾好祠堂，譚嬤嬤就一臉笑容地進門，看到左右沒人，譚嬤嬤道：「二房那邊坐不住了，著人來打聽消息呢！看門房換了新燈籠，還直問是不是有喜事。」

本來就是陳家長房的爵位，現在皇上還給長房也無可厚非。她們這邊正高興，二房那邊定是亂成一團。

琳怡看向小蕭氏。「聖旨下來之前，我們家裡還不能張揚，萬一大伯、二伯正式問起來，母親再說吧！」

譚嬤嬤笑起來。這樣半遮半掩，不是要急死人了？

陳家長房這邊家宴聚集了人，陳家二房也是將所有人都聚在一起。

陳允寧直盯著陳允周看。「是不是真的？」

陳允周去林家打聽消息。若是承繼爵位，皇上一般會讓翰林院入值南書房的官員擬旨。

陳允周此時是最不願意開口的。「是真的。」

陳允寧藏在心裡多年的怒氣終於發出來，伸手就將小丫鬟托盤上的茶碗舉起來摔在地上。

瓷器碎裂的聲音讓屋子裡所有人都嚇了一跳。

送茶的小丫鬟立即哭起來。

這套茶碗是陳允周送給二老太太董氏的，二老太太董氏極為喜歡，經常拿出來用。

看著小丫鬟哭得哆哆嗦嗦，陳允寧霍然起身一腳踹了過去，小丫鬟悶吭了一聲摔在地上，手上的盤子也打在陳允周的腿上。

陳允周一下子跳起來。

陳允寧看也不看弟弟，只是對著小丫鬟辱罵。「這麼熱的茶要燙死爺?!」

大太太董氏將手縮在袖子裡也不去管。爵位多是由長兄承繼，若不是母親偏著老二，怎麼會讓老三鑽了空子過繼到長房去?雖然爵位成了老三的讓她驚慌，可是她心裡還有一股幸災樂禍的滋味。

老二做了廣平侯，老爺的這口怒氣就別想發出來了，今天藉著變故，正好將沈鬱在心裡的情緒一併排解。

「毛手毛腳的丫頭。」大太太董氏說著，起身向旁邊的婆子用眼色，婆子上前將那丫鬟帶走，然後勸起陳允寧來。「老爺先別急，大家好好商量商量，我們人多，說不得能想到好法子。」

這風涼話說得極為到位，暗地裡又指二老太太董氏只偏著陳允周，若是兩個兒子都幫，說不得現在還有補救的法子。

二老太太董氏冷冷地看了大太太一眼。

陳允周失了爵位又眼睜睜地看著大哥、大嫂裝瘋賣傻地作戲，臉色鐵青，幾乎說不出話來，半晌才道：「我們還是想想日後怎麼辦，現在三弟得了爵位不說，又有個郡王爺女婿，我聽說康郡王要接管護軍營，將來會把握京裡的駐防也說不定。舅舅現在雖是都統，康郡王畢竟年輕又是宗室……」

這麼快將自己擇了清楚，陳允寧陰沈著臉道：「二弟心裡不會是在怪舅舅吧？」

陳允周像被拽了尾巴的大貓，就要伸爪撓還回去。

二老太太董氏一掌拍在桌子上。「越說越離譜了，一個個的要氣死我不成?!」

大太太董氏埋怨地看了陳允寧一眼。「我看二叔說的對，康郡王畢竟是宗室，這一點外姓人是比不了的，平日裡就不一定有多少功勞，可是到了緊要關頭，朝廷任命宗室做大將軍時候更多一些，這就是親疏有別。」

大家正說著話，沉香端了東西進門。「三小姐讓人捎東西回來，讓老太太別急，三小姐和姑爺明日就回來。」

二老太太看著盒子裡自己素愛吃的點心，嘆口氣，讓沉香扶著起身。「你們回去吧，我要歇一歇。」整件事已經塵埃落定，都帶著怒氣聚在一起也沒有必要，不在她眼前，她也眼不見為淨。

陳允寧和董氏回到房裡，陳允寧黑著臉躺在炕上，董氏倒了杯茶，送上來勸說。「老爺也別太生氣，想一想這事也有好的地方。」等到陳允寧看過來，董氏才接著道：「咱們女婿也是宗室啊，將來還要承繼爵位呢。有了前車之鑑，舅舅也該知曉宗室有宗室的好處。」二叔一家兩手空空，她們總還結了門好親事。

還真是世事難料，琳婉長相平平，性子也柔弱，和琳芳站在一起不堪比，沒想到卻嫁了鎮國公長子，只要想想這個就稍稍欣慰些。陳允寧鬆開眉點點頭，伸手拉起董氏的手。「這段日子是我糊塗，委屈妳了。」

董氏當初滿腔的怨氣在琳婉的勸說下去了大半，現在那賤人已經被逐出了門，她要想法子重新將老爺的心拉回來。

「老爺是哪裡的話，都是過去的事就不要提了。」

說著，眼淚卻落下來。

周十九第一次上朝，琳怡早早就起來安排。

早飯清淡為主，怕站的時間長肚子餓，就加了盤小炒肉。住得離皇宮近的好處這時候顯了出來，不用走得太早。

聽說有些大人要天黑的時候就從家走，所以皇宮附近的宅子才會這麼貴。

送走了周十九，琳怡收拾好東西，回去陳家幫忙。主僕幾個才走到垂花門，門上的婆子迎上前稟告琳婉來了。

見到琳怡，琳婉笑著道：「郡王妃可是要回陳家？我也聽說了朝廷復爵的事，也正準備回去向三叔父賀喜呢。」

# 第一百五十四章

琳婉穿著鵝黃色牡丹花淨花褙子，外面穿了層杏紅色羽紗鼇衣，頭上戴著金盞花嵌玉分心，打扮得很是講究。

和琳怡說著話，親暱地一起坐了馬車。

「沒想到爵位真的能還回來。」琳婉低頭笑著。「這下好了，在旁人面前也榮光。」好像真的很高興。

馬車到了陳家，琳怡、琳婉下了車，才知道二老太太董氏帶著兒子們也來了。都是陳家子孫，祖宗的爵位能承繼了，就算再不情願也要擺出一副萬分歡喜的樣子。長房老太太還要裝作高深莫測，二老太太董氏是與有榮焉，這裡面最輕鬆的當數小蕭氏，因為平日裡就直率，遇到好事，就算滿臉掛上笑容也是尋常。

到了吉時，禮部和內官送來丹書鐵券，長房老太太和二老太太帶著陳家子孫跪拜隆恩，接著是陳允遠接下鐵券和聖旨表明了忠於大周朝的決心，最後好禮將禮部、內官送走。

長房老太太讓人將宗祠打開，陳允遠將鐵券擺放去了原來的位置。看到這一幕，長房老太太的眼前模糊了，目光不由自主地落到先夫和兒子的牌位上去，好半天情緒才穩定下來。

祭拜完祖先，大家回到念慈堂說話，長房老太太吩咐小蕭氏明日請陳氏族人來吃宴席，二老太太董氏笑著打斷長房老太太的話。「明日正好是四丫頭成親的日子，雙喜臨門，乾脆一起熱鬧熱鬧。」

長房老太太點點頭。「好，就這樣安排。」陳家女兒出嫁，擋不住陳家族人去看熱鬧，既然二老太太提出來，她也沒必要拒絕。

吃過晚飯送走了賓客，小蕭氏拉著琳怡去內室裡說話。「這幾日瘦了不少，是不是太累了？要尋個好郎中補一補。」說著問琳怡。「小日子來沒來？」

琳怡想起那天早晨小日子的風波就覺得好笑。「來了。」

小蕭氏臉上明顯有些失望。

怎麼也不會一成親就有孕啊，琳怡去抱小八姊兒，小八姊兒的臉肉嘟嘟得粉嫩，剛剛還四處看，不一會兒就被琳怡抱著睡著了。

琳怡將小八姊兒放回搖車裡。

小蕭氏吃了幾杯酒，臉頰有些微紅，笑著看琳怡。「這下子我能將福寧的院子賣了。」

原來福寧的院子一直沒有賣。

小蕭氏不好意思地說：「前些日子妳父親總是抱怨京官難為，我想著說不定哪日妳父親還要外放，也就沒急著賣院子。」

小蕭氏總是一心想著陳允遠，不管陳允遠是做個委屈的小官也好，現在是廣平侯也好，她對陳允遠的心思總是不變的。

就因為小蕭氏不會謀算，琳怡才會覺得在娘家的日子過得最舒坦。

琳怡記得小蕭氏有一箱子的雨具，搬家過來時，祖母就讓小蕭氏將雨具送給下人，在京裡可是用不著這些的。

「母親那些雨具不會還留著吧？」

「還留著呢，」小蕭氏笑著。「這次也該讓顏嬤嬤搬去下斜街胡同去，還有妳的羊皮小靴，京裡下雨都喜歡穿木屐，現在是用不著了……」

琳怡想起那兩雙紅色的羊皮小靴，低頭靠在小蕭氏肩膀上。「福寧的院子還是不要賣了吧！」反正也賣不了多少銀錢。

小蕭氏想到這個也頗捨不得。「說的也是，就不賣了。」說完伸手整理琳怡的髮髻。「以後就能常回家來了吧？妳父親得了爵位，妳在宗親裡的日子也會更舒服些。」

「是啊，」琳怡笑著安慰小蕭氏。「廣平侯家小姐嫁給康郡王，我們家也不算太高攀。」

小蕭氏也被逗笑了。

母女兩個又說了會兒話，小蕭氏看向沙漏。「時辰不早了，你們也該回去郡王府，我讓門房準備好車馬。」

好不容易回家一次，真有些不願意走。

琳怡吩咐橘紅。「去前面看看宴席什麼時候散。」

不一會兒工夫，橘紅折返回來。「郡王爺醉了，讓人扶著去了東側院歇著。」

小蕭氏皺起眉頭。「老爺也真是……怎麼讓郡王爺醉了，這可怎麼好？也不知道能不能趕上門禁回去。」

周十九怎麼會醉？就算是醉了，也能撐到家裡再睡下。

「我去瞧瞧。」琳怡吩咐橘紅幾個打著燈籠去了東側院。

院子裡很靜，只有幾個小丫鬟伺候在外屋，桐寧在內室門前候著，見到琳怡來了，忙上前行禮。「郡王妃。」

「郡王爺怎麼樣了？」琳怡邊問邊往裡走。

桐寧道：「大約是酒喝得急些，風一吹就醉了。」

琳怡拿起桌上的醒酒湯，坐在床邊。

矮桌上的燈光照著床鋪，周十九平躺著，兩隻手搭在身上，臉頰微側呼吸均勻綿長，和平日裡睡著時一樣。

真的醉了。

琳怡將醒酒湯放回桌上，吩咐桐寧。「你回去一趟和老夫人說，郡王爺吃了些酒，晚一些再回去，叮囑一下胡桃，將郡王爺明日上朝穿的官服熨燙出來。」

桐寧應了忙退下去。

琳怡讓橘紅打了熱水來，親手擰了帕子要給周十九擦臉。

帕子才落下去，周十九就睜開了眼睛。「怎麼不和娘再說會兒話？」

周十九是看穿她的心思。

「我們才成親不久，不好回去太晚……」

他微微一笑。「不差這一、兩個時辰，每次都是匆匆過來說幾句話就走，以後趕在門禁前回去也就是了。妳給長房老太太熬的梨膏不是還沒好？」

她是擔心祖母的身體，才幾日不見，祖母咳疾就嚴重起來。

周十九伸手觸碰琳怡的額頭。「等過了半年，我們常回來住幾日。」

看著周十九暖暖的笑容，琳怡伸手拉起薄被蓋在他身上。「好。」

若是將心中的雜念摒除在外，其實此時，她心裡覺得很踏實。

# 第一百五十五章

第二天起床，丫鬟端盆進來送上熱水巾帕，讓周十九和琳怡盥洗。

琳怡取來長袍給周十九穿上，手從袍子裡伸出來，她才發現。「郡王爺手上的扳指哪裡去了？」

他們成親時，一堆賀禮中周十九只看中了那只扳指。

周十九微笑著。「和妳哥哥打賭輸了。」

「打了什麼賭？」

琳怡才轉過身，腰就被輕輕抱住，溫暖的氣息在她的耳邊。「男人之間的玩笑。」說著拉起她的手，送進一塊柔軟的帕子，又按在自己的腰上。「放心，我贏了。」

琳怡奇怪地轉身，低頭看手裡的東西。是繡給哥哥的汗巾子。

玉扳指換了汗巾子，怎麼會是贏了？

但是一眨眼間她就看出來，這塊巾子是她開始學雙面繡時繡的，那時她和哥哥打賭，若是能在三個月內繡出漂亮的雙面繡，哥哥就將手裡那套藏書讓給她。結果她不小心繡錯了花瓣，卻不夠時間改過來，索性就用了一層錦繡紋路遮擋，仔細看就能瞧見後面的針腳不太整齊。

年紀小的時候爭強好勝，動些小心思只是覺得好玩，她覺得哥哥一定早就發現了，是故意要讓她高興才沒說出來。

她後來是想著早晚有一天將這塊汗巾子要回來，可是慢慢地就忘記了。

「這塊巾子繡得不好……」琳怡想要將巾子放起來，卻被周十九重新拿回手裡，藏在了身後。

他清雅悠然的神情讓琳怡兩隻虎牙在咬磨。

看著琳怡蹙起的眉角，她準備再要回去。

周十九綻開笑容，聲音略微比平日裡輕緩低沈。「元元別著急，要慢慢來。」

琳怡和周十九從屏風後出來，她才要吩咐橘紅倒杯茶來，卻發現屋子裡空無一人。該是不是覺得他們在說什麼親暱的話故意避開了吧？這幾個丫頭現在也太機敏了些。周十九的笑容深切了些。

送走了周十九，琳怡也回去了陳家。

到了陳家二房，琳婉立即來迎她。

「嫁妝已經去林家，」琳婉笑著道。「不過咱們的新娘子正不願意上妝呢，我出來的時候，二嬸過去勸說了。」

和她當時要嫁去林家的時候有些相像，當時因要匆忙出嫁，她和小蕭氏也是哭成一團。

林正青現在換了新娘，居然還是這樣的情形。

琳婉和琳怡去了琳芳住處，琳芳坐在大炕上，臉上被抹了厚厚的粉，可還不難讓人看到一股懼意。

除了新娘子要嫁去一個陌生地方的害怕，還多了種更深層的恐懼。

琳芳抬起頭看到琳怡，目光又帶了憤恨。

本來該是她的親事，卻被琳怡搶了去，站在那邊得意洋洋的人應該是她——

喜娘這時候笑著過來。「四小姐該戴頭冠了，再過一會兒姑爺就要來了。」

琳芳只是坐在那裡，沒有半點動作。

陳二太太田氏笑道：「哪家的女兒都有這一天，妳六妹妹出嫁的時候比妳還小呢。」說著吩咐喜娘。「快將喜冠拿來。」

琳芳更捏緊了手帕。

伺候頭面的丫鬟捧起喜冠慢慢地往琳芳頭上戴，喜冠上的瓔珞似是垂下來不小心碰到了琳芳的耳朵，琳芳立即大叫起來，一把將丫鬟推開，頭上的喜冠也不小心掉在炕上。

屋子裡的氣氛一下子冷了下來。

琳芳排斥的情緒彷彿太重了些，要知道和林家結親可是二太太田氏願意的。琳怡不動聲色看了眼琳婉。

琳婉的表情也有些奇怪。

這些人在打什麼主意她不知道，不過比起費力地幫著她們演戲，她還是遠遠站開觀看的好。

琳怡笑著道：「我去看看前面怎麼樣，是不是要大哥攔門。」

二太太田氏自然不願意有琳怡在場，於是熱絡地送她。「家裡亂糟糟的，對郡王妃也是招待不周。」

琳怡大方地道：「二嬸這是哪裡的話。」

二太太田氏和琳怡出了門，琳婉就走上前去坐在琳芳身邊。「妹妹要不要喝些熱水，我那時候也是很害怕的，不過喝點水就好多了。」說著滿臉的喜氣，打趣琳芳。「狀元郎的門可不好攔，咱們可要做好準備，別一會兒來個措手不及。」

琳婉的話讓琳芳覺得刺耳，一股莫名其妙的情緒一下子被挑起來。「不是妳嫁人，妳自然在旁邊說風涼話！」

琳婉渾身的熱情一下子被冰水澆熄了，嗓子也沙啞起來。「四妹妹妳這是怎麼了？大喜的日子……說這些話可是不吉利……」

琳芳只瞧著琳婉冷笑。「我說的不對？妳巴不得看著我不好，將來這家裡只有妳一個體面的小姐。」

琳婉被琳芳嚇了一跳。「四妹妹，妳是不是看到我和郡王妃……才不高興……大家都是姊妹出自一個陳家，將來還要互相照應，郡王爺和妳姊夫又都是宗室，都姓周，經常要在一起……郡王妃離開，二嬸也是要起身相送的，這是大周朝的規矩，誰也錯不得。」

宗室、大家都姓周、皇族又有爵位、經常要在一起……這些零零碎碎的話聽到琳芳耳朵裡，她抬起頭又看到琳婉瑟瑟縮縮的表情，施了脂粉還是平庸無奇的樣貌，心中的憤恨更甚。都是陳家女，她的長相、才氣是琳婉、琳怡都不能比的，可如今，琳婉、琳怡都嫁了宗室，都成了有身分的皇親，而她遠遠地被拋在身後，甚至都不能和她們相提並論，連母親都要矮上一頭，在她成親的日子卻要圍著琳怡團團轉。

一個念頭閃過，再想想周元廣和康郡王的為人……

琳芳不等琳婉將話說完，就將炕上的矮桌一下子掀翻在地。

二太太田氏折返回來，正好看到這一幕。

矮桌上擺的是喜點餑餑，現在青花纏枝喜字的瓷盤被打碎了，那些點心更是摔得不成樣子。屋子裡的喜娘和下人都不知所措地站在一旁，琳芳正揪著大紅色鴛鴦迎枕往下扔，琳婉上去拿，就被推到了一旁。

琳芳豎起眉毛，睜圓了眼睛。「妳們一個個是不是都要看我的笑話?!」

「胡鬧。」二太太田氏轉身關上了身後的門，走上前，將琳芳手裡的迎枕搶下來放到一旁，又去吩咐喜娘。「四小姐要離開家了心情不好，這裡的事不要說出去。」

那喜娘連連點頭。「都是這樣、都是這樣……還有鬧得更厲害的，追根究柢是想著長輩。」說著頓了頓。「這喜餅壞了不要緊，廚房還有備著的，太太吩咐下去再端上來就好。」蹲下身去收拾喜餅和桌子。「這些東西是奴婢們不小心打翻了。」

二太太看了眼旁邊的四喜，四喜這才回過神，幫著喜娘一起收拾。

一會兒工夫，地上被打掃得乾乾淨淨。

田氏這才抬起頭看琳婉。「都是妳四妹妹的不是，妳別放在心上。」

琳婉強露出笑容，手不經意地放在腰腹上，表情有些不安。「沒事，二嬸好好勸勸四妹妹，四妹妹是心裡害怕。」

冬和上前扶起琳婉。

琳婉道：「我也去看看前面如何了。」

田氏親切地頷首。等到屋子裡沒有了旁人，田氏皺著眉頭看向琳芳。「妳這是怎麼了？這個時候竟胡鬧起來，若是婚事辦得不妥當，別說妳沒有臉面，我和妳父親又該如何？」

田氏不軟不硬地訓斥，讓琳芳的眼淚一下子湧出來，伸手握住田氏。「母親，我不想嫁，我害怕、我害怕……母親，別將我嫁了。」

琳芳哭得傷心，手指過度用力，指節透出青白的顏色。

田氏心中的疑惑越來越大。「我一直問妳，到底是怎麼回事，妳就是不肯說，現在馬上要嫁了，我最後問妳一次，妳若是不說，以後也不要再提。」田氏說著要起身。

琳芳緊緊拉住田氏，幾乎要從炕上撲下來。「母親、母親，我從前有一次想去看林大郎，結果被林大郎發覺了，他……他就……威脅我……」

琳芳講得斷斷續續，田氏聽得臉色難看。

「母親，這樣妳還讓我嫁？我嫁過去定要被欺負，我……」琳芳抬起頭來，看到田氏的表情，頓時住了嘴。

「林家肯娶妳，妳就該慶幸，否則妳現在就應該剃了頭去家庵裡。」田氏沈下臉，語氣凜然。「如今林家捏住了妳，妳嫁過去更應該孝順長輩、相夫教子，求著能為林家添丁進口，否則就不會有好日子過。」

田氏甩開琳芳拉著自己的手。

琳芳手腳冰涼，癱在炕上。「母親，您不能不管我，我也沒想到會走到今天，我還以為會嫁去郡王府，再不濟……母親也答應我會嫁給宗室……我……我就是害怕……」

田氏凝視著琳芳。「現在說什麼都晚了，妳想要有好日子就要聽我的，以後無論在林家如何，都要聽我的。」

# 第一百五十六章

無路可退，琳芳只好點頭。

田氏心裡如同被壓了塊石頭。「林家長輩不一定知曉，否則這門親事也就談不成了。嫁過去之後，先要想辦法讓妳夫君看著妳歡喜。」說著拿帕子去擦琳芳的眼淚。「妳生得花容月貌，只要多用用心，定能握住夫君的心，妳夫君再提起從前，妳就說少不更事，幸虧他看到的不是妳和旁人……」

琳芳聽得這些，更加委屈起來。

田氏道：「妳這樣不願意，將來嫁過去妳夫君也不歡喜。妳要學學妳六妹妹的樣子，她開始還不是不願意嫁給康郡王，可是嫁過去之後卻夫婦和順。」

提到琳怡，琳芳就爭辯起來。「她是撿了大便宜，自然是高興的。什麼不願意嫁？是沒敢想能嫁過去！」

田氏又板起臉，琳芳只得不再說話。

「妳如今已經不如妳六妹妹，現在還不肯悔改，一定要鬧到更加不可收拾的地步？讓所有人都看著笑話？日後的路還長著，妳好好用心，怎麼就知道一定不如妳六妹妹？」

知女莫若母，田氏這幾句話果然讓琳芳安靜下來，半晌才撲到田氏懷裡嚶嚶地哭起來。「我就是不甘心！從前這個家裡都是我被捧著，琳怡這個丫頭來了之後搬進我們家，吃我們的穿我們的，還搶我的東西，本來我們去長房也是順理成章的，琳怡卻摻和一腳，這麼多年我們在長房老太太身上花的心思還少嗎？三叔一家進京就要心思算計到手，論心計我是不如琳怡，外面人都稱讚琳怡好，琳怡哪裡好？琳怡不過是陰險狡詐的小人，看到利益就撲上去，是不是她的東西只要好的她都搶到手了，我就落得一無所有……母親，我真的不服氣！」

「不服氣就別讓人看了笑話。」田氏輕拍著琳芳的後背。「這才哪到哪啊，以後的路還長著。好了、好了，」田氏看看旁邊的沙漏。「時辰不早了，妳還要重新上妝。別人越想看笑話，妳越要歡喜才好。」

琳芳哭得更厲害。

田氏總算勸得琳芳重新梳妝。

壓妝的陳臨斌已經從林家回來，問起妹妹，田氏臉上一片黯然。

過了這麼久，琳芳仍舊難放下心頭的委屈。

田氏問起兒子。「林家那邊怎麼樣？」

陳臨斌道：「都準備好了，一會兒妹夫就上門了。」

田氏遲疑片刻。「有沒有不妥當的地方？」

不妥當的地方？陳臨斌搖頭。「兒子瞧著都很好，妹夫將我送到門口……莫不是我們家沒能承繼爵位，林家會反悔？」

那倒還不至於，怎麼也還有董家在那裡。

田氏道：「現在不一樣了，我是怕你妹妹將來受委屈。」

陳臨斌不作聲。

田氏伸手給兒子整理衣襟。「咱們家以後就要靠你了，你妹妹將來能不能在夫家好，也要看你能不能撐著她。」

想到和蔡家的親事，陳臨斌低下頭。「母親放心吧，兒子一定會盡力。」

兩個人說完話正要去前面，元香一路從長廊迎過來。見到田氏和陳臨斌，元香先行了禮，然後才道：「三小姐肚子疼，老太太讓人去請郎中來呢。」

田氏想到剛剛琳芳推了琳婉一把，立即看向陳臨斌。「你去前面安排禮儀和賓客，我去瞧瞧琳婉。」

「這可是火燒眉毛的事！」

琳怡進門就聽到大太太董氏在屋子裡大呼小叫。

琳婉靠在錦緗芙蓉榻上，大太太董氏正小心翼翼地往琳婉腰後塞銀花金線蟒紋引枕。

琳婉忙著拉住大太太董氏。「母親別急，我想是著了涼，母親這樣大張旗鼓壞了四妹妹的婚事可怎麼辦？」說著去吩咐冬和。「去廚房給我端碗薑湯來。」

冬和匆匆忙忙退下去，大太太董氏也看到了琳怡。

「郡王妃來了。」大太太董氏比尋常要熱絡許多，上前給琳怡行了禮。「琳婉肚子不舒服，我心裡擔心……」

話剛說到這裡，軟榻上的琳婉捂住嘴嘔起來。

周元廣剛好踏進門，一眼就看到琳婉淚眼婆娑，他不管三七二十一，大步走過去和琳婉的手緊緊握在一起。「這是怎麼了？剛才還好好的……」

琳婉害羞地將手縮回去。「沒事，大約是昨晚著了涼，喝點薑湯也就好了。」

仍舊是剛才的說辭，可是就連琳怡都看出來了，琳婉不像是病了而是……懷孕了。

琳婉趕在這個時候知曉懷孕，那還真是巧。

大太太董氏在女婿耳邊輕說了幾句。

周元廣立即又驚又喜。「那，快請郎中來瞧！」

琳婉很不好意思地縮在軟榻裡，提醒著周元廣。「別讓人笑話。」

瞧著小嬌妻清瘦的臉，還要顧及旁人，聽說妹妹要出嫁了，早早就過來張羅幫忙，平日做事還處處透著謹慎，顯然在娘家時過得不太好，周元廣心裡不由得起了憐惜。「這時候妳的身子最重要。」

琳婉剛從琳芳房裡出來，現在肚子疼，和琳芳脫不開干係。琳怡坐在旁邊喝茶，等到郎中來了，帶著丫鬟慢吞吞地去花廳裡和陳氏族人說話。

不消片刻，鞏嬤嬤就帶來消息。「三小姐懷孕了，不過胎氣不穩，只能臥床歇著。」

果然和她猜想的一樣。

琳芳這次麻煩大了。

這下待大家知曉了實情，都會說琳芳不懂事，琳芳不情願嫁去林家的事也會傳出去，這樣林家在人前也會沒了臉面。

這是一箭雙鵰。

多虧她沒留在琳芳屋裡，要不然還要幫琳婉做個見證。

鞏嬤嬤接著道：「四小姐那邊還沒準備好，喜娘說恐怕是要誤了吉時。」

瞧瞧，這一齣一齣都是早就算計好的。

很快地，賓客都多少聽到了些傳言，大家正小聲交談，外面一陣禮樂聲傳來，林家迎親的花轎到了。

陳臨斌忙去門口攔門，田氏滿臉笑容張羅請陳氏族裡的男孩子都去要紅包，不斷囑咐。「越熱鬧越好。」

攔門的人多，女婿進門就晚，琳芳那邊也好有時間遮掩。沒有琳婉的事也就罷了，有了琳婉的事在前，只要有些蛛絲馬跡都會被人抓出來。

田氏是個能撐住局面的，很快讓一切步入正軌。

不過陳臨斌確實不是林正青的對手，幾下子就落敗下來，趴在牆頭的陳氏少爺們很快也被新姑爺說得啞口無言。

不過「動武」這關就難過了，多虧林氏族裡也有擅長射箭的後生，將陳家的大紅花射下來，陳家的大門應聲開了。

林正青進了府門，在人群中一掃，遠遠地看到一人站在廊間，手握著鮫紗團扇，悠閒地站在旁邊看熱鬧。那雙眉眼舒展，除了從容的神情，少了些興致。在林家見到她時，不知曉她臉上那張面具什麼時候會摘下來，露出真容。現在看著熱鬧的場面，她眼睛彷彿一瞬間亮起來，淡淡地一笑。

那笑容裡飽含著複雜的情緒，在眼簾落下時蓋了個嚴嚴實實，翹起的嘴角讓人覺得十分神秘。

不知道怎麼回事，越是覺得奇怪就越想探究，這樣下來，倒是覺得她有些不同起來。每次見到陳六小姐的臉，都讓他覺得熟悉。

「姑爺，先去祭祖吧！」喜娘在旁邊提點，林正青這才放開了步子。

接下來在田氏的努力下，一切順利進行，琳芳頂著大紅的喜帕出門，然後被領上了轎子。

林正青謝過來觀禮的親友，轉身上了高頭大馬。

吹吹打打的聲音漸遠，田氏眼看著花轎抬出胡同，總算吁了口氣。

觀禮結束，琳怡和小蕭氏一起回去陳家長房。

見到長房老太太，小蕭氏將琳芳成親的經過說了。「聽說琳婉是勸琳芳的時候扭到了，三姑爺動了氣，林家來迎親他連門也沒出，一直在二老太太房裡陪著琳婉。」

「真是難得。」長房老太太吃口茶道。「琳婉才貌並不是很出眾，嫁去夫家卻得婆婆和丈夫的歡心，現在又有了身孕，琳婉在宗室站穩了腳跟，陳允寧夫妻也跟著臉上有光，尤其是董家，自然而然會和宗室相處得更融洽些……相比之下，陳允周一家在爵位上下的賭注太大了，現在沒能承爵，處境也不比陳允寧一家好了。」

不過是一門親事的差別，就讓陳允寧和大太太董氏又在陳家抬起頭來，所以人人對結親都看得很重。

長房老太太道：「婚事可辦得熱鬧？」

小蕭氏笑。「沒有我們熱鬧，恐怕這滿京城也找不到琳怡成親時的場面了。」

琳怡將頭靠在長房老太太肩頭。今天看到林正青娶妻，她才覺得自己真是萬分幸運，不用再像前世一樣嫁去林家面對林正青，更不用眼睜睜地看著父親在獄中等死。

# 第一百五十七章

今天對林正青來說很特別。

真正的洞房花燭夜。每個人只有一次，所以無從比較，可是他一直覺得奇怪，這次娶親和上次彷彿不大一樣。

上次是在什麼時候？

「我成過親嗎？」林正青問身邊的小廝。

小廝愣了片刻就堆上滿臉笑容。「大爺，您醉了。」

喝了些酒，他反而覺得十分清醒。林正青讓丫鬟扶著往新房走。他從來不知道什麼是難過，就算小時候因學業被母親責罵，跪在草地裡，他那時候抓隻蟲子在手裡，然後聞到被壓扁了的草有陣陣清香。

他只是和手裡的小蟲玩耍，不會管母親眼神裡面是不是柔和的目光，旁人和他又有什麼關係。

林正青走進洞房，喜娘捧來合卺酒，笑著站在一旁，等著他將琳芳的蓋頭取下來。

林正青伸出手拿著秤桿，挑起蓋頭。

雖然哭腫了眼睛，又被厚厚的粉遮蓋住了臉，還能看出這張臉很美麗，可是再怎麼漂亮，卻不像是他要的那個。

來來來，將蓋頭再蒙上，重新挑起來看看這張臉會不會變。

琳芳剛要呼吸，覺得眼前又暗下去。她本來就心跳如鼓，現在更是捏緊了手帕。

蓋頭落下來又被挑起。

兩次、三次。

喜娘終於也坐不住了。「大爺，該喝合巹酒了。」

琳芳抬起頭來，看著林正青疑惑的目光，那雙眼睛第一次透出讓她能看得懂的情緒。他在懷疑什麼，想要得到印證，於是一次又一次地嘗試。

最後林正青坐在她身邊，模糊地吐出幾個字。「不是妳。」

琳芳猜不出這到底是什麼意思，求救地看向喜娘。

喜娘笑著安慰琳芳。「大爺醉了，奶奶服侍大爺歇著吧！」

林大太太坐在錦杌上，讓龔二媳婦卸掉首飾，抹了羊脂油在手上，站起身正準備進內室，聽得外面一陣凌亂的腳步聲，然後崔福家的撩開簾子進門。「太太不好了！新房那邊起火了！」

林大太太霍然站起身，將羊脂油的盒子打翻在地。「怎……怎麼回事……」

崔福家的道：「也不知，屋裡的丫鬟等著用水，可是屋裡一直都沒動靜，後來聞到煙味兒才回過神來。」

林大太太忙讓丫鬟伺候著穿好衣服，進屋將事說給林大老爺聽，夫妻兩個一路趕到新房去。

正房失了火，所有人都將東西搬去了兩側的耳房。

院子裡一時人聲嘈雜，林大太太在院子裡找不到兒子，正在著急，管事的來回話道：「幸虧發現得早，大爺和大奶奶都沒事，現在安置去了耳房。」

林大太太這才鬆口氣，和林大老爺一起去耳房裡。

「到底是怎麼回事？」看著旁邊喝茶的兒子和縮在角落裡滿臉淚痕的兒媳，林大太太問出口。

琳芳慌亂地搖頭。沖天而起的火光還在她眼前，她轉頭看向林正青。

林正青黑潤的眼睛也正看著她。

琳芳半晌才結結巴巴地道：「我……我……我不知道。」

從陳家回來之後，琳怡的眼睛就跳得厲害，橘紅又是用冷水敷又是揉，一直不管用，給她梳頭的媳婦子想出土法子，喝茶水會管用，她反正也喜歡喝茶，於是一邊喝茶一邊看書，這樣一來眼睛好像不跳了，可是晚上也睡不著覺。

周十九丑時初就要起床，要比所有人都要早到宮門，要檢查宮門宿衛、開啟宮門。她只要動一動周十九就能知曉，所以也只好忍著。

早知道就不要喝那麼多茶了。琳怡腹誹，在黑暗中眨眨眼睛。

「下次還是別在晚上喝茶了。」周十九修長的手指伸過來抱她，幫她翻了個身。

「吵醒你了。」琳怡有些歉意，畢竟她是在家自由自在的那個。

「我也沒睡著。」周十九道。「今天是第一天正式上任，應該早些去巡查。」

琳怡笑道：「還早呢，我已經和婆子說了丑時就來敲門。」說到這裡，琳怡想了想。「要不然郡王爺去書房睡？」這樣就不會影響他歇著，本來她小日子時他們就該分開睡。

「成親還沒有幾日，不好就將我趕出去吧？」

她哪是趕他出去。「我是怕郡王爺明天起床沒有精神，辦不好差事。」

周十九輕笑一聲。「元元會疼人。」

本來很正常的話，被他一講就好像怪怪的，琳怡乾脆閉上眼睛不再理睬他。

周十九若無其事地笑著。「元元不高興了。這麼說，我是該投桃報李。我小時候只要睡不著就會背八股文，元元要不要聽？」

背八股文？宗室不科舉，背八股文要做什麼？

周十九說得很隨意。「叔叔沒找到我們全家之前，我本想將來要在鄉村裡做個先生。」

堂堂郡王爺從前只想做個讀書先生。

若是她不瞭解周十九，說不定就信了。

事實證明，他雖然沒有真的當先生，八股文卻講得很好，很快就將琳怡講得睡著了。

第二天早晨，八股文先生臉不紅心不跳地要束修。

琳怡只得親手給周十九梳了頭髮，送走了他，她躺回去睡個回籠覺，再醒過來，白芍、橘紅讓小丫鬟端了溫水要給她梳洗。

「鞏二媳婦病了，」白芍拿起梳子給琳怡梳頭。「鞏家嫂子一早來跟奴婢說的，讓奴婢跟郡王妃告個假。」

琳怡從鏡子裡看白芍。「請先生去看看，送些銀子過去讓鞏二給她補身子。」

白芍應了。「郡王妃還是少出去，近來京裡得病的多。」

主僕兩個話才到這裡，鞏嬤嬤進屋來。「奴婢剛才遇見了申嬤嬤，申嬤嬤說老太爺病得急了，老夫人身上也不舒坦。」

# 第一百五十八章

琳怡問鞏嬤嬤。「什麼時候開始的？」

雖然嬸娘不是正經的婆婆，她還是每天都去問安，昨日還不見老夫人有哪裡不舒服。

鞏嬤嬤道：「聽說有兩、三日了，老夫人當是小病就一直瞞著不曾說。」

兩、三日，那就是周十九任職、她娘家得爵位這幾天，周老太太回了趟祖宅。

琳怡讓人服侍穿好了衣服，邊走邊問鞏嬤嬤。「申嬤嬤有沒有說是什麼病？」季節交替，誰都可能會有個頭疼腦熱。

鞏嬤嬤道：「也沒說清，郡王妃每日都過去，想來也沒什麼大症。」

說著話間，琳怡進了周老太太的院子，立即有丫鬟上來打簾，一股酸醋的味道撲面而來。

緊接著，申嬤嬤迎出來。「郡王妃小心被醋撲著。」

琳怡微微一笑。「沒關係，不過是食醋的味道。」

進了屋，琳怡看到周老夫人半躺在軟榻上，臉色不是很好，小丫鬟拿著帕子伺候在一旁。她上前行禮。

周老夫人忙伸手將琳怡叫去旁邊的錦杌上坐著。「剛才還說讓她們也去妳屋子裡熏醋，免得著了病氣，最近病的人越發多了。」說著咳嗽了兩聲，又讓人將通竅的藥拿來含下，過了一會兒才覺得舒坦。

「去年年景不好，今年也沒能好起來，我回去祖宅商量給家裡的莊子上減租，莊頭帶著家小來謝恩，大約是多說了幾句話，這才覺得身上不舒坦。」周老夫人慈祥地一笑。「我不讓她們和妳說，人年紀大了就是這般，但凡有個風吹草動都要沾在身上。」

「叔父怎麼樣？」琳怡看向內室。

周老夫人嘆口氣。「老毛病了，總是時好時壞的，讓御醫來瞧瞧，我們也能安心。」說著頓了頓。「我年紀大了，照顧老太爺總有不妥當的地方，準備找個合適的人手進府幫忙。」

這樣的事她自然不能拒絕。

琳怡道：「嬸娘可有了合適人選？」

周老夫人頷首。「旁人不合適，還是選家僕妥當，從前有去莊子上的管事，想將自己家的孩子送來府裡。」

既然已經有了章程，琳怡笑著道：「嬸娘安排就是，我們家必然不會虧待了。」

現在是周家向郡王府裡選人，周老夫人踏出第一步，她也順便聽聽會有什麼風吹草動。

周老夫人道：「我病著精神也不夠，到時候妳幫我看著些。」

琳怡應下來。

等到御醫給周老太爺和周老夫人診了脈，琳怡才回到房裡用了早飯。

她讓鞏嬤嬤將櫃子裡她手抄的醫書拿出來，然後坐在軟榻上翻看。

鞏嬤嬤在一旁道：「看起來沒有大礙，奴婢還嚇了一跳，以為又要給郡王妃出難題。」

那也未必，有時候一件小事卻能引出大事來，周老夫人是箇中好手，稍一疏忽就讓人防不勝防。

琳怡道：「嬤嬤去打聽打聽，周家那邊的莊子是否都一起減了租？」

鞏嬤嬤頷首。「奴婢也是憂心這個。周老夫人減租，郡王妃怎麼辦？之前朝廷賜給郡王爺的莊子都是老夫人管著的，大家難免會心生比較，就算郡王妃也跟著減租，大家也會將好處記在老夫人頭上。」

這樣一來，在下人眼中，郡王府主事的還是老夫人。琳怡拿起桌上的茶來喝。年初減租也不是說不過去，這樣佃戶能踏踏實實地幹活，不會有後顧之憂。

鞏嬤嬤道：「咱們還是早點防著的好。」

「不用防。」琳怡道。「萬一老夫人只是好心成全那些佃戶，我們豈不是白白生了小人之心？就算減租也要看莊子上的情形，被人牽著鼻子走，什麼事都辦不成。」

這番話讓鞏嬤嬤聽了也汗顏。「是奴婢急躁了。」

第一年在郡王府不光是她緊張，連同這些心向著她的下人也是一樣。

琳怡笑著看鞏嬤嬤。「嬤嬤擔憂得對，這些明面上的都能擋，我怕的是有我們想不到的在後面，有嬤嬤幫我多想著，我放心不少。」

鞏嬤嬤聽得這些倒不好意思起來。「是郡王妃抬舉奴婢一家。」

真正的風波還在後面。周老夫人善待佃戶下人，現在屋裡又要招人，應該有不少人要想方設法地被選上。人是最難把握的，所以這裡面的事難以預料。

「還有件事，奴婢剛剛聽說，」鞏嬤嬤親手給琳怡杯子裡添了茶。「昨晚林家著火了。」

琳怡伸向茶杯的手忽然停住了。

著火了。

「怎麼回事？」

鞏嬤嬤道：「大概是新房裡的龍鳳燭燒到了旁邊的帳幔，幸虧下人發現得早，林大爺和四小姐才沒事。」

為什麼會這麼巧？前世林正青放火，這一世，龍鳳燭又不小心燒到了帳幔。

琳怡若有所思地望著桌上的花斛。「二老太太那邊什麼動靜？」

鞏嬤嬤低聲道：「都忙著去林家打聽情況，不過四小姐才嫁去林家……大約要等到三日回門的時候……才能知曉。」

到了中午，琳怡才要歇一會兒，外面的丫頭打了簾子，琳怡看到周十九走進來。

她忙要穿鞋。「郡王爺怎麼回來了？」

周十九笑著讓琳怡伺候脫掉官袍。「中午衙門裡沒事，早晨起得早，我就回來睡一會兒。」

明知道她昨天沒睡著，早就盼著今天中午補覺的……

「正好妳也要歇著……」周十九看著已經鋪好的床鋪。「過一會兒我就走。」

外面的白芍將門關好。

周十九拉著琳怡的手躺在床上。「早晨看到了岳父上朝。」

琳怡本來要起身，聽得這話就躺了回去。

「父親在朝上怎麼樣？」
琳怡傾聽的時候有些小心翼翼。
周十九道：「皇上有心用岳父，就不會氣岳父的耿直，元元放心，不會有事的。」
耿直不會有事……皇上將父親安排進科道，就是要利用父親的性子。
他看向琳怡。「元元在怕什麼？」
她怕的周十九心裡定是清楚。琳怡聲音輕緩。「父親太耿直難免得罪人，郡王爺幫忙人前斡旋，別讓父親做傻事。」
沒成親時，她也說過這樣的話，現在再度提起，雖然不像從前那樣生硬，卻還是一樣客氣。
「我會的，」周十九笑得從容。「我會時時提醒岳父。」
那就好。但願不會再面臨前世那種情形。

周老夫人這一病，可急壞了周家人，大家輪流上門來瞧，琳怡也就忙著待客。陳二太太田氏打發人來請琳怡回去娘家吃琳芳的回門宴，也好讓陳家的姑爺們彼此多一次機會互相熟悉。
琳怡本來就不想回去，這次倒是多了藉口拒絕。
周老夫人房裡，申嬤嬤小聲道：「郡王爺又回府來了。」
周大太太甄氏看一眼沙漏，異常驚訝。「中午怎麼也回府了？」
申嬤嬤低聲道：「大太太不知曉，這兩日都是如此呢，中午回來歇一會兒，下午再上衙，可見郡王爺和郡王妃是難得地好。」

甄氏嘴角浮起一絲冷笑。「陳氏父親如今承繼了爵位又去了科道，郡王爺待陳氏怎麼能不好。」

周老夫人拿起茶來喝。這樣也不一定就是好，表面上看的是一個樣，關起門來未必如此。

甄氏似是從周老夫人臉上看出了些端倪，康郡王和陳氏兩個人一內一外配合得極好，可如果兩個人中間有了縫隙，那就不再是水潑不進了。

「郡王妃在繡流蘇繡。」周老夫人道：「聽說是要呈給皇后娘娘的。」

甄氏不太明白。「皇后娘娘的景仁宮冷清許多年，宮中得寵的是惠妃娘娘，陳氏想要拜佛也走錯了廟門。」

周老夫人淡淡地道：「惠妃娘娘雖然得寵，卻也不能逾越本分，皇后娘娘不問事，卻依舊掌管著後宮。」

# 第一百五十九章

「我看妳氣色比從前好，」周琅嬛笑著看琳怡。「定是郡王府的飯菜好了。」

屋子裡沒有旁人，琳怡和周琅嬛兩個才不避諱地說話。

琳怡失笑。「那妳呢，瘦了是怕齊家的飯菜不好？」

周琅嬛目光閃爍。「若是這樣就簡單了，只需帶上個廚子，什麼事都能解決。」

兩個人說笑間，周大小姐和郭氏進屋看周琅嬛。

婚前能來幫忙的都是和周家親近的關係，大家也就不客套，周琅嬛拉著琳怡去套間裡試喜服。周大小姐先笑著道：「我家小妹就是被齊二郎沈默寡言的性子嚇著了。」

國姓爺家並不攀高，或娶或嫁都是門戶相當的，周琅嬛本能高嫁，國姓爺卻看上了探花郎的品行。

周大小姐的夫家也是名門世家，夫君和齊二郎性子相仿，都不是長袖善舞的人。周大小姐讓夫君有意去和齊二郎結交，一來二去就清楚了齊二郎的品行和外面說的一樣，周大小姐這才勸說妹妹。「看著心冷的人未必就不好親近，看著好親近的人，卻未必就能合他的心。夫婦兩個相處的日子長著，和心思直的人相處更簡單，只要多用些心，必然能換來夫婦和順。」

周琅嬛雖然紅著臉不肯說話，卻將周大小姐的話聽到了心裡。

郭氏也滿臉笑容。「不愛說話的人不一定就難相處。」

這話正和周大小姐想的相合。

郭氏接著道：「公婆都是好說話的，妯娌脾性也不差，二小姐知書達禮，齊家歡喜還來不及，哪裡會為難了？」

周大小姐道：「說得是，前幾日琅嬛不舒服，齊二太太還過來瞧呢，齊家小姐更不用說，常常和琅嬛通信，頗為投緣。」周大小姐一直佩服祖父的決斷，之前琅嬛說親祖父一直不參與，後來齊家二郎的事被提起，祖父的態度明朗，一下就拍定了。

兩個人說話的聲音傳進套間裡，周琅嬛抬起頭看了琳怡一眼，兩個人相視而笑，周琅嬛小聲道：「她們是報喜不報憂。」

琳怡抿嘴笑。「我看說得極有道理，齊五小姐還未出閣，妳嫁過去之後至少有個人在旁邊幫忙，妳擔心什麼？」

喜服正好合身，周琅嬛換下來讓丫鬟去熨燙，兩個人才從套間裡出來。

見到妹妹，周大小姐握著扇子站起身。「怎麼樣？是不是合身？」

這話一語雙關，一下子就讓周琅嬛紅了臉。

大家正笑周琅嬛，桂兒進來道：「親家嫂子和三小姐來給小姐送裙鈴了。」

齊家一下子來了這麼多人，可見對這門親事的重視。

琳怡也有陣子沒見齊三小姐，沒想這次在周家見到。周家將齊家的嫂子和齊三小姐迎進屋內。

齊三小姐進門，一眼就看到周琅嬛身邊的琳怡。之前見面大家還是未出閣的小姐，現在都已經嫁為人婦。不知是不是心思一樣，都梳了挑心髻，穿著藕荷色褙子、白色的挑線裙子，不過琳怡褙子的內襯是桃紅色，更添了一抹鮮豔，腰間的荷包卻用了翠色，就像花朵外的嫩綠葉子，荷包下是金絲線編的方勝，下角綴了瓔珞。

對於琳怡的身分來說，這樣的打扮乍看不惹眼，仔細一看卻有種難描難述的細緻，尤其是那雙眼睛，比旁人都要亮些。

裝扮雖然陌生，可是更多是親切的熟悉。齊三小姐上前給琳怡行禮。

琳怡笑著還了禮。「好久不見姊姊。」

齊家嫂子送了鈴鐺去和周家人說話，琳怡、齊三小姐和周琅嬛就坐在了一起。

齊三小姐先和琳怡道：「明日妳要來送琅嬛上轎？」

周琅嬛害臊地微低下頭，好半天才抬起頭，看到琳怡的笑容。不知不覺間，陳六小姐比她見到時更漂亮了，烏黑的髮髻上插著一支纖細的點翠鑲南珠蝴蝶戲花花簪，挑心髻上嵌著寶石掐絲薔薇花，正映著她那筆墨雕琢般的眉眼。

「放心，」齊三小姐拉起周琅嬛的手。「我已經和妹妹說好，明日她定會早早去見新嫂嫂，有人陪妳說話，妳心裡也安生些。」

周琅嬛更是大窘，站起身來，又嗔又羞。「不和妳們說話了。」說著進去了套間，不久，套間裡也傳來一陣笑聲。

兩家合力促成的婚事，果然更加喜慶些。

齊三小姐拉起琳怡的手。「正想著等妳過了新婚就寫帖子請妳過來呢，只是最近家裡忙著哥哥的婚事，我那邊也是……」新婦沒有話語權，在夫家做什麼事都要小心翼翼，哪裡能隨了自己的性子。

琳怡笑著道：「我也是一樣，過了今年就都好了。」

齊三小姐左右看看，抿起嘴唇，臉色鄭重起來。「還有件事我要告訴妳……要是不在這邊見到妳，我也要去郡王府。」

到底是什麼事？

「我哥哥——」齊三小姐剛要接著說，外面傳來一連串的笑聲。

「我早說琅嬛有福氣，我那時候可沒有這麼漂亮的料子，都是我們家老祖宗賞下來的。」

周大小姐邊說邊和郭氏、齊家嫂子掀開簾子走進來。

郭氏走在最前面，見到琳怡和齊三小姐說話，倒是很安然。周大小姐笑著道：「兩個人說什麼悄悄話呢？」

琳怡神情自若掩嘴笑，齊三小姐道：「琅嬛呢？怎麼避著不見人了。」兩個人這樣一說，旁人倒看不出什麼異樣了。

畢竟新婦之間有許多話可以說。

明早周家還要辦喜事，大家說了會兒話就要走了。

周琅嬛將琳怡和齊三小姐送到門口，囑咐琳怡。「明天晚些也好，免得路不好走又著了涼。」

琳怡拉著周琅嬛的手。「放心吧，不會有事的。」

送走了賓客，周琅嬛回屋子裡歇著。
桂兒拿了桂花油來給周琅嬛梳頭髮。「康郡王妃好像和齊三小姐很要好。」
周琅嬛道：「康郡王妃從福寧來京裡時，最早認識的是齊家兩位小姐。」
「那怪不得了，齊三小姐腰上的荷包和郡王妃身上的差不多，蘭花的繡法都是很特別的。」
桂兒笑著道：「剛才奴婢聽周二太太和大小姐說，等小姐嫁過去，姑嫂相處得定是很好。」
齊三小姐直率，齊五小姐溫婉，中間還有康郡王妃。
桂兒的手停下來。「不知道齊家幾位小姐是跟小姐好一些，還是跟郡王妃好一些。」
周琅嬛放下手裡的書。這個她還真的沒想過。

出了周家的門，齊三小姐讓馬車停下，戴上幕離上了琳怡的馬車。
兩個人坐好了，馬夫才重新驅車。
「我哥哥在翰林院聽到的消息，姻家寫了本什麼書，上面涉及從前福建水師戰敗的事，大約內容上……不尊聖上，被福建官員奏報上來……」
琳怡心裡一片冰涼。
齊三小姐接著道：「哥哥也是聽說……郡王爺是武將，不一定能很快知曉消息，正巧我在家，哥哥就讓我向郡王妃說一聲，將來也好有個準備。」
朝廷才要重新興建水師，朝廷恐怕政見還不統一，就有這樣的消息首當其衝。按照以往的經驗，這種事若是惹惱了聖上，很有可能姻家一家都要受累，姻語秋先生還沒有出嫁，自然也要算在其中。

琳怡想著，眼皮重重一跳。周十九和姻家的關係也不一般，福建那邊周十九又參與不少。

琳怡感激地看向齊三小姐。「晚上我和郡王爺說，讓郡王爺想辦法打聽看看……」

齊三小姐目光閃了閃，想要說哥哥的意思，最終還是變成自己的話說了。「要小心著，文字上的事很難說，將來不要被牽扯。」

因文字獲罪，牽連比什麼都廣。親友、師生都是在劫難逃。

馬車走到僻靜處，琳怡送齊三小姐上了馬車，然後兩輛車分道而行。

回到康郡王府，周二太太郭氏已經等在垂花門，看到琳怡安然回來，郭氏鬆口氣。「一轉眼就不見妳的影子。」

橘紅手裡拿著胭脂盒，琳怡笑道：「走到半途想著去買盒胭脂，就繞了段路。」說著讓橘紅也拿出一盒送給郭氏。

琳怡和郭氏兩個去第三進院子看了周老夫人，郭氏留下侍奉，琳怡回到院子裡歇著。

手抄的醫書就在手邊。也是奇怪，她偏在這時候將醫書拿出來看，這兩日她還想起姻語秋先生，不知道先生現在如何了……

越想越心神不寧。

也不知道到底有多大的罪過。不尊上這種罪名可大可小，記得祖母說當年陳家被奪爵，其中一條罪名就是不尊上。

事關福建水師，畢竟是政事，她也知曉不多，周十九回到府裡也不曾提過，現在突然全都冒出來，她也無從思量，只能等著周十九回府之後再問。

正想著，鞏嬤嬤進了門，走到琳怡身邊。「已經讓陳漢給郡王爺送消息。」

# 第一百六十章

等待的時候最讓人坐立不安。琳怡吩咐廚娘做了幾盤糕點，又和橘紅分了會兒線，這才等到陳漢回來稟告，消息已經送出去了。

琳怡點點頭，不多時候，陳臨衡來了。

陳臨衡送來各種福建小菜，一罐罐擺在桌面上。「母親讓我拿來的，都是妹妹平日裡愛吃的。」

琳怡喜歡吃醃漬的小菜，只是平日裡手懶，全都賴著小蕭氏做。在這上面，兄妹口味不一樣但是做事風格是一樣的，眼睛都盯著各種醬罐，只要醬罐見底了，就會拿出各種法子提醒小蕭氏。陳臨衡常用的是吃不下飯，琳怡乾脆眼巴巴地看著小蕭氏，小蕭氏耐不住兒女，只得讓廚房買菜親手下廚。

琳怡這一出嫁，小蕭氏倒是比從前更熱衷於做醬菜，只是家裡少了人吃，每日就長吁短嘆，陳臨衡看不過眼，從書院回來就將家裡的醬罐搬空了。

小蕭氏開始還怕醬缸拿不上大檯面讓周家人看了笑話，可是從女兒的胃口出發，小蕭氏還是感性戰勝了理性。

「哥哥晚上在郡王府吃飯吧。」琳怡將陳臨衡留下。

陳臨衡也有意將這些日子武功先生教的結果拿給妹夫瞧瞧，於是立即就點頭答應，琳怡讓廚房準備了飯菜，兄妹倆在屋子裡說家裡的事。

到了下晌的時辰，周十九回到府裡，兩個男人吃過飯，立即去院子裡動刀動槍。陳臨衡拚盡全力，恨不得將這些日子學的都用出來，周十九是虛虛實實連閃帶打，這樣很快就有了結果，陳臨衡不一會兒工夫就大汗淋漓，周十九還是掛著笑容，神清氣爽地站在一旁，陳臨衡大有挫敗感。

結束之後，周十九指點了幾下，陳臨衡這才心滿意足地走了。要知道周十九領了護軍營的差事，就沒有時間一早跑去岳丈家提點大舅子。

琳怡讓丫鬟準備好洗澡水，正要在屋裡歇著，小丫鬟支支吾吾地來找橘紅，橘紅將話傳進來。「郡王爺讓郡王妃過去呢。」

連洗澡也不用丫鬟和小廝了。

琳怡有事要問周十九，恨不得他早點洗完澡出來，只好進去套間裡幫忙。

周十九閒適地趴在浴桶邊上，一雙眼睛如晨星般閃亮，頭髮用一根簪子固定了，俊美的五官中帶著一抹飄逸。「元元，妳做的皂豆呢？給我拿些用用。」

他還真是惦記著她的好東西。

琳怡將皂豆拿來遞到周十九眼前，他卻不接，笑吟吟地看著琳怡。「後背我擦不到。」

成親這麼長時間，她哪裡仔細看過周十九不穿衣服的模樣，就算是在洗澡，她也覺得寬闊的脊背有些燙眼。

周十九笑著道：「桐寧出去打聽消息了，陳漢笨手笨腳的，我向來不喜歡用丫鬟。」

都這樣說了，她也只好挽起袖子。周十九的心思不容易猜到，可是在內宅裡卻過於坦白，說出的話讓她無法拒絕。

用軟巾子揉了皂豆，再擦在周十九背上。古銅色的皮膚彈性又有張力，襯著她的手纖細又格外白皙，巾子上滑膩的皂沫將她的手潤濕了，一不小心，手指就滑下來摸在周十九的後背上。

他皮膚溫熱又光滑，琳怡抿了抿嘴唇，接下來，擦澡動作更加慢，彷彿生怕再碰到什麼。皂豆裡青草的香氣漸漸散開來，是她最喜歡的味道，熟悉得讓她難以排斥，於是手下更加熟絡。

後背擦完了，琳怡才要將巾子再遞給周十九，他先一步拉起琳怡的手。霧氣蒸騰中，那雙眼睛彷彿是湖裡的一輪月亮，不慌不忙地瞧著她，目光中卻泛著波瀾，好半天才道：「元元，妳袖子濕了。」說著作勢要起身去拿旁邊乾淨的巾子，琳怡下意識掙脫周十九，丟下帕子轉過身去。

周十九沒穿衣服，卻彷彿仍舊像平日裡冠帶巍峨的模樣，十分溫和地笑。「元元什麼時候才能不害羞。」

琳怡聽著那悅耳的聲音，平復心跳。「郡王爺快些洗，一會兒水涼了。」然後頭也不回地走了出去。

隱忍的聲音生像是咬牙切齒，恨不得張嘴咬他一口。

周十九洗過澡換了袍子出來，桐寧也打聽好了消息回來覆命。

琳怡坐在床邊安靜地看書，好一會兒，周十九進門來，兩個人鋪好被褥躺在床上，他拉起琳怡的手將各自蓋的兩床被子改成了一床。

「還沒有什麼消息。」周十九將她抱回懷裡。「福寧離京裡遠，真正能得到確切消息還要等些時日。既然是翰林院裡打聽來的，只得先揣摩皇上的意思。」

琳怡從來不問他朝政，只是這次涉及姻語秋先生，她忍不住開口。「皇上要在福建建水師不是很正常嗎？為什麼會有這麼大的動靜？」

周十九微微一笑。「都是組建水師，也要看是什麼意圖，防守疆土、海域是一種，主動討伐倭寇又是另一種。從前我和姻家公子論過水師，姻家主張海禁，禁止海上通行，這樣倭寇也就不能來犯。若不然，水師伐倭不但短時間不會見成效，還要拖垮國力，皇上親政前就集結水師討伐倭寇，結果慘敗。」

周十九說的是皇后娘娘母家那樁案子。

琳怡道：「那是因貪墨才會慘敗，若是再組建水師，未必就是這個情形。再說那時皇上還未親政，政權混亂和現在已經不能相比。」

一語中的，朝中的大夫也不過說出這樣的話來。

周十九含著笑。「海盜行蹤不定又和倭人勾結，且所用的船隻比我大周朝官用的船隻不知好了多少。」

琳怡揣摩著他這話的意思。「郡王爺是贊成伐倭？」

周十九道：「自高宗以來，我大周朝除了邊疆有些戰亂，大多時國家安穩，文官漸漸壓過武將，就算功勛之家也出文臣……」說著雙眉一揚，在琳怡耳邊的笑容更深。

周十九是在說陳家。

「這就是文官和武將的區別。」琳怡道。「父親還想著什麼時候邊疆穩定，平息戰火。」姻家祖上也是文臣出身，想的都是百姓勞苦，自然不想挑起戰火。

周十九道：「我們怎麼想都是徒勞，還要看聖上的想法。」

皇上的意思在沒有說破之前都是虛虛實實，誰又能摸得清楚？

「姻家犯上的罪名不知是從何而起。」琳怡頓了頓。「姻家在福建頗有聲望，朝廷該不會隨便就落了罪名……」

琳怡說著話，抬起頭看周十九。黑暗中，周十九沒有開口，琳怡一顆心漸漸沈下去。

周十九道：「那要看姻家怎麼說了，政事從來就不是黑白分明的。就像妳祖父，沒有大錯卻被奪了爵，大周朝有不少勛貴打了敗仗回來仍舊保全爵位。」

黑暗中，他的聲音格外清楚。周十九不會無緣無故提起祖父，琳怡覺得眼前似是一亮，有什麼東西呼之欲出。

這不是個簡單的事，否則齊重軒也不會那般著急讓齊三小姐給她捎消息，不但告訴她姻家要出事，還讓她小心，不要將自己一同陷進去。

周十九道：「明日我再打聽消息。」

琳怡頷首。「好，我也寫封信給先生，問問那邊的情形。」閉上眼睛，黑暗漸漸壓過來，琳怡本以為思緒萬千難以入睡，沒想到睡得還算安穩。

第二天，周十九早早就去上朝，將陳漢留下護著琳怡去國姓爺家。

國姓爺家門前已經熱鬧起來，胡同外的鄰里都伸著頭看熱鬧，大門口一陣爆竹聲傳來，周家開始發嫁妝。

琳怡一路到周琅嬛的閨閣裡，周琅嬛剛好沐浴完準備上妝。

屋子裡滿是丫鬟、婆子，周琅嬛將琳怡拉過來坐在旁邊。「妳那時候也要上這麼厚的粉？」

琳怡看著滿桌子上的胭脂水粉笑起來。「都是一樣，只會比妳多不會比妳少了。」

琳怡這樣一說，周琅嬛才安下心，任著嬤嬤將粉搽在臉上，轉眼之間，俏麗的小姐變成了粉面葫蘆，一轉頭，彷彿粉都會簌簌掉下來。

上了妝就是穿喜服，所有小姐出嫁都是這般，然後是家族裡的全喜人來梳頭。

周琅嬛不時地看著琳怡笑。

穿好了喜服，引教嬤嬤又來叮囑，周琅嬛不願意，低頭支吾。「嬤嬤快去瞧瞧那些丫頭準備好了沒有。」

引教嬤嬤無可奈何，只得向周大太太求救。

周大太太道：「該聽的不能少了，出錯可不得了。」

屋子裡大家都憋著笑，周琅嬛只得讓嬤嬤抓去又說了番話。

琳怡也忍不住失笑，周琅嬛又怨又嗔地惱琳怡。「妳還笑，早知道妳那時我定要去笑妳。」

琳怡這時想起琳霜教她的洞房箴言，卻是一個字也沒能用得上。可見人和人都是不同的，乾脆她也別在周琅嬛面前做道理。

# 第一百六十一章

周十九和琳怡成親那日跌宕起伏，雖然風光無限，可之前也讓人擔驚受怕，林正青和琳芳成親當日混亂不堪，齊二和周琅嬛的親事倒是平平穩穩。

下人不停地來傳話，齊二很快叩開了周家大門。

琳怡幫忙將周琅嬛頭上的蓋頭蒙好，安慰了周琅嬛幾句去了套間裡。門口一陣熙熙攘攘，新郎官進屋了。

齊二穿著大紅喜服，顯得稍稍有些拘謹，眉宇間是超乎年齡的沈穩。

周家人早就聽說了新姑爺舉止嚴謹，今日一見深以為然，小丫鬟竊竊私語的聲音也小下來，還是有丫頭慌忙中出了錯，不小心撞到了矮桌上的一盆蘭花。

小丫鬟驚慌中喊了一聲，屋子裡的婆子忙去遮掩，齊重軒目光一掃，餘光看到套間門口大紅喜字的垂簾下，一雙精緻的粉色軟緞繡鞋，月白色的蘭花瀾邊裙子，待他再去看，簾子下已經空蕩蕩。

不知怎麼地，本是很普通的一件事，卻讓他的心霍然揪起，喉嚨也跟著癢起來，又是癢又是辛辣難耐。一直以來，總有一口氣吐也吐不出來，被悶在心裡越壓越深，在刑部大牢裡留下的疤痕，開始火燒火燎般地疼痛難忍。

曾經的期盼變成了屈辱、落寞，如同從最高端落下來摔成粉泥。

第一個引得他時時注意的人，以為要攜手一生，卻沒想到與他的功名一起瞬間被葬送。人前忍辱負重，多少次夜不能寐，彷彿一閉眼睛就能聽到獄吏厲聲喝問，就算是睡著了，也會夢到沒能熬過去嚴刑拷打，已經俯首認罪，只要醒來，就是一身的冷汗。

如同大夢一場，夢醒之後渴望在身邊尋到一個人，來告訴他不過是一場惡夢。

只是沒有這樣的人。

他身邊所有的一切都已經變了，就算是大喜的日子，他也有一種恍惚的感覺。

從前，他和那個人不過是一道竹簾的距離，他抬起頭就能看到她清麗的笑容，雖然沒能和她真正見上一面，身邊卻時時都是她的影子；她的魯班鎖香包，兩個妹妹跟她學來方勝的結法，家裡窗臺上種著薄荷草，妹妹房裡總是放著各種蜜餞子。

三妹妹拉他學下棋，總想著要贏她，他開始不願意教，後來提起了興致，不論妹妹的棋藝怎麼提高，卻總是輸給她，他常常想，或許他去和她下也不一定就能贏吧！她是姻語秋的弟子，姻語秋的名聲在京裡、福建都是耳熟能詳，相比而言，她這個做弟子的太過籍籍無名。她並不追逐名聲，將聰穎、伶俐都用來生活。寒窗苦讀十幾年，哪個不期望身邊有個懂得生活的女子，只是又有幾個能如意？三妹妹說的對，他們兄妹都拿她無可奈何。

上天真是不公，既然這門親事不能做成，何必讓他知曉她？兩家若不是準備結親、常常來往，他也不會滿心在意。

齊重軒吃過合婚餅和腰食，喜娘笑道：「前面宴席可以開了。」

周大太太忙領著姑爺入席敬酒，敬過酒之後，周琅嬛就要上轎。

齊重軒走出了院子，琳怡才從套間裡出來。

周琅嬛坐在炕上，說起丫鬟撞到蘭花之事。「剛才嚇了我一跳，還以為我哪裡出了錯。」

琳怡也嚇了一跳，轉身去看，原來只是虛驚一場。

喜娘笑著走過來。「一會兒炮仗響，二小姐就要上轎了。」

喜娘話音剛落，周琅嬛的二嬸笑著迎上琳怡的目光。「康郡王來了，可將我們家老太爺高興壞了，吩咐前面多擺酒，要不是姑爺要騎馬回去，一準兒就要在我們家醉了。」一邊說邊向琳怡行禮。

周十九的海量，琳怡心裡是清楚的，要是真的和他喝酒，定是還沒弄清楚就先倒下。由此，琳怡不自覺想到周十九在她娘家裝醉的事。能讓大家都以為他醉了，其實是很不容易的。

齊重軒拿著酒杯向國姓爺家的親友敬酒。

國姓爺十分高興，笑容也異常爽朗，將姑爺叫來身邊。

齊重軒走過去看到了康郡王。康郡王穿著寶藍色羽緞對襟長褂，衣襟翻開，露出裡面月白緞襯裡。

國姓爺說話間，齊重軒上前行禮，康郡王笑著讓他起身，伸手之間，齊重軒看到他長褂上手繡的斕邊，袖口上是石青色絲編頂珠紐絆。多麼巧的手才能編出這般精緻的紐絆。

國姓爺笑著看齊重軒。「一定要敬康郡王一杯。」

齊重軒遵從著請了酒，身上彎下去的瞬間，國姓爺滿意地捋了捋鬍子。國姓爺有和康郡王交好的意思，不然不可能讓他單獨敬酒。

姑爺敬過酒，國姓爺家門口開始放爆竹，喜娘和全人將周琅嬛攙扶上轎。

禮樂聲響起，周琅嬛的轎子穩穩地抬起來，迎親的隊伍開始慢慢前行。

周大太太看著女兒的轎子越來越遠，好不容易才忍住眼眶裡打轉的淚水，周二太太勸說了嫂子幾句，就來招呼琳怡。「郡王妃跟著忙了一早晨，快歇一歇，咱們女眷的宴席也要開了，郡王妃說什麼也要賞臉才是。」

周大太太也笑著道：「康郡王也來了，郡王妃自然不能走了。」說話間，想起陳氏第一次來府裡向她們說起陳允遠的處境，轉眼之間，陳氏已經貴為郡王妃，老太爺還明著囑咐她，千萬不要怠慢了康郡王妃。

琳怡被周家人迎進花廳，大家說笑著吃了宴席，琳怡剛覺得有些疲累，就有下人來道：「大老爺讓準備車馬。」

客人們都要陸續走了。

周大太太將琳怡送上馬車，琳怡坐好，外面傳來周十九的聲音。「郡王妃穿了披風沒有？」然後是婆子答話。「橘紅姑娘服侍著穿好了。」

琳怡掀開簾子往外看去。

周十九英武地騎在馬上，轉頭看到琳怡，微鬆手裡的韁繩吩咐車夫。「走了。」

馬車開始前行，旁邊也傳來規律的馬蹄聲響。有了周十九，這下不用陳漢一路小跑跟著了。

回到康郡王府，周十九刻意等著琳怡一同進門。

「郡王爺不是說不能過來嗎？」

周十九道：「正好衙門裡不忙，本想回屋裡歇著，看到妳讓丫鬟整理內室，屋子裡不能落腳。」

「郡王爺可以去東廂房。」這麼大的郡王府還能沒有郡王爺休息的地方？

周十九笑著道：「不習慣。」

琳怡去套間裡幫周十九換衣服，手剛要解盤扣。「郡王爺怎麼穿了這件褂子？才剛剛做好，還不知道合不合身。」昨晚她才將袖口的紐絆做好。

周十九笑意不變。「這是妳做的第一件袍子，本也想試試看，誰想穿著比平日裡穿的都合身，也就拿了。」

這人什麼時候都能說出些道理來。

她今天早晨才將針摘了。「郡王爺下次還是穿我準備出來的袍褂，這次是摘了針，要不然扎了郡王爺可不是妾身疏忽。」

周十九嘴角揚起一個微笑的弧度。「曹福參領穿的外褂不合身被人笑了，不到半個月就傳出夫妻不睦，我穿著這件袍子去宴席，旁人都會羨慕……」

羨慕什麼？琳怡道：「夫妻和睦和袍子有什麼關係？」

他笑著伸手將琳怡抱在懷裡，手就放在她的腰上，伸出手指丈量。「元元說有沒有關係？若是我會裁剪，閉著眼睛也能給元元做套合適的衣裙。」

琳怡聽了不由得惱怒，伸手去拉周十九的手，反而被他拉住不肯鬆開。「元元，姻家人很快就會上京，妳先不要寫信給姻語秋先生。」

這麼嚴重，竟然要上京來？

琳怡轉過頭看著周十九。「姻家是否要代百姓向朝廷請願？」姻家不圖官爵，來京裡定是因海上戰事。

周十九看向琳怡明亮的眼睛。為什麼要生得這樣聰明……

他道：「為了百姓避免戰亂上京請命，姻家人雖不曾在朝為官，卻也是福建有名儒士，若是百姓所向，該有此責。」

琳怡的目光飛快地在他臉上掃了一圈。「郡王爺已經和姻家人商量好了？」福建的事到現在，每一件都是在周十九的掌控之中，他不可能沒有料到今日。

周十九拉緊琳怡的手。「沒有。這件事到底會怎麼樣，我也不能肯定。」

琳怡低下頭。之前周十九已經說得很清楚，姻家主張禁海，而周十九主戰，他既然一步步走到現在，就不可能會失算。

「我會儘量保住姻家。」周十九靜靜地笑了一會兒，才等到琳怡又抬頭。「元元為什麼不信我一次？」

琳怡沈默，黑亮的眼睛閃爍，半晌才道：「若是姻語秋先生來京裡，我會和先生相見。」

周十九笑道：「那是自然。師徒本該有此情分，我和姻家公子有交情，我也會請他來作客。」

# 第一百六十二章

自從康郡王娶了陳氏，周大太太甄氏從來沒有這樣高興過。

馬車停到康郡王府，甄氏就滿臉笑意地走下車，先去第二進院子向琳怡打了招呼，看著琳怡手裡的流蘇繡，甄氏道：「這是要等到皇后娘娘千秋送去的賀禮吧？」

琳怡不去看甄氏眼睛中的深意，遞給橘紅換線。「也沒有什麼能拿出去手的。」說著也對甄氏報以笑容。「大嫂準備送什麼？」

陳氏還真是會享受，坐在牡丹爭豔麒麟送子雕花木炕上，旁邊的矮桌上擺了哥窯葵瓣鱗爪碟子，裡面的蜜餞不像是市面上買的，旁邊還放著小銀籤。裝得還真像回事，不知曉的還真當她是正經的勛貴家小姐。甄氏掩嘴笑。「我還不就是老三樣，昨日裡老爺讓人買到了一盆寶石盆景，上面綴了一塊生石，那紋理看上去就似個壽字呢。」

這的確是常見的壽禮，到時候景仁宮不知道會擺上多少類似的盆景。

琳怡道：「大嫂的禮物若是尋常，我的就更別提了。」

「那可不一樣。」甄氏羨慕地看著琳怡纖細的指尖。「多少人能繡這種流蘇繡呢？」說著伸長脖子看那塊流蘇。「不但繡花草，還要在上面繡字的，這……可不是妳寫的詩嗎？」

琳怡就笑。「大嫂看錯了，這是太祖年間庚都氏的詩文，我不過照搬罷了。」

甄氏倒沒在意，接著誇琳怡。「那字寫得也好啊，不怪是勛貴家出身，將來該叫三姊兒、四姊兒與妳學學道理。」說著又關切地道：「不是我說妳，妳還年輕，坐久了可不好，晚上不要動針線，小心熬壞了眼睛……」

琳怡抿著嘴笑道：「屋裡針線也不多，晚上不過就是找管事的聽聽話，現在郡王爺起身早，我們府裡的作息也跟著改了。」

既然甄氏要來說好話，她也趁著機會將話說了，免得晚上落門之前，甄氏來不及備車回去，甄氏興趣一減，也好直奔主題說來意。

甄氏果然瞬間表情不豫。

橘紅換了杯茶上來，甄氏端起來喝了一口，放回矮桌上。「這次我來是有件事要託郡王妃，咱們幾個姊兒要尋女先生，宗室營的長輩定了幾個，還待我們選選，大家想到郡王妃從前請過先生，就讓郡王妃看看拿個主意。」

姻家的事這麼快就傳開了，所以甄氏才會想方設法將她和姻家關係匪淺的消息傳出去。

琳怡就一臉受寵若驚。「那怎麼行？」說著擺手。「大嫂千萬別將我推出去，有那麼多長輩在，哪裡輪得到我們小輩，萬一選錯了，我可不成了罪人？」

這樣就拒絕了，將話說得滿滿的沒有回旋的餘地。

甄氏笑道：「看妳說的，哪有這樣嚴重。」

「怎麼不嚴重？」琳怡看向甄氏的眼睛，幾乎能從中看出狡黠的目光。「咱們宗室家的女兒教養非同小可，宗室連枝錯了一步就要大家受累，我年紀小，還要跟著長輩學呢，就算有這個機會，那也是旁觀，將來有機會自然能用上。」言下之意身下無兒無女，子女教養她沒有經驗。

陳氏是一步都不走錯，不管是軟的硬的在陳氏身上通通沒用，不過陳氏就算現在推託了，也是和姻家扯不開關係。

甄氏嘆口氣。「這樣說，還要煩勞長輩。」

這次輪到琳怡掩嘴笑。「那是一定的，家有一老如有一寶，這種事自然要請長輩作主。」

甄氏坐了一會兒笑著起身。「我去看看娘。」

鞏嬤嬤將甄氏送了出去回轉。「大太太這是怎麼了？句句話裡有玄機。」

鞏嬤嬤都能聽出來，看來姻家的事鬧得很大。琳怡收斂目光，低聲吩咐鞏嬤嬤。「嬤嬤還是回去讓父親也幫著打聽打聽福建姻家的情形。」

鞏嬤嬤聽著臉上一僵。真的出事了。

甄氏來到周老夫人房裡笑著道：「看樣子咱們郡王妃還不知曉呢。」

周老夫人緩緩道：「從前的事我們不過才聽說，郡王妃一家早早就離了京，自然不清楚。」

甄氏仍舊笑，笑容裡卻有些不甘。「這要是早鬧出來，陳家的爵位還不一定能承繼了。」

廣平侯被奪爵和國舅葬送了福建水師有關，這樣的話也是最近才傳出來。現在成國公死了，大周朝的水師統領本就是個敏感的事，接下來廣平侯爵位又能承繼了，雖然後面的事不算大，皇上繼位之後連著還了幾家的丹書鐵券，可是文武百官哪個不是人精，加之身邊的謀士、幕僚們的各方努力，終於從皇上這兩個舉動悟出些道理，就將從前皇上沒親政時關於水師的事都翻了出來。結果，這兩件事原來是有關聯的。

甄氏道：「怪不得陳家跳得那麼凶，說不得早就看準了這個乘機復爵。」成國公那麼大的事，陳允遠一個地方官怎麼敢入京捅破？

人的目光就是短淺，要是早看到這一步，從前許多事也就弄了清楚。康郡王怎麼和陳家交好娶陳氏？這麼多人抓住成國公這件事連在了一起，非要等到事發出來才恍然大悟，原來皇上的目光早就落在了水師上。

這就像一條能通天的繩子，只要攀上就會加官進爵。

甄氏看向周老夫人。「娘，妳說這些事康郡王都知曉嗎？」一個人竟然有這樣的本事，將這些都看透了，騙過所有人，自己鋪了條錦繡前程。虧了這麼多年，他們在一個桌上吃飯，竟然沒看出半點端倪來。

周老夫人看看兒媳，沒說話。

甄氏抿了抿嘴。要是之前不知道，運氣也太好了。「那接下來，我們不是就要看著郡王爺芝麻開花節節高了。」

周老夫人看著桌上的牡丹花微微出神。「妳說來簡單，郡王爺走到這一步也是不容易，現在文武百官都回過味來，再往後只怕更難行了。姻家和郡王爺還交好呢，姻語秋又是陳氏的先生，現在姻家都跳出來不肯支持擴建水師伐倭，妳說文武百官會有幾個站在主戰這邊？」

甄氏微微睜大眼睛。「娘，您說郡王爺主戰？」

不主戰怎麼會做武將？成國公是主張在沿海防禦為主，皇上毫不猶豫地殺了成國公，又有意對舊事重提。

那件舊事還不是水師伐倭。

康郡王是皇上新提拔的武官，辦差十分得聖心，皇上想要做什麼，康郡王豈有不支持的道理？康郡王唯一的靠山就是皇上。

皇上就如同一條繩子，康郡王不使勁拉著就要掉下來，是主戰還是主和，那還用說？

甄氏道：「那可糟了，身邊的人都不支持郡王爺，陳氏夾在中間不是要坐蠟嗎？」說著頓了頓。「娘真是厲害，早就看到了這一步。」

否則怎麼在幾天前，周老夫人說出郡王爺和陳氏之間會生嫌隙的話。

周老夫人半合上眼睛。「不是我看出來，而是郡王爺的性子。」寡薄、陰狠，陳氏自以為落在了梧桐樹上，可不知道這棵梧桐樹是要吃人的，若是癡癡傻傻的人也就罷了，偏陳氏眼睛裡揉不得半點沙子。「所以我說，太聰明了也不是好事。」

古往今來，太聰明的人哪個落了好下場？

周老太爺換了藥方，甄氏吩咐人去抓藥，周老夫人讓人扶著去看周老太爺。

周老太爺緊閉著眼睛。

周老夫人將身邊的人遣下去，這才低聲道：「老爺可都聽到了？」

被單下的人形開始瑟瑟發抖。

周老夫人露出些笑容。「自己的兒子不疼，卻要疼那個野種，瞞著我將家裡的銀子都支出去，只為了將兄弟和這個野種帶回來。老爺若是將那些銀子留下來，兩個兒子不知道能有什麼前程……我嫁過來這麼多年辛苦持家，又為老爺生下四個子女，老爺還真忍心就要休了我，若是我犯了七出，我也無話可說，卻是為了那個賤人……」說到這裡，目光變得凌厲起來。「現在又如何？還不是要我伺候老爺。」

周老夫人說完話，起身躺到軟榻上，眼看著那隆起的被單不時地抽搐。

一會兒工夫，甄氏從外面出來，去看周老太爺。

周老夫人手指畫過三顆佛珠。

不遠處傳來甄氏的聲音。「申嬤嬤，快讓人進來伺候，老太爺失禁了。」

周老夫人聽著睜開眼睛，焦急地撐起身子。

甄氏忙過來攙扶周老夫人。「娘別急，那邊有下人伺候，您好好歇著，若是拖垮了身子，這個家可要怎麼辦？」

周老夫人這才嘆口氣，重新躺回軟榻上。

大家正說著話，周元貴和周二太太郭氏進了門。

看著內室裡下人忙著一團，周元貴放下手裡的蟲罐去看周老太爺。周老太爺見到兒子，掙扎著似是有話要說，嗓子裡發出「咯咯咯」的聲音，不停地看向周老夫人。

周老夫人終究不放心，讓甄氏、郭氏攙扶著走到炕前，拉起周老太爺的手哄著。「沒事、沒事，馬上就換好了，」說著眼睛濕潤起來。「這病可什麼時候才能有起色……」

# 第一百六十三章

周老太爺哆嗦著手，桌子上的蟲罐裡發出有節奏的聲音。「蛐蛐……蛐蛐……蛐蛐……」應和著來往雜亂的腳步聲，又裹著周老夫人隱忍在嗓子裡的哽咽聲。

耳邊是金屬交鳴的聲音，兒媳婦看過來的眼神麻木又厭煩，那雙眼睛轉過去，開始軟聲勸慰老妻。「……這麼多年不容易……能吃的藥都吃了……能請的郎中都請了……家裡用了那麼多銀子買好藥……娘又辛辛苦苦地照應……」沒完沒了的體己話。

周老太爺困難地將視線挪到兒子臉上，兒子視線左看右看，最終落到蟲罐上，聽那蛐蛐兒聲似是聽得興起，最終忍不住噘起小嘴逗蟲般發出一個單音。

周老太爺只覺得胸口越來越沈，終於承受不住「噗」地一下爆了。

周老太爺眼睛一翻，手垂了下去。

周二太太郭氏最先看到，大聲道：「娘，快，老太爺痰迷了！」

屋子裡立即亂起來，周老夫人忙喊申嬤嬤。「拿藥、拿藥……快些！」

一陣子搗藥的聲響，一勺藥順著嘴邊餵進去，好半天，炕上的老太爺才緩過氣來，眾人這才放下心。

周老夫人聽著那蛐蛐兒叫得煩心，皺著眉頭看周元貴。「將你的蟲罐子拿出去。」

周元貴看一眼看蟲罐的婆子，那婆子捧了罐子退了下去。

屋子裡總算真正安靜下來。

琳怡聽說周老太爺病急了去，帶著鞏嬤嬤去探望，炕上的老太爺臉色蠟黃，胸口一起一伏雖然微弱，還算規律順暢。

大家等著郎中來看過改了方子，所有人臉上都有種慶幸的表情。多虧發現得早才能無虞。

周老夫人留著琳怡說了會兒話。

眼見就到了下午，琳怡要吩咐廚房準備飯菜，郭氏也就跟著去幫忙。

周元貴急著想要去看蟲兒，被周老夫人叫住留下來訓話。

郭氏臉面上有些不好看，跟在琳怡身邊，不好意思地道：「老爺也是該訓，總不能和外面那些人一樣，一輩子都離不開蟲罐，日後要怎麼辦。」

不是親兄弟，就算是親兄弟，妯娌之間也不能說長短，所以是好是壞琳怡都不準備接話，只是一笑了之。

郭氏也沒在這上面糾纏，很快就問起琳怡準備做什麼飯食。

兩個人說著話，在廚房忙乎起來。

郭氏叮囑廚娘準備了幾道菜，周老太爺的新藥剛好也抓回來，郭氏拿著藥去小廚房煎煮。

琳怡這邊也將宴席的飯菜定好，吩咐人泡了糯米，加入杏仁、糖桂花、芝麻做了杏仁茶，讓廚娘拿出銅質大壺燒了滾燙的熱水，準備沏茶。

正忙得熱火朝天，有廚娘道：「屋子裡進了蛐蛐兒，叫了半天了，也不知道藏在哪裡。」

大家就笑起來。「快捉了讓二老爺看看，說不得也能賣個大價錢。」
廚娘道：「真是想錢想瘋了，不怕主子聽了笑話，還以為遍地都能撿黃金呢！」話音剛落。
「呦，又叫起來了，真的是蛐蛐兒。」
琳怡親手將杏仁茶調好，大銅壺水也燒開了，正要吩咐幫廚的丫鬟沏茶，外面門上的婆子跟著進來道：「郡王爺來了。」
君子遠庖廚，家裡的男人是不會進廚房的。
琳怡放下手裡的東西，抬起頭來看周十九。
周十九換好了衣服，十分閒逸。
「郡王爺等一會兒，我這就出來。」琳怡說著指揮幫廚的小丫鬟從銅壺裡倒水。
內務府新製的大銅壺比平日裡用的大些，刻做了幾朵大銅花，上面雕了隻大蝙蝠，遠遠看去很有氣勢，只是倒水難些，廚娘和幫廚丫鬟練了兩日，選了一個手穩的丫頭斟茶。琳怡走開一步，讓丫鬟往碗裡倒熱水。
一碗斟好，調整一下位置倒另外一碗。
屋子裡的人看著大傢伙新奇，都抿著嘴看高高的壺嘴裡流出的熱水。
廚娘也用圍裙擦了手，從裡面慢慢走出來看熱鬧。
大家正全神貫注，耳邊突然傳來一聲驚呼。「別踩，一千兩銀子的大將軍——小蹄子你瘋了不成?!哎呦——」
本來安靜的廚房一下子像炸開了響雷般。

斟茶的丫鬟猛地一下子被喝止，整個人不由得一哆嗦，眼前又是一花，手上頓時失了準，一壺熱水一下子澆落在地，眾人都看傻了眼，小丫鬟想要補救，沒想到反而沒拉住手柄，一壺水就倒下來。

熱氣騰騰的水眼見就衝著琳怡腳邊潑下來，她還沒反應過來，只看到有人伸手一擋，熱騰騰的水都落在寶藍色的袍子上，噴濺過來的水花很快也被挺拔的身影擋了過去，接著她手腕一緊被拽開去，只是一眨眼的工夫，她就被抱起來放在小杌子上，眼睜睜地看著繡鞋被脫下來。

腳面上被濺了幾滴熱水，現在緩過神才覺得有些略微的灼痛。

耳邊傳來周十九的聲音。「去給郡王妃拿燙傷膏和鞋襪來。」

橘紅睜大了眼睛盯著康郡王的手臂。

琳怡也看過去，周十九的臂膀上熱氣蒸騰。

「我沒事。」琳怡打斷他的話，也吩咐橘紅。「快去拿藥油。」說著去搶周十九手裡的繡鞋。「我的腳上不過是濺了兩滴，郡王爺的手臂燙得厲害。」

周十九不肯將鞋給琳怡。「等拿來乾爽的再換上。」

琳怡皺起眉頭，乾脆起身要踩在地上，還是白芍反應快，扯過旁邊小杌子上的錦墊讓她踩上去。

廚房一下子忙起來，指揮著丫鬟打涼水。

剛剛闖進來捉蟲的婆子嘴一張一合。「這……可……郡……王爺……是二老爺……的蛐蛐兒……」話還沒說完，只覺得腹上一重，整個人像風箏一樣被踹了出去，重重地跪在地上，只是悶哼一聲，嘴角就有血流出來。

琳怡來不及看那被周十九踹飛的婆子，急著去解周十九的扣子。

周十九長袍上的盤扣彷彿是要跟她作對一樣，不如平日裡解得順手，半晌才將袍子脫下來，裡面的中衣緊貼在身上，透出紅紅的皮膚。

這麼熱的水，無論是誰都要被燙傷，何況是這樣傾注澆下來……

白芍將廚房裡的下人遣下去，只讓平日裡近身伺候的下人在旁邊幫襯。

琳怡隔著周十九的中衣，先將經涼水泡過的帕子敷了上去，忙完這些，她這才透口氣抬起頭看周十九。

一雙清如水的眼黑白分明，嘴角仍掛著笑容。「我沒事，先看看妳的腳。」

橘紅氣喘吁吁地將藥油拿來，琳怡就要給周十九上藥。

他手一伸，從橘紅手裡將乾淨的袍子穿上，很快就繫上了盤扣，彎腰將琳怡抱起來。「去準備涼水。」

聽到郡王爺的吩咐，橘紅立即又小跑起來。

琳怡靠在周十九懷裡皺起眉頭。「郡王爺將我放下來，這成什麼——」

周十九悠悠然一笑。「元元，妳碰疼我了。」

她的手立即縮起。

剛才似是還不覺得疼，現在立即就疼了，她根本碰都沒碰到，又不知道他到底都燙傷在了哪裡。

一路回到第二進院，周十九將琳怡放在軟榻上，伸手脫掉了她的襪子，橘紅端來涼水，琳怡的腳就伸進水裡。

她總是爭執不過周十九，這時候再拒絕反而更加耽擱時間，乾脆順著周十九的安排。

涼水一泡，灼熱的痛感立消，讓人難以抗拒地舒坦。

顧不得腳上，琳怡伸手脫掉周十九的外袍，很快將藥酒塗了上去。

「疼不疼？」

「疼。」他笑容不變，眼睛也不眨一下。

真是讓人哭笑不得。

明明是笑著的，卻一口肯定下來。

琳怡重新坐回軟榻上，橘紅才要上前拿軟巾給她擦腳，卻讓周十九將巾子拿了過去。

橘紅睜大了眼睛，驚訝地瞧著郡王爺將郡王妃的腳放在膝蓋上，用帕子擦乾淨又抹上藥油。

橘紅端著盆退下去，門口的白芍關上了門。

幫周元貴養蟲兒的婆子是周元貴的乳母童嬤嬤，仗著周元貴吃過她的奶又有一手養蟲的好手藝，平日裡連郭氏也敢頂撞。

聽得童嬤嬤闖去了大廚房，郭氏驚訝地臉色也變了。「媳婦再三叮囑童嬤嬤來到康郡王府不要亂走，誰知道竟然……」

周老夫人皺起眉頭來，讓人伺候著更衣，準備過去瞧瞧。

郭氏這邊問丹桂聽到的是什麼情形。

「郡王妃在做杏仁茶，丫鬟正用內務府送來的大銅壺斟水，童嬤嬤這時候闖進去找蛐蛐兒，斟茶的丫鬟嚇了一跳，剩下的一壺水都衝著郡王妃灑過去，郡王爺看到了用手臂去擋。」

聽到這裡郭氏捂住了嘴。竟然用手臂去擋——

丹桂接著道：「結果熱水灑下來，潑了郡王爺滿胳膊、肩膀，郡王妃的腳也被燙了。童嬤嬤還要上前強辯，被郡王爺一腳踹了出去。」

郭氏越聽越驚心。「這麼說，郡王爺和王妃都被燙了？」剛燒開的水澆下來會如何想想也知道，郭氏驚慌地看著周老夫人。「娘……這可怎麼辦才好？」

# 第一百六十四章

都是她帶來的人惹了禍事，日後她還怎麼登康郡王府的門？郭氏徹底沒了主意。「我……我和娘一起過去向郡王爺和郡王妃賠禮。」

周老夫人的目光落在郭氏身上。「妳也是，連個下人也管束不住。」

童嬤嬤的事不是一天、兩天了，之前郭氏在周老夫人面前也提起過。郭氏嫁過來的時候也不是沒有安排過童嬤嬤，念在童嬤嬤年事已高，就想將她安排在莊子上，誰知道童嬤嬤就鬧到了周元貴那裡。

「二老爺可是吃過我的奶，有天大的情分在。如今我年老了不經事就想將我發落了，那還不如讓我拿著褲帶上了吊。」

周元貴看不過眼，就替童嬤嬤說了話，讓郭氏將童嬤嬤養起來。這麼大的家還差一個人吃飯？話裡話外都說郭氏心眼小。

從此之後，郭氏在童嬤嬤身上只有睜一隻眼閉一隻眼。因為除了乳娘的情分在，周元貴的蟲兒都是童嬤嬤伺候，那些寶貝的蟲兒換不得人，上次周元貴的紫大蟲就被小廝養死了。童嬤嬤那張嘴也會說，經常在周元貴身邊說道：「我養的蟲兒，是給二老爺添好運咧！」

郭氏這邊童嬤嬤不敢來煩，小丫鬟就被童嬤嬤欺負，但凡有好吃的都進了童嬤嬤嘴裡，酒肉菜更是時時供著，犯了錯就倚老賣老，再不裝瘋賣傻，下人們見到她都要繞著走。

周老夫人聽郭氏將童嬤嬤平日的行徑講一遍，也皺起眉頭。「從前看在她照顧元貴有功，我也想著不缺她的，沒想她越來越出格起來。」說著頓了頓。「也不給她看病，就將她捆在柴房裡，待到郡王爺和郡王妃好些了，再丟她去莊子上。」

被踢得吐了血又在柴房捆上一日，再折騰著去京郊的莊子，就算是年輕人也少了半條命。

周元貴進屋恰好聽得這話，就上前求情。「母親，可不能這樣，要出人命的啊！」

周老夫人厲眼看向周元貴。「一個乳娘還能比康郡王和郡王妃嬌貴不成？你是越活越回去了，那童婆子要不是有你撐腰，敢這樣無法無天？」

周元貴聽得這話，鼓起的氣頓時洩了乾淨，哭喪著臉。

周老夫人吩咐完，帶著郭氏去第二進院子。

屋子裡滿是藥酒的味道。

周十九穿著寬鬆的衣衫，橘紅正給琳怡試穿新做的鞋子。

好在鞋子做得大些，不至於碰到腳面的傷。說來也奇怪，周十九燙得那麼嚴重也只是紅腫，反而她的腳面上被燙了兩個米粒大的泡出來。

周老夫人讓人扶著，匆匆忙忙到了琳怡炕前。

琳怡要起身，周老夫人忙讓申嬤嬤將琳怡扶著坐好。「快別動了，一會兒讓御醫來看看，家裡的藥酒終究不如新配的，細嫩的皮膚留了疤可不得了。」說著又去看周十九，聲音微低。「這是怎麼回事？兩個孩子就一起燙了。」

廚房裡的事早應該傳到了周老夫人耳朵裡。

申嬤嬤在周老夫人耳邊說了兩句，周老夫人當眾發怒。「這個不爭氣的東西！剛我還訓斥他整日玩蟲，轉眼他就惹出這麼大的事來？」

周老夫人才說完話，郭氏就上前向琳怡賠禮。「都是我的錯，沒有管束好下人。」

這般浩浩蕩蕩地認錯，她豈能不給嬸娘和二嫂面子。

說話間，周大太太甄氏也趕了過來，正好聽到周老夫人訓斥周元貴。「……當著郡王爺的面，我就說清楚，日後再看到你玩蟲，別怪我不認你這個不肖子孫！」

周元貴這時候低頭。「兒子錯了。」

周老夫人道：「將那老東西打發去莊子，看她再在你耳邊教唆。」

表面上看來，周老夫人因她和郡王爺受了傷狠狠罵了周元貴，打發了惹禍的婆子，讓她無話可說，不會將這把火燒到周元貴身上，她這個悶虧其實是吃定了。

周老夫人不過費了些口舌，教育了兒子，替兒子糾正了些壞毛病，她和周十九就受了皮肉之苦，怎麼算都太不公平。可如果她還不依不饒，傳到外面去，說輕了是她心胸狹窄，說重了是她借題發揮、故意施威。

「嬸娘先別急。」琳怡先開口。「二哥養的蟲兒都是很貴的，我聽那婆子喊了句要一千兩銀子。」

周元貴聽了微抬頭。「何止一千兩——」

周老夫人臉色一下子沈下來，周元貴立即噤聲。

「我是覺得奇怪，這麼貴的蟲兒怎麼會跑去廚房裡？」

屋子裡突然落針可聞。

周十九看過去，蔥綠色碎花帳幔映著琳怡的臉和閃爍的眼睛。他微笑著做個看官，安靜地坐下來。

琳怡道：「我是覺得這事不怪二哥，又不是二哥將蟲罐拿去廚房的，嬸娘就不要怪二哥了。」

就算責怪，也不要在她面前作戲。什麼時候訓子不好，偏要來她屋裡。

「說不得這裡面有什麼誤會。」琳怡聲音微低看向周十九。「都是一家人，這樣不明不白地責怪，總是不好。」

周元貴面露喜色，不等周老夫人說話，先搶著道：「郡王妃說的是，還是將童嬤嬤叫來問清楚。」

從第三進院子準確無誤地跑去廚房，那蛐蛐兒不但跑得快，而且還很認路。

甄氏的臉色沒有之前那麼紅潤。

周老夫人嘆氣。「既然是這樣，妳就查查也好。」

琳怡頷首，也不耽擱，看向鞏嬤嬤。「正好二哥、二嫂都在這裡，現在就去將童嬤嬤叫來問問。」

童嬤嬤是周元貴的奶娘，一事不煩二主，就讓周元貴夫妻問個清楚。

一會兒工夫，童嬤嬤就被帶進門。

剛才聽說要被送去京郊的莊子上，這一路折騰下來哪有她的老命在，正萬念俱灰，又有一個穿著體面的嬤嬤過來說：「郡王妃要讓妳將話說清楚，免得錯怪了好人。」

童嬤嬤一下子似是抓住了救命的稻草，進了屋，不管三七二十一先向各位主子磕了陣頭，結結巴巴地道：「也不是奴婢想要闖去大廚房，是奴婢昨兒個……沒臉嘴饞多吃了幾碗乳酪，今兒肚子就不爭氣起來，帶著二老爺的蟲罐去更衣，回來的時候……就發現蟲兒沒了。這蟲兒……是二老爺的命根子，奴婢弄丟了哪有命在……於是就一路尋……後來聽……」童嬤嬤說著看向周大太太身邊的芝蘭。「芝蘭姑娘，妳倒是說句話，妳是怎麼知道那蟲兒在大廚房那邊？」

芝蘭被看得眼睛瑟縮了一瞬就強辯。「童嬤嬤，您也不能紅口白牙地亂說話。」

「我亂說話？」童嬤嬤捂著疼痛的肚子，看向琳怡。「郡王妃，奴婢有半句話不實都教天雷劈死，芝蘭姑娘平日裡就看不上奴婢，在老宅那邊就處處與奴婢為難，要不是二老爺吃過奴婢的奶，奴婢早就被算計死了。這次在郡王府，奴婢才不疑有他信了芝蘭姑娘的話，哪知她是要往死了治奴婢。蟲罐好好地放在那裡，蟲兒怎麼就跑了出去，偏巧就被芝蘭姑娘看到了？奴婢現在想來這裡面有問題，若是奴婢就這樣被綁縛去了莊子上，恐怕不幾日一命嗚呼，這些冤屈也就說不出來了。」

芝蘭聽到這裡，看一眼周大太太甄氏。甄氏陰沈著臉不說話，芝蘭也就跪下來。「主子們可不能信這老婆子的話，只因從前她在採買上手腳不乾淨被我撞見，大太太就免了她的差事，之後她就恨上了我，眼見這次沒了活路，就要拉著我墊背！」

童嬤嬤被說得激動起來。「妳這浪蹄子！昨日被我撞到在大老爺懷裡哭，恐怕我去告發，才想要先堵住我的嘴。」芝蘭主動示好，她還以為是她攥住了芝蘭的把柄，心裡得意，正想著怎麼算計將這些年的惡氣出了，誰知道就著了小蹄子的道。
芝蘭臉色變了，惶恐地看向甄氏。
甄氏沒想到這一節，也著實驚訝地怔愣住。
一場從丟了蛐蛐兒到下人爬老爺床的戲一下子拉開了。
事情鬧到這般田地，琳怡倒沒有了主意。「這是怎麼回事？」她看向周二太太郭氏。「我有些聽不明白了。」
真是一波三折之筆，看來是在周家老宅的火燒到了郡王府來。
「大嫂，」琳怡看著臉色鐵青的甄氏。「我看這事還是從長計議。」現在就算要將童嬤嬤這件事隨便了結了，甄氏也不會同意。
可以肯定的是周大太太、二太太帶來的下人將康郡王府攪得一團糟。
周十九拿起茶杯慢慢悠悠地喝了一口，雖然受了傷，神情卻頗為愜意。
周老夫人捻著佛珠，老神在在。
童嬤嬤和芝蘭惶恐地跪在地上，甄氏的眼睛似是要將芝蘭燒成灰。
「好了，」周老夫人先讓申嬤嬤扶著起身，看向周大太太甄氏。「回去查個清楚，若是屬實，這丫頭我看妳也留不得了。」
芝蘭立即癱在地上，鼻涕眼淚一起下來。「老夫人、太太，奴婢沒有啊，奴婢……真的沒有……」
正鬧著，丫鬟進來稟告。「御醫來了。」

周老夫人命人將芝蘭和童嬤嬤拉下去，等著御醫來給周十九看傷。

周十九的傷雖然紅成一片、看著嚇人，好在處置得當，並不嚴重。

琳怡的小匣子裡藥是最全的，沒事的時候經常拿出來擺弄，橘紅在旁邊伺候著也漸漸熟識，這才能很快將藥找出來。

琳怡低聲詢問：「什麼時候才能好？」

御醫躬身道：「明日就會大好了，不過要想好利索，也要四、五天。」

雖然這樣說，畢竟是在自己家裡受了傷，就算再好脾性的主母，這次也要整治府裡。橘紅送走了御醫，琳怡將鞏嬤嬤叫來。「這次要徹底查個清楚，凡事有存心惹事的都讓牙婆子領出府去。」芝蘭怎麼知曉蛐蛐兒進了大廚房？這裡面定然有人幫忙。

鞏嬤嬤應下來。「您就放心吧！」

周老夫人想要安插人手進郡王府，也要看她答應不答應。就算送個人進來，到時孤立無援，只要小有動作就能被覺察。

與其防著別人，倒不如提前佈置。

琳怡回屋裡給周十九換藥。

鞏嬤嬤在旁邊看得分明，之前長房老太太還怕郡王爺不真心待六小姐，這次回去，她要將府裡的事說給長房老太太聽，長房老太太定能心安了。要知道這種情形她可是從來沒見過的啊……

# 第一百六十五章

周老夫人房裡，甄氏氣得手也抖起來。芝蘭這賤蹄子竟然敢在她眼皮底下勾引老爺，怪不得聽說童嬤嬤出了事，小蹄子那般高興！

甄氏幾乎將長長的指甲攥斷。在場人都能看出來童嬤嬤說的話不假。

本來想看戲的人卻最終被旁人笑話。

周老夫人眼睛不抬。

甄氏丟了臉面，不願意再提起這檔事。「郡王爺對陳氏可真是好，連自己的傷都顧不得。」想要讓他們生出嫌隙恐怕不容易。

周老夫人淡淡地看了甄氏一眼。「陳氏管家妥當，凡事沒有半點錯處，就算郡王爺這樣寵著她，外面人也說不出什麼。」

周老夫人是暗指芝蘭的事她處置不當，甄氏不禁臉上一紅。

周老夫人道：「元景若是真沒有納妾的心思，妳就算送上前他也不要，若是他動了心，妳藏著掖著又有什麼用？到頭來只會落得讓人笑話。」

說到這個，甄氏就眼睛紅起來。「娘，不是我不願意，我是怕了老爺，別看老爺平日裡威武卻耳根軟，萬一寵上哪個狐媚子，聽了她的話……我和全哥要怎麼辦？」

在甄氏眼裡，但凡是比她年輕漂亮就都是狐媚子。

甄氏委委屈屈地哭，周老夫人好像沒聽見似的。「整日裡就盯著漂亮的丫鬟和元景，別忘了管好妳的中饋。」

甄氏的哭聲一下子止住了。「娘的意思是……」

周老夫人道：「妳屋裡的事，別人說不定比妳更清楚。」要是陳氏沒有發現些什麼，怎麼能讓童嬤嬤來對質？「祖宅那邊的事鬧到了康郡王府，看以後你們還有什麼臉面過來。」

周老夫人的聲音越來越冷，甄氏的一顆心也漸漸沈了下去。

回到周家老宅，周大太太甄氏俐落地讓婆子將童嬤嬤押去了莊子上，是有名的那個收成不好、佃戶常鬧事的莊子。周元貴想要替童嬤嬤說說話，甄氏卻好像視而不見似的，處理完了就回去房裡審芝蘭。

周元貴回到郭氏房裡，哭喪著臉坐在一旁，郭氏上前好生勸著。「我平日裡說老爺也是為了老爺好，怕的就是會有今日。現在童嬤嬤要被送去莊子，娘也氣得責罵老爺，我去替老爺求情也是被娘訓了出來。」

郭氏邊說邊用帕子擦眼角。

周元貴看著妻子委屈的模樣，怒氣也緩和了，變成了心軟。「好了、好了，我也沒說妳。今天的事都怪我，連累妳受了委屈。」

「都說我沒管好內宅，」郭氏扭頭，不願意面對周元貴。「娘也說我沒有好生勸老爺，我現在勸老爺，收收心吧，別再玩蟲了，否則我在家裡也要抬不起頭來。我就算不嬌貴也有臉面在那裡。」

郭氏的手捏得青白。

周元貴看著妻子家常穿得半新不舊的衣裙，再想想自己從妻子手裡拿銀子，妻子雖不願意卻也沒有去母親那裡告狀，無論有什麼委屈都吞進肚子裡，平日裡辛辛苦苦地幫著嫂子管家，到頭來沒有落下一句好話。

周元貴狠下心將童嬤嬤的事拋在腦後。「是我不好，我日後就改了，總不能讓妳跟著我也受責罵。」

郭氏臉色仍舊難看。「我不圖老爺能改，老爺只要能讓我在這個家抬起頭來。」

周元貴急忙道：「能抬起頭來、能抬起頭來，等過陣子我求母親給我找份差事，我一定好好幹。」

郭氏遲疑地道：「老爺記住今天的話，我也就知足了。」

周十九的燙傷養了兩日果然就好了，琳怡腳上的水泡也不見了，再也不必小心翼翼地套襪子。

鞏嬤嬤手腳很快，將大廚房徹底整治了一遍，牙婆子進府領了兩個丫頭出去之後，鞏嬤嬤覺得無論走到哪裡後背都少了一雙眼睛窺視。

這樣一來，做事都覺得輕鬆起來。

周大太太甄氏這幾日過得就沒有這樣輕鬆。周元景回府之後大吵大鬧了一番，非要將芝蘭收房，甄氏不肯，大罵芝蘭是個吃裡扒外的東西，周元景就冷笑著問甄氏，哪個是裡？哪個是外？芝蘭本來就是陪嫁丫鬟，做通房順理成章，甄氏不肯就是善妒，犯了七出之條。

甄氏大為後悔，應該在周元景沒有回家之前就將芝蘭解決了。

周元景被逼急了提出來，康郡王剛成親時還安排了兩個通房，他屋裡連一個也沒有。

鞏嬤嬤笑著道：「大太太也是想不開，通房不通房的不過是個說法，不安排通房，背地裡也偷偷摸摸的。郡王爺身邊的兩個大丫鬟倒是提做了通房，可是郡王爺連伺候也不用她們了。」

自從周十九燙傷之後，鞏嬤嬤總是時常提起周十九的好處。

可是琳怡覺得周十九的笑容半真半假。畢竟是姻家進京的緊要關頭，周十九這樣待她，是想要她站在他那邊。身邊躺著一個聰明人，她不得不時常保持警醒。

琳怡讓人準備東西，明日回娘家看長房老太太。

長房老太太這邊在鄭家聽著鄭老夫人說話，手心裡捏了一把的冷汗。

鄭老夫人道：「當年廣平侯雖然被奪爵，好歹現在也拿了回來，要不是妳問起我，我也不會將這些話說給妳聽……」說著頓了頓。「妳要保重身子，別想得太多。」

陳家長房老太太靠著羅漢床，手肘支在矮桌上，手裡的佛珠長長地垂下來，蹭著薑黃色妝花緞的褙子，臉上的神情僵硬。「這麼說這事是真的了？我們老侯爺是因替皇后娘娘母家說話，才被奪了爵。」

鄭老夫人這時候也不好瞞著，就將自己打聽來的事說了。「我聽來的就是這樣。福建那邊都鬧開了，從前福建水師失利都是因國舅主戰……白白葬送了那麼多條性命，福建那一帶一度人人戴孝，家家捧幡。」

所以這次琳怡向皇后娘娘靠攏才這樣容易。

鄭老夫人目光謹慎起來。「我聽老爺說，恐怕之前國舅爺真的是被冤枉的，國舅爺沒有貪墨，朝廷的銀子都用在了籌建福建水師上，福建水師會慘敗，是因大意冒進之故。當年皇上要親政，太想打贏這場仗……反而……」

也就是說皇后娘娘的母家是替死鬼，真正犯錯的是皇帝。現在皇帝復了廣平侯的爵位，就是想要捲土重來。

他們陳家被復爵，其實就是一顆棋子。長房老太太仔細想這些來龍去脈，兀地抬起頭看鄭老夫人。「老東西我問妳，康郡王是不是早就知曉這件事？」康郡王用了那麼多心思娶六丫頭，是不是就看準了這一點？」

「這……我可不知曉。」鄭老夫人忙搖頭。「我也是真真切切才知曉的。」

長房老太太沈吟了片刻，腦子裡總是抹不去老侯爺被奪爵後鬱鬱寡歡的模樣。「鄭閣老怎麼說？」

鄭老夫人喝了口茶。「老爺是覺得姻家說的有道理。倭寇行蹤不定，我們大周朝沒必要為了倭寇和海盜大動干戈，畢竟還有韃靼擾邊，藩國總是乘機製造紛爭，現在動武並不是好時機。可這些年的被動防範的確讓倭寇越來越猖狂。」

鄭閣老總是兩邊不得罪。

# 第一百六十六章

長房老太太從鄭家回來一直心情不佳，陳允遠從衙門回來問安，長房老太太也不知道該和兒子說起哪一件。

母子兩個坐著喝了杯茶，陳允遠主動提起。「現在朝廷熱議福建，下屬來找我套消息，我也是焦頭爛額。我是不贊成打仗，可是康郡王主戰……」

長房老太太抬抬眼皮。果然……

長房老太太不動聲色。「康郡王已經和你提過了？」

陳允遠頷首。「皇上對親政前水師大敗之事耿耿於懷，本朝在邊疆戰事上比之前哪朝都要強硬，康郡王這樣一說，兒子想了想也該是如此。」

康郡王從前做事遮遮掩掩，這次知曉兩邊政見不合，倒是先知會好。

長房老太太不說話，陳允遠也是一籌莫展。第一次和女婿政見不合，他可是一心不想福建打仗，年少時想要殺得倭寇片甲不留，可是在福建久了，只關切百姓生活勞苦，若是組建水師就需要龐大的軍費，唯有增加賦稅國家才能拿出這筆銀子。

要打仗，周圍居住的百姓就要搬遷，世世代代生活在海邊的漁民就沒了生計。

陳允遠道：「朝廷裡和兒子一樣想法的官員不少，只要皇上提起組建福建水師，御史言官定會上摺子。」

長房老太太細捻佛珠，半晌才道：「你知不知道老侯爺當年被奪爵就是和福建水師戰敗有關？」

陳允遠驚訝地睜大眼睛。「這……兒子卻沒聽說。」

事關陳家，以她和鄭老夫人的關係才會知曉。

長房老太太將從鄭老夫人嘴裡聽到的消息說了，陳允遠異常驚訝。「這麼說，康郡王可能早就知曉？」

長房老太太靠在軟墊上，讓陳允遠自己去想。

陳允遠捋著鬍子。「就算聽說些消息也做不得準吧，否則也該和琳怡提起。」

長房老太太不動聲色地看了眼陳允遠。老三竟然這樣信任女婿，要不是脾性太耿直，也不會讓六丫頭擔心。長房老太太端起茶來喝。兒孫自有兒孫福，之前她想老三的脾氣哪裡能在官場上立足，而今也被他糊裡糊塗地闖到三品官，耿直的人也少了操心，不像聰明人時時刻刻都要費心思。

母子兩個正說著話，陳臨衡進屋向長房老太太和陳允遠請安。

陳臨衡最近經常去陳允遠書房裡尋書，兒子這樣好學，陳允遠這個做爹自是高興得不得了，偷偷摸摸地讓老妻打探之後，陳允遠發現兒子愛好越來越廣泛，兵法、古籍無一不看，再仔細察看一番，兒子文武雙修的基礎上更偏武。

陳臨衡一頭扎去了書房，小蕭氏心疼地跟著去安排，沒出屋門就囑咐陳臨衡。「看會兒書就歇著吧，書慢慢看不著急。」

陳允遠想著兒子。「咱們家爵位回來了，將來衡哥承繼，衡哥一心也想從武，兒子是文官，將來恐是幫襯不上什麼，還要靠郡王爺。」

現在爵位回來了，就不得不多多考慮。

長房老太太躺在床上一晚輾轉反側，白嬤嬤擔心老太太沒有出府，聽到裡面有聲音就端燈進來，服侍老太太靠在床頭。

白嬤嬤道：「老太太是擔心六小姐？」

在鄭家聽得這個消息之後，心裡就如同生了一根長長的刺，不碰它倒是不覺得什麼，稍稍一動就疼入心底，卻也不至於難以忍受。

長房老太太道：「我就覺得堂堂一個郡王爺費那麼多心思娶我們六丫頭，這裡面有蹊蹺，現在看來果然是。我是怕萬一將來……不能好好待六丫頭，」要說因利益結親的也有不少，不知道怎麼回事，她就是擔心。康郡王太聰明了，凡事利益為重，萬一將來遇到更好利用的，會不會就捨棄六丫頭……

白嬤嬤道：「上次老輩不是回來和老太太說，郡王爺和郡王妃夫妻和順，想必是錯不了，等明日郡王妃回來了，我再仔細問問老輩。」

第二天，琳怡一回到陳家，白嬤嬤就將輩嬤嬤叫去說話。

趁著琳怡親自指揮小丫鬟擺箸的工夫，白嬤嬤將康郡王被燙傷的事原原本本講給長房老太太聽。「老太太這次該放心了吧！」

「還有件好事。」白嬤嬤說起來就樂不可支。「之前康郡王身邊的兩個大丫鬟，周家人給抬成了通房，定是想要看郡王妃的笑話。沒想到現在一個被攆出了府，一個形同虛設……也不知道周大太太是不是太關心郡王府這邊了，竟然讓身邊的丫鬟鑽了空子爬到周大老爺床上，現在周大老爺那邊鬧著要抬做妾室，周大太太差點將房蓋掀了，卻也沒能壓住周大老爺。老輩打聽到，周大老爺和周大太太似是動了手，周大太太這兩日推說病了，在屋裡躲著不見人，也不知道是不是被打了……這樣一來，短時間內再也不能去郡王府攪和了。」

這話讓長房老太太嘴邊有了些笑容。這就是害人終害己。

宴席擺好，琳怡吩咐下人將請來的女先生去了花廳，女先生會唱揚州清曲，大家聽來都覺得有些意思。

琳怡道：「祖母、母親聽著好，爹爹生辰那日就將這班子請來。」

小蕭氏抿嘴笑。「現在京裡都喜歡聽這個了。」

大家吃完飯，小蕭氏說起琳芳。「我見到一面，瘦了不少，膽子也小了，定是在林家過得不好。上次著火聽說是琳芳下地不小心碰了蠟燭，好歹沒有釀成禍事。」

狀元郎新房著火的事過了好幾日才有了正經消息，原來是琳芳的錯。

陳二太太田氏竟然就任由林家這樣說。

過了一會兒，小蕭氏去房裡看小八姊兒，琳怡陪著長房老太太說話。「祖母，」琳怡靠在長房老太太身邊。「是不是有什麼事瞞著我？」說著去看旁邊的白嬤嬤。

白嬤嬤笑容收斂了些，躲閃琳怡的目光。

長房老太太喝了口茶卻不承認。「哪有什麼事。」

琳怡跟在長房老太太身邊這麼久，早就能看懂長房老太太的舉動。「祖母是因我的事？」

白嬤嬤聽得這話，悄悄地退了出去，琳怡就更加肯定。

長房老太太瞞不住孫女，乾脆就提起姻家。「妳準備怎麼樣？是想辦法勸說姻家，還是規勸郡王爺？」

原來是怕她左右為難。

琳怡寬慰長房老太太。「姻語秋先生又不問政事，郡王爺那邊我更是不能插嘴，真正為難的是父親，只怕父親這些日子不會好過，到頭來是要組建水師還是乾脆海禁，都是要聽皇上的意思，父親沒有立場最好，若是有……」琳怡笑笑。「也別做那個出頭的椽子。」

這時候了還勸她，這孩子怎麼能不讓人心疼。長房老太太故意板起臉。「遇到什麼難事要回來和我說，就算我老了不能解決問題，也會想方設法護著妳。」

「是。」琳怡抱住長房老太太。「祖母的翅膀下最暖和。」

「唉。」長房老太太又長嘆口氣。

「祖母別擔心。」琳怡抿嘴笑著。「我還是康郡王妃呢，雖然我沒有祖母聰明，好多事想難住我也是不容易的。我嫁過去之後都聽祖母的謹慎行事，站在一旁看著她們折騰，還沒輪到我伸手呢。」

長房老太太被逗得笑出聲。

在外面聽到笑聲的白嬤嬤進屋。「好了、好了，老太太終於笑了。」

琳怡親手斟茶給長房老太太。她嫁給周十九也不是要一味地受委屈，就算是周十九有他的算計，她也不會輕易就吃虧。「我已經和郡王爺說好了，請先生去郡王府住兩日。」所以她才會藉著被燙傷的事，將周大太太甄氏和周二太太郭氏拒在康郡王府門外。

周十九要當值，琳怡比平日稍晚些才回到康郡王府。

去內室裡換好了衣服，她就將鞏嬤嬤叫來。「怎麼樣，打聽到了沒有？」

鞏嬤嬤低聲道：「老太太前一日去了鄭家，之後回來就總是有心事似的。」

鞏嬤嬤是長房老太太屋裡出來的，打聽消息也方便些，不過這次卻吞吞吐吐。

琳怡抬頭看了一眼鞏嬤嬤。「嬤嬤也準備幫著祖母一起瞞我？若是能瞞我一輩子自然好，若是不能，將來——」

鞏嬤嬤忙道：「郡王妃快別這樣說，奴婢哪裡能瞞著郡王妃，只是一時不知道怎麼說起。」

長房老太太不說也無非是怕郡王妃聽了難受。

琳怡拿起身邊小秤，親手秤眼前的草藥，很有耐心地等著鞏嬤嬤說。

周老夫人房裡申嬤嬤也在悄悄地道：「看樣子郡王妃是知曉了，剛才還親手搗藥要做藥包呢！奴婢去送扇子的時候，看到橘紅將沒挑完的藥端了下去，奴婢問起來，橘紅說郡王妃身上不舒坦，已經睡下了。」

兩口子從來都是一起休息的，今晚竟然沒等郡王爺回來就躺下了。

周老夫人翻著佛經，慢慢地唸。

申嬤嬤道：「看來老夫人是猜對了，越是聰明人越解不開這個結。」

誰願意被人利用，與其這樣稀裡糊塗的，不如就讓她知道她身邊到底是什麼人。

# 第一百六十七章

「落門吧！」橘紅從屋裡出來吩咐門房。

外面守門的婆子聽得這話一怔。郡王爺還在書房，怎麼就落門了？

橘紅道：「郡王爺在書房睡下了。」

這可是郡王爺和郡王妃成親以來第一次在書房裡睡。

眼看著屋子裡的燈滅了，門上的婆子才怔愣著將門拴好。

第二天，周十九一早就出門了，琳怡只是在門口送了送就回去房裡。

一連三天都是如此，消息很快讓琳婉帶去了陳家。

琳婉喝口茶道：「不知道是為什麼事。」

琳婉自從懷孕之後就胎氣不穩，調養了一陣子總算見好轉，這才和周元廣一起回去娘家看看。

陳大太太董氏笑彎了眼睛。「我已經聽到了消息，是因姻家的關係才鬧翻了。咱們廣平侯夫人的娘家蕭家和姻家交好，廣平侯在福寧那段日子，兩家來往也密切，這次姻家出了事，郡王爺擺明了和姻家政見不合，是不準備管了。」

琳婉半信半疑地看著母親董氏。「我也有所耳聞，只是不知曉是不是真的。」

董氏笑道：「那是因妳們是姊妹的關係，才沒有在妳耳邊說起，聽說琳怡鬧得太厲害，郡王爺也不準備回頭了，妳父親還聽說有人準備給郡王爺送妾室呢。」

這時候送妾室……

琳婉一怔。「那要勸勸六妹妹才是，如果鬧大了，外面人只會說閒話。」

董氏冷笑一聲。「妳就是心善，妳去勸了人家不一定會念妳的好，只當妳去看笑話呢！俗話說雪中送炭難，錦上添花易，就是這個道理。妳六妹妹心性高，以為這般就能讓郡王爺改變主意。男人們只要涉及政事和前程，女人孩子都會被放在一邊不管。」

也不是不可能，琳婉喝了口枸杞茶。「前些日子郡王爺因六妹妹燙傷了，可見郡王爺是疼六妹妹的。」

「所以說，越嬌慣越不成樣子。宗室營裡都在傳，妳六妹妹不夠知書達禮，及不上妳。」董氏看著女兒，從前她不知道有多羨慕琳芳、琳怡才貌出眾，原來真正嫁了人，自家女兒比誰都強。

琳婉不好意思地道：「母親這樣說讓我臉往哪裡擺。」

董氏揚揚手裡的絹子。「我說的不對？都是一樣嫁人，妳懷孕了琳怡就沒有消息，琳怡身段太過纖細，說不得不好生養呢。康郡王這支單傳，沒有承繼的子嗣哪裡行，我看等不上五年就要長輩出面納妾了。」

宗室更加注重子嗣，琳婉懷了孕，不知道多少長輩上門探看。

琳婉拉起董氏的手。「好了，母親不要亂說了，那些政事我們也不懂……」

董氏道：「我們不懂，妳舅祖父是知曉的，照妳舅祖母說的，組建福建水師哪有那麼容易？

康郡王想得好，只要牽扯出從前的事，水師的事就會被壓制。」

「從前的事？」琳婉更是一無所知。

董氏伸手整理女兒的髮鬢。「妳啊，真是一門心思做賢妻良母，這些事一點不上心啊。」

皇上閉口不提的事，萬一因這次沈渣泛起，皇家顏面何存？

琳怡親手拿著藥杵搗藥。

申嬤嬤在院子裡聽到屋子裡如同洩憤一樣的聲音，回到第三進院子，原原本本地跟周老夫人說了。

「您說這可怎麼辦？每日還來看您和老太爺，表面上像沒事人似的，在您面前也說和郡王爺沒事，其實……就將自己關在屋裡擺弄那些藥，這明擺著在和郡王爺鬥氣。」申嬤嬤說著給周老夫人添茶。「聽說昨晚郡王爺在院子外站了好一會兒都不進去……您畢竟是長輩，是不是該出面說說？」

太不懂事了，為了教過自己的先生和郡王爺鬥氣。

周老夫人沈著眼睛，靠在軟榻上看著羅漢床上的花紋，半晌才開口。「還要我怎麼說？我已經提過了，不是說郡王爺公務忙就在書房歇下了。」

明明是假的啊，公務忙還能在院子外徘徊？

申嬤嬤道：「要不然請陳家長輩來說說……」

「急什麼。」周老夫人聲音平和。「年輕人總是有些脾氣，過兩日也就好了，現在弄得人盡皆知、讓人笑話。」

申嬤嬤目光一閃，是還沒鬧到時候吧！

「您這樣說也是。」說著頓了頓。「那榮親王送來的兩個侍婢怎麼辦？」

周老夫人的目光看向窗外。

一個穿著鵝黃色菊花比甲的丫鬟和另一個穿著青色暗紋比甲的丫鬟垂著頭站在那裡。

「是送給郡王爺的，我自然作不得主。」周老夫人嘆口氣。「還是送去郡王妃那裡，讓她處置吧！」

申嬤嬤應下來，帶著兩個丫鬟去第二進院子。

琳怡好半天才從內室裡出來，邊走邊用帕子掩口咳嗽。

橘紅忙拿來茶水給琳怡漱口。

申嬤嬤抬起頭看過去，郡王妃如細瓷般的臉上沒有半點血色，眼睛裡倒是紅絲密布。這兩日，郡王妃早早就睡下了，卻倒不如從前有精神。

琳怡看了一眼拿著青布包袱垂頭站在旁邊的丫鬟，坐在椅子上。從前在福建的時候就有人給陳允遠送過侍婢，不過大多數都被陳允遠退了回去。

凡是送人的侍婢都是面容姣好、學過禮數的，不一定剛進府就被收房，但是最終都能博得男主人的好感。

昨晚榮親王喝醉了酒，當下就點了兩個丫鬟要送給周十九，今兒一早就給送了過來。

琳怡看了看白芍。「帶下去吧，看看有什麼差事能分給她們做。」

兩個丫鬟聽得這話都鬆了口氣。

申嬤嬤也面露笑容。「那奴婢就讓人和榮親王府說一聲。」

琳怡點點頭。「煩勞嬤嬤了。」說完話，慵慵地回了內室。

申嬤嬤快步回去向周老夫人稟告。「收了。」

能有什麼理由不收下，現在已經和郡王爺鬧成這樣，再鐵腕治府，在長輩面前怎麼抬起頭來。

周老夫人道：「吩咐廚房燉些補品給郡王妃送去，好讓郡王妃好好養病。」

雖然這病八成是裝出來的。

新進門的媳婦就和夫君賭氣裝病，就不知道最後要如何收場。

晚上，申嬤嬤等到康郡王回府，讓小丫鬟注意著情形。

屋子裡亮著燈，琳怡在翻看醫書，不時地從藥盒裡將草藥抓出來些。

玲瓏端了薰香放在屋外，撩開簾子，屋裡重重的藥味傳出來。「還是將窗子打開吧，郡王妃別中了藥氣。」

琳怡好笑地看了玲瓏一眼。「我在福寧也是這樣擺弄，怎麼就沒事？」

玲瓏彷彿被抓了個現行，臉紅起來。「郡王爺回來了。」

琳怡手一頓，隨意「唔」了一聲。

玲瓏和橘紅對視，橘紅努努嘴，玲瓏伸手將窗子打開。

琳怡抿起嘴向窗外看去。

院子裡的夾竹桃下影影綽綽立著個身影。

一陣風吹來，院子裡的草木隨風搖擺。

琳怡轉過頭，半晌道：「藥氣散散就關窗吧！」話音剛落，門口就傳來幾聲咳嗽。

玲瓏輕咬嘴唇。「郡王爺該不會是病了吧？」

琳怡去抓藥的手就停了停。

只是片刻的工夫，院子裡就有人嬌滴滴地道：「郡王爺。」

橘紅頓時瞪圓了眼睛。榮親王府送來的小蹄子竟這般沒有規矩？這樣想著就要出門。

琳怡淡淡地道：「隨她去吧，看她能鬧出多大動靜來。」

橘紅這才忍住。

琳怡放下手裡的小秤，長長地吁了口氣。周十九每日來院子裡站著，要不了多久，她就要被周家長輩傳喚。

想到這裡，她還是斂下眼睛。「服侍我歇下吧！」明日還要去接姻語秋先生。

陳家還是一片燈火通明，小丫鬟們陸續將長房老太太房裡的盤子捧出去，換成了兩盞清茶。

長房老太太和陳允遠邊飲茶邊說話。

「康郡王尋了幾個武官要對組建福建水師舊事重提，御史、言官的摺子都寫好了，要參康郡王一個誤國誤民。」陳允遠頗有些覺得棘手。「這些事我也避不過，在衙門裡，我已經是不說話。」

最終還是要鬧到朝堂上去。

長房老太太道：「姻家人明日就進京了，到時候，朝堂上難免要亂一陣子，你是康郡王的岳家，現在的廣平侯早晚要拿出主意來。」

陳允遠皺起眉頭。「兒子還是想聽聽姻家人是怎麼說。」

屋子裡一下子安靜下來，似是能聽到爆燈花的聲音。

「也好，」長房老太太道。「總要謹慎些，一下子選了立場就不能反悔了。」

陳允遠想起琳怡。「也不知道琳怡那邊如何了，琳怡這孩子有時候倔強……剛才讓遣人來說，她明日要去迎姻語秋先生。」

長房老太太雖然心裡擔心，嘴上卻不以為然。「尊師長本就是聖人教的道理，姻先生從福寧而來，六丫頭自然要出面，若是不然，也會有人說三道四。」既然怎麼做都是錯，不如就順著六丫頭自己的心思。

# 第一百六十八章

林家裡，琳芳穿著一身碧色小薔薇褙子在屋子裡做針線，聽到外面有腳步聲，一針就扎在指尖上。

四喜忙上前去看琳芳。「奶奶快別做了，剩下的讓奴婢來吧！」

琳芳平日裡身上戴的大多是出自琳婉的手筆，屋子裡但凡有針線活兒都讓丫鬟來做，現在嫁來林家，怎麼也要做做樣子。

怪就要怪討厭的薛姨媽。

昨天琳芳去給林大太太請安，薛姨媽看到琳芳身上的荷包，當時就說：「難得的巧手，瞧瞧我們戴的東西這樣一比就要羞死了。」

琳芳自然能聽出這話的意思，只得陪笑道：「姨媽若是不嫌棄，我就做來一只送給姨媽。」

若是一般的女眷怎麼也要推辭一下，薛姨媽卻十分坦然地受了，林大太太在一旁和薛姨媽談笑。「就在我面前提短處，妳怎麼不說妳那兒媳將鋪子管得有聲有色，每年不知曉要進帳多少，妳的荷包只怕早就撐破了。」

薛姨媽就笑著瞄了琳芳一眼。「先別羨慕我，咱們大奶奶更是不差的。」

家裡的鋪子都是田氏一手操辦，也沒教過琳芳，琳芳哪裡會這個，只得咬著嘴唇坐在旁邊聽著，真是如坐針氈。她沒想過嫁人之後會是這樣的局面，新婚之夜就著起火來，她才被下人從火海裡救出來，猶自沒回過神，林大太太紅著眼睛，當著眾人的面又憐又愛地說：「怎麼這樣不小心，好歹人沒事，要是有個差錯還不讓我急死了。」

當時周圍亂成一片，她也沒想太多。

第二天，四喜就聽得所有人議論是她不小心點著了屋裡的帳幔，她急匆匆地去林大太太房裡申辯，林大太太倒是沒有別的表情，只是親暱地將她拉到身邊，順著她道：「娘知道不是妳的錯，妳安心，誰也不會怪妳的。」

她只有淚眼矇矓地道：「真的不是我，真的不是我……」不停地晃頭。

林大太太就越發心軟了，將她抱進懷裡直喊：「可憐的孩子。」

再往後……她還能說什麼？

回到娘家，她將整件事告訴田氏，田氏也沒有了別的法子。事到如今難不成陳家還去和林家爭辯？

從前她還以為林大太太和母親一樣慈眉善目，是個好相處的人，而今才發現真是知人知面不知心。

婚房著了火，她的元帕也不知道哪裡去了，林家至今攥著這個把柄。

田氏勸她暫時忍耐，她也只好先吞下這口氣。

可是，什麼時候是個頭？

她偶然聽到林大太太和屋裡嬤嬤說話，提到琳怡的親祖母趙氏家裡有沒能落紅的小姐，她這才知道原來不知不覺中也被趙氏連累。

琳芳想到這裡就攥緊了手帕。

四喜道：「本來老爺該是廣平侯……若是這樣，林家哪個敢小瞧小姐。」

她的地位、她的婚事全都被琳怡搶了去，只要想及這個，琳芳就恨不得將琳怡挫骨揚灰。京裡那麼多達官顯貴，那麼多門親事，琳怡為什麼非要搶她的，原本京裡就不是琳怡的落腳地，她卻鳩占鵲巢……

只有想到近來姻家的事讓琳怡不好過，琳芳心裡才會痛快些。

琳芳咬牙切齒。「姻家怎麼還沒進京？」姻家快些來，最好將琳怡拖下去……不，要將廣平侯一家全都拖下水，讓廣平侯失了爵位，琳怡被休棄，這樣她才能開懷。

琳芳正想著，外面丫鬟道：「大爺回來了。」

琳芳起身迎了出去。

林正青近來公務繁忙，不過卻顯得十分愉快，視線在琳芳身上打了個旋兒，然後主動說起話來。「看樣子，康郡王說不得又能立下大功了。」

琳芳手一顫，裝作若無其事地道：「大爺……怎麼忽然說起這個……」

林正青讓琳芳服侍著換好衣服，坐在羅漢床上喝茶，漂亮的嘴唇一抿，清亮的茶湯映著他黑亮的眼睛。「鄭閣老、翰林院裡都有人幫著郡王爺揣摩皇上的心思，就算是廣平侯一家也有人關切著。」

聽到林正青說三叔父，琳芳格外敏感。「大爺說有誰幫三叔父一家？」

林正青伸手揉揉手腕。在翰林院抄寫了一天的公文，稍覺得疲累。「齊重軒很是在意整件事，但凡翰林院有什麼風吹草動，他都會想方設法去打聽，今兒我又看到他和廣平侯一路說話，彷彿說起康郡王妃。」說著頓了頓。「這也難怪，齊家和廣平侯家的關係一直非比尋常，我記得那時齊家還要和廣平侯聯姻，不過是因科場舞弊案齊重軒被連累，這才擱置下來……」林正青彷彿不知曉這裡的緣由，笑著問琳芳。「我也是突然聽說，廣平侯又和康郡王聯姻，同樣是陳家女，妳該知曉來龍去脈吧？」

這又勾起琳芳對整件事的回憶，不知怎麼地眼睛濕潤起來，憤恨中帶著羞憤。就是那以後，她被人當作笑柄。

琳芳沈默著不知道該怎麼說。

大約是看出琳芳心情不佳，林正青道：「明日我和母親說一聲，讓妳回娘家和岳母說說話。之前婚房失火受了驚嚇，至今也沒有大好，回去娘家也能散散心。」

體貼的話倒讓琳芳眼淚落下來，淚眼朦朧中，她抬起頭看了林正青一眼，他漂亮的臉上彷彿有一抹溫雅的笑容。

琳芳冰涼的心裡突然似流進了股暖流。

林正青去書房裡看書，琳芳讓丫鬟張羅回娘家的事。

琳芳身邊的阮嬤嬤有些遲疑。「太太不是說了，等過些日子小姐再回娘家。」才成親，不好頻繁回去。

「大爺要跟太太說。」琳芳提起這個像是鬆了口氣。林大太太每次見她臉上都掛著微笑，每次彷彿都是設身處地為她著想，倒讓她無力分辯。她不好逆著林大太太的意思，但林正青開口就不一樣了。

阮嬤嬤笑道：「這樣奴婢就放心了，大爺出面，太太定會答應的。」

這樣一來，琳芳心底的憂鬱解開了不少。

琳怡在大廚房指揮廚娘準備明日宴客的糕點。好些年沒有見姻語秋先生，她就將先生平日裡最愛吃的點心都做了一盤。

廚娘們正準備著，橘紅提了一只食盒進門，抿著嘴唇擺到琳怡跟前。

琳怡詫異地看向橘紅。

橘紅上前低聲道：「郡王妃看看吧，奴婢也沒看清楚。」

琳怡這才將食盒緩緩打開。

裡面是兩只黑胖的麵食饃饃，仔細一看，捏的是兩隻大兔子。這只食盒是從周十九的書房撤下來的。

橘紅道：「昨晚郡王爺要吃麵條，廚房特地做了……因是桐寧伺候，奴婢也不知曉，還是今天廚娘說，桐寧拿走的食盒沒有退回來，奴婢才去拿了過來。」

本來是空空的食盒卻多了兩隻胖兔子。

橘紅目光閃爍。「要不要奴婢將桐寧叫來問問？」

琳怡搖搖頭，伸手將食盒蓋好，飛快地看一眼橘紅。「先拿下去。」

橘紅頷首，連忙將食盒撤了下去。

恰好這時廚娘做好了糕點，琳怡走過去瞧，一盤撒了層糖霜的桂花芡實糕。

琳怡嚐了一口，甘甜中有股桂花的清香。

琳怡頷首。「就是這樣。」

廚娘這才綻開笑容。「奴婢第一次做還怕做得不好，昨天晚上才照郡王妃說的法子試了試。」

廚娘說完又去忙活別的。

琳怡坐下來看手裡的宴席菜單。

廚娘那邊說起話來。「妳說奇不奇怪，我昨晚和了一碗的棗糕麵也不知道哪裡去了，本想著今天早晨試做芡實糕和棗泥糕，結果只能將芡實糕做出來，也不知道一會兒的棗泥糕會不會好吃……」

「是不是被人偷吃了？」

「今天早晨我特意檢查的爐灶，沒有人起火燒水，總不能生著吃吧！」

琳怡就想起食盒裡面兩隻黑胖的兔子。

「昨晚只給郡王爺煮了碗清湯麵，進廚房的也就是桐寧小哥兒。」

「桐寧小哥兒拿它做什麼？我看是妳昨晚沒有關好門被貓叼走了。」

廚娘邊揉麵邊數落野貓洩憤。

想起有人在廚房裡做偷偷摸摸的勾當，臨離開廚房，琳怡吩咐廚娘。「多做一盤棗泥糕放進食盒裡。」免得有人盯上了生的棗泥麵。

廚娘應下來，眼看著郡王妃走出廚房。「郡王妃沒說棗泥糕是送給誰的啊。」

「憨子，」旁邊廚娘道。「自然是留給郡王爺的。」

第二天，姻家人進京，由此組建福建水師的事正式拿到朝堂上來明說，誰也不必藏著掖著了。

康郡王當場就收穫了十三本參奏奏摺，與康郡王一同被參的還有平日裡和他走動密切的武官，一向誰都不得罪的鄭閣老居然也做了奏摺的尾巴，一同被奏三條重罪。

陳允遠緊握著手。硬是沒說一個字。

之後。姻家為民請命的文書很快送到了聖前御覽。

# 第一百六十九章

皇上向來不輕易在朝堂上發言，早年是有輔政大臣把持，皇上親政後，承認當年自己就是個擺設，後來有主見的仍舊要聽輔政大臣的，也沒有什麼機會抒發己見，再後來，終於將輔政大臣踩在腳底下，眾位朝臣突然發現摸不透皇上的心思了，就算幾位閣老和前朝相比也形同虛設，難以參與皇上的決定，所以才造就了鄭閣老左右逢源的官風。

大周朝自太祖皇帝開始就十分勤政，早晨朝臣沒有走進金鑾殿時，皇上已經在南書房潤筆，晚上宮門已經落鎖，皇帝還在養心殿看奏摺，太祖、成祖、高宗以及本朝皇帝，隨便哪一位都能比上從前各朝代的聖君。

於是被前朝壓榨的貧瘠土地，終於在本朝治理下欣欣向榮起來。

太祖皇帝起兵征討前朝昏君的時候就說過，戰亂讓百姓受苦，等天下大定之後定不會輕易掀起戰端，要讓百姓過上好日子。

大周建國之後金口玉言果然兌現，現在盤算來，大周朝這麼多年以來最讓人難以啟齒的就是福建水師慘敗，雖然後來成國公帶人將倭寇的船擊沈，又讓倭國特使來朝低頭認罪，皇帝卻對這樣的結果不是十分滿意。

朝堂上眾多聲音都一致，倭寇是少數倭人和海盜勾結的結果，和倭國關係並不大，現在大周朝如此繁盛，大可不必在意那麼小的倭國大動干戈。現在最要緊的是對付韃靼、瓦剌和蒙古騎兵。

其實這些諫言都是隱晦的，誰也不敢直接戳皇帝的痛處。

皇帝想要恢復海上貿易，就必須有一支能護衛海洋的水師。

朝臣下朝之後將各種消息帶出來。

陳允遠光是在長房老太太屋裡複述就說了大半個時辰。「文官說武將不得參政，這是太祖皇帝定下來的，現在違逆就是不尊太祖皇帝。」不尊祖制雖然一直是老生常談，可是高宗皇帝認命成國公輔政已成禍害，御史、言官用成國公為例參奏康郡王可謂是有理有據，可換過來說若是姻家將福建水師的傷疤掀起來，那又是不尊皇帝。

從前大家都不知曉福建水師的事也就罷了，現在放在了明處，一盤好棋反而成了爛棋。

「郡王爺是太急切了些，要是能緩一緩，說不得情況會好。」陳允遠站在女婿的位置上平心而論，還是太年輕，至少也要再磨礪個十年。

所以現在弄出個對錯倒不重要，重要的是能讓姻家和康郡王一起獲罪。長房老太太將佛珠捻得發出清脆的響聲。「董家那邊有沒有動靜？」

陳允遠搖頭。「這樣反而好了，武將不能參政只是聽命於朝廷，董長茂坐著就聲名大漲。」

長房老太太冷笑一聲。「董家人慣會找便宜。二房這幾日都是十分安靜，擺明了是要等著看局勢，坐收漁翁之利。」

所以這次注定是受累不討好。

琳怡端了點心上來，正好將祖母和父親的話聽了個全。

陳允遠看到女兒，想到一個法子。「不如妳勸勸郡王爺，組建福建水師和他關係不大，能置身事外是最好的，不如就用和姻家的關係不好參政……」

周十九是宗室，和血統尊貴的周家男人有一個共同點，凡是認定了的事就不肯回轉。不過周家男人的手段她也見識過，不容小覷。

「父親，」琳怡將茶擺在陳允遠面前。「父親何不試試祖母的主意？」說著去看長房老太太。

長房老太太倚在羅漢床上看孫女。琳怡想出的法子不過是藉著她的嘴說出來。

長房老太太清清嗓子，陳允遠忙束手聽著。

可是越聽他越覺得。「這……可行嗎？我真的要反對組建福建水師？那不是和康郡王政見相悖？」

長房老太太道：「這不正是你的想法？你早就準備好了說辭，不違背你的良心，朝堂上說起來才能擲地有聲。」陳允遠不善於隱藏自己的心思，恐怕這幾日，舉手投足中已經讓人看出來他的想法。

陳允遠為難地看了眼琳怡。「母親這樣說，兒子自然是願意，可怕郡王爺就沒有人幫襯，如今的形勢本來就對郡王爺不利。」

長房老太太沈吟片刻。「政見不合也不見得就是壞事，皇上讓你去了科道就是看在你為官耿直，你如今在朝堂上一言不發，科道的官員嘴上就算不說，心裡已經記了你一本。再說我們家和姻家的關係無法迴避，你在福寧從姻家那裡也獲益不少，好多政務也是姻家人出謀劃策，現在你政見突然轉變，小心被御史盯上作文章。」

陳允遠心裡的結倒是被打開了，可是想到女婿幫襯自己一步步走到這個位置上，心裡總是過意不去。

「父親，」琳怡小聲問道。「郡王爺這段時日有沒有找父親商量對策？」

這倒沒有。

琳怡有些意味深長。「那就是郡王爺知曉和父親政見不一，父親不用太擔心這個。」政見不合還要隨聲附和，往往會弄巧成拙。

陳允遠覺得長房老太太和琳怡說的也有些道理，表情仍有些複雜，一個女婿半個兒啊，何況這個女婿深得他心，看著女婿受彈劾他心裡都不是滋味，更別提和女婿對著幹了。

話到這裡，白嬤嬤在外面稟告。「去接姻先生的馬車進胡同了。」

琳怡聽得這話忙迎了出去。

和姻語秋先生一別其實有很長時間了，至少在琳怡心裡是這樣覺得，前世她從福寧進京的情形還在腦海裡，姻先生囑咐她京裡人事複雜，讓她多加小心，可是她沒想到進京之後會是這樣的形勢。這次見到先生，真真應了一句話。

恍如隔世。

其實就是隔了一世。

姻語秋穿著淡青色素花褙子，摘下頭上的幕離，秀雅的眉眼沒變，神情也依舊淡然，目光落在琳怡臉上時露出了淡淡的笑容，讓琳怡心裡一暖，覺得萬分親切。

琳怡上前給姻語秋行禮，姻語秋將琳怡拉起來行了個宗室全禮。禮數過後，琳怡親暱地靠過來。「之前我和先生才信件往來，沒想這麼快就見面了。」

姻語秋看向琳怡明亮的眼睛，已經不是從前那個時時賴著她說話的小徒弟，如今是落落大方、亮麗深厚的康郡王妃。

小蕭氏安排好內宅，也匆匆忙忙到垂花門。

小蕭氏不會應付，一貫說實話。「先生真是一點沒變。」

姻語秋微微一笑。「聽郡王妃說夫人生了位小姐。」說著讓丫鬟將賀禮送上，鑲貝雕花的包錦盒子裡是一枚漂亮的印章。

小蕭氏看了眉開眼笑。「能得了先生親手刻的印章，真是我們八姊兒的福氣。」她生的八姊兒確實有福，生長在京城，不用像衡哥、琳怡跟著他們在外奔波，小蕭氏只要想到這裡就十分知足，心裡越發想要對衡哥、琳怡多好些。

琳怡和小蕭氏將姻語秋迎進念慈堂，姻語秋給陳家長房老太太行禮，長房老太太起身將姻語秋讓到旁邊的座位坐下。

姻語秋說起話來遮不住身上的靈秀，琳怡在旁邊笑著對談，長房老太太也能說上兩句，唯有小蕭氏只能笑臉相迎。

姻語秋先生講福建的事，長房老太太漸漸喜歡上這個有名的才女。「先生準備在哪裡落腳？我們府裡的西園子剛剛修好，先生住下定是清靜，只是怕我們那些粗拙的佈置不能入先生的眼。」

姻語秋笑道：「老太太客氣了，只是家兄已經安排了住所，老太太若是不怕叨擾，我常來常往也就是了。」

姻家在京裡的朋友收拾了三進院，姻家兄妹在那裡落腳。

長房老太太知曉姻家是怕連累旁人才要獨住。「只是六丫頭嫁了人，否則定要留下先生。」說到嫁人，姻語秋看了眼琳怡，琳怡微微一笑。

姻語秋道：「說來也是奇怪，家兄和康郡王交好已非一日、兩日，康郡王去福寧時便在我家作客，那時琳怡也每日來我屋裡……得知康郡王娶了琳怡，我和哥哥都覺得緣分使然。」

原來在別人眼裡，她和周十九也是緣分。

大家說了會兒話，琳怡和姻語秋去望秋閣裡坐下。琳怡將在京裡買來的醫書遞給姻語秋看。「雖然不是什麼知名的書，也是先生藏書閣裡沒有的。」

姻語秋笑著收下。

屋子裡沒有旁人，琳怡試著問起請命書的事。

姻語秋道：「我擔心的倒不是這個，而是從前朝廷幾次要哥哥為官，哥哥都婉拒了，這次哥哥卻這樣上京，不論這件事有個什麼結果，想要全身而退都沒那麼容易。」何況哥哥天生倔強，要他讓步更是難上加難。雖知這趟難走，福建百姓信任姻家，姻家也是沒有第二條路。

姻語秋說完，看向琳怡。「康郡王有沒有想好對策？」

男人對政事就像女人對肚子裡的孩子一樣，寧可丟掉性命也不能讓志向受委屈。姻家想山高水遠，最終還不是要捲進來。

所以說……這些不能用風險來衡量，否則也不會有人狂呼武官死戰、文官死諫。

琳怡和姻語秋提起這個，只能相視而笑。

「我有件事要請先生幫忙。」琳怡也不跟姻語秋客氣，將手裡的藥囊交給姻語秋。

姻語秋將香囊撿起來聞一聞。「是要做治婦人病的藥貼？」

琳怡頷首。是她學藝不精，邊看書溫習才能將藥配好。「先生看行不行？」

這幾味藥雖然是婦人病常用的，可是和在一起用量能下得準也是不易，姻語秋思量了片刻。「什麼時候用？」

琳怡笑著。「過兩日，所以說時間緊，我已經做了好幾天。」

姻語秋看著琳怡。「京城裡有不少金科聖手，怎麼不請他們幫忙？」

琳怡道：「卻是先生的獨門方子，旁人就算說了也終究做不好。」

是想要她親自做吧，這樣用了的人才會想要見她。姻語秋將藥包放在桌子上。「藥量還是不夠。外敷的藥終究要多些才能見效。」

琳怡笑道：「一切聽先生的，等先生做的時候，我將御醫請來。」

姻語秋吁口氣，笑著看琳怡。「既然妳已經準備好了，就照妳的意思做好。」

事不宜遲，琳怡吩咐橘紅。「去讓門房準備車，我和先生要回去康郡王府。」

橘紅低聲應了。

小蕭氏將琳怡和姻語秋送上車，這才回去府裡。

# 第一百七十章

眼看著馬車走出胡同，陳家二房來打探的婆子回去二老太太董氏院子裡，向董嬤嬤稟告。

二太太田氏和琳芳正在二老太太那裡說話。

董嬤嬤說話的聲音不大不小。「康郡王妃帶著姻語秋先生去康郡王府了。」

琳芳聽得這話，眼睛突然亮起來。

這麼說，琳怡是決定要支持姻家了，否則怎麼敢在這個節骨眼和姻家走得這般近。

真是好機會。

二太太田氏道：「御史、言官一直在鼓動三叔上奏摺。」

那是自然，身為科道哪裡能不上奏本，這樣一來，就算旁人不說話，到了三叔父那裡也要擺明立場。琳芳道：「就算不上奏摺，皇上也會問起吧？」關鍵時刻哪有不問科道的道理，三叔父好不容易得來的位置，現在定是如坐針氈。

琳芳話音剛落，沉香打簾道：「二老爺回來了。」

陳允周大搖大擺地進了屋，向二老太太董氏行了禮然後坐在一旁，丫鬟忙端了茶上來。

屋子裡一時之間充滿了酒氣。

二老太太董氏皺了皺眉頭。「怎麼大白日的就去喝酒？」說著看向沙漏。「現在還沒到下衙的時候。」

陳允周不以為然地一笑。「母親不知曉，現下朝廷都熱議福建的事，文官吵得不可開交，奏摺都對準了主戰的武官，我們這些不參與政事的正好無事可做，每日除了出去喝酒吃飯就找不到差事。這還要謝舅舅，沒有舅舅的指點，我還看不清眼下的形勢。舅舅說的對，少做少錯，只要有太祖武將不參政的祖制在，我們剛好借著遮風擋雨。」

二太太董氏看著得意洋洋的兒子。「那你也要收斂些。」

陳允周笑嘻嘻地哄母親。「平日裡都怕那些御史捉住把柄，現在好不容易得了機會，不過是放鬆兩日，母親安心吧，我也只是吃吃酒席，別的是一概不碰的。」說著話還用眼梢去瞄田氏。

田氏假作沒有看到。

陳允周嬉笑的表情更甚，顯然是喝多了。

二老太太董氏吩咐董嬤嬤。「去給二爺準備一碗醒酒湯。」

陳允周卻搖手。「母親別那麼麻煩，我又沒有醉。」說著搖搖晃晃地站起身。「要我說，三弟那個廣平侯坐得也不穩，還不如讓給我了，若是再在三弟手裡被奪爵，我們陳家的臉面還往哪裡放？同是陳家的子孫……怎麼輪也輪不到他頭上，我不甘心……我也不服氣……」

二太太田氏和琳芳上前去攙扶陳允周。

陳允周掙扎了幾下，又煞有介事地問二老太太董氏。「母親，我說的對是不對？人……就要認命，他哪裡就是富貴命？」說著話聲音漸大。

二老太太董氏抬高了聲音。「好了，快去房裡歇著，別在這兒胡言亂語。」

田氏好說歹說終於勸著陳允周回去睡覺。

陳允周臨走時還不忘了說一句。「這幾日我閒在，想和母親多說說話呢，妳們這是做什麼?!」

陳允周一家走出和合堂，董嬤嬤倒了杯茶勸慰二老太太董氏，忙上前道：「也不怪二老爺，自從上次聽說三老爺襲了廣平侯，二老爺這口氣一直都沒發放出來呢。這次借著酒勁說說也好，免得真的上了心落下病。」

二老太太董氏嘆口氣，問董嬤嬤：「廣平侯府那邊怎麼樣？」

董嬤嬤道：「勉強撐著，即便是宴請姻語秋先生也是強打精神，康郡王和郡王妃確然是不怎麼說話了，三太太還勸郡王妃呢，朝政和內宅不一樣，讓郡王妃不要放在心上。」

看來這是真的了。

董嬤嬤笑。「老太太放心，宗室營裡不是早就傳出消息了？必定錯不了。」

二老太太董氏起身讓董嬤嬤扶著進內室裡歇著。消息真不真都無所謂，陳允遠就算不參奏女婿，也擋不住大周朝那麼多科道官員。

安頓好陳允周，田氏和琳芳坐去內室說話。

田氏趁著屋裡沒人，低聲問琳芳：「姑爺現在待妳如何？」

琳芳紅著臉點點頭。「好多了，也……也不曾提起從前的事……」

想到女婿人前禮數周到、溫文爾雅的模樣，再比照琳芳說起的情形，心裡雖然知曉能讓眼下情形好轉不容易，可還是要安慰女兒。「這樣就好，慢慢來，人心換人心，總有一天會和妳好好過日子。」

她畢竟是林正青明媒正娶的妻子，只要不犯錯又能生下子嗣，位置也就穩固了。母親這個意思她哪有不知曉的道理。

琳芳點頭。「我都聽母親的。」

如今被林家攥住把柄，也就只好委曲求全。

「大爺還和我提起了政事。」琳芳將林正青的話說了一遍。

琳芳本意是給自己和母親寬心，卻讓田氏聽出玄機來。

想到齊家和廣平侯的關係……田氏目光閃爍。「沒做成親家，關係還能這樣好也是難得。」

琳芳恨恨地道：「不知道琳怡哪來的好福氣，竟然都這樣幫著她！」一個個都與琳怡要好，就連國姓爺家的小姐成親的時候也要請她去送，無論去哪裡宴席總要聽到她的消息，曾幾何時，旁人介紹她時要加一句「康郡王妃的族姊」。

田氏慈愛地整理琳芳的耳飾。「妳要向妳三姊學學，先哄住婆婆、夫君，再生個兒子穩住腳，以後的日子還長著，誰比誰強還不一定。」

生活就是要這樣慢慢磨。

屋子裡，陳允周的鼾聲大作，田氏拉著女兒去書房裡。「明日我還要去國姓爺家，國姓爺要做壽，我答應了周大太太送手抄的佛經。」

琳芳心疼地道：「母親太辛苦了。」

田氏端莊一笑。「做善事算不上辛苦，那是給你們兄妹幾個積福。」

康郡王之前還春風得意，人人爭著相邀作客，一轉眼又被陷進福建的局勢裡。

周琅嬛一大早回到娘家，屁股還沒坐熱就聽到母親勸說。「妳祖父和康郡王交好，妳又和郡王妃關係不尋常，外面的人已經盯著我們兩家……妳啊，就算想要幫忙也不要做得太明顯些，小心被人說閒話，特別是姑爺才去翰林院，不好就站明立場。」

周琅嬛聽得這話蹊蹺。「母親怎麼這樣說？」

周大太太手裡握著大紅刻絲鳳尾褙子正往上面縫盤扣，周琅嬛拿了只蔥綠色十樣錦大迎枕塞在周大太太腰上靠著。

周大太太仔細地將手裡的針線做完，伸手將女兒拉著坐在羅漢床上。「妳這孩子從來不聽我的，我只是給妳提個醒，姑爺和妳祖父不一樣，妳祖父再不濟也是年紀大了，就算說錯做錯皇上也要給幾分薄面，姑爺才步入仕途，事事都要小心。」說著將褙子展開，讓丫鬟給周琅嬛試穿。

是母親聽說了什麼？

周琅嬛垂頭微微一笑。「母親放心吧，我都知曉。再說，以康郡王妃的聰明，就算夾在娘家和康郡王中間也有法子周旋，母親也別聽外面人亂說。您瞧著，康郡王和郡王妃定能化險為夷。」

周大太太看著女兒飛揚的眉眼微微笑了。「妳這孩子，倒是和康郡王妃這麼好。」

「那也是沒法子的事。」周琅嬛抿著嘴唇。「誰教母親沒有給我生下這樣一個伶俐聰明的妹妹。」

周大太太聽得這話失笑。「周家姊妹倒是不少，沒見妳這樣喜歡誰。」她是第一次見到陳六小姐就喜歡上了，越相處越覺得好，不但脾性相投，而且她欣賞陳六小姐玲瓏剔透的心思。

這次得知姻家進京，她寫信給琳怡，琳怡回信言語輕鬆，她就知道這裡面不一定有多大的事。

周大太太道：「我也是擔心妳，朝廷上的事哪有那麼簡單。」

周琅嬛忍不住失笑。「母親看看祖父，穩穩地坐在家裡，多少人上門請他出面，他不是都沒有動作？剛才我去看到祖父還閒情逸致地下棋呢。就算是情勢緊張，可還沒有到火燒眉毛的時候。」

周大太太故意板著臉。「年輕人真是不懂得天高地厚，妳祖父前些日子也是睡不安寢。」

素來知曉母親性情的周琅嬛，從周大太太臉上已經看出些端倪。「是不是有誰在母親面前說了什麼？」

「也沒有。」周大太太微微一笑，滿意地看著自己的手藝，穿在周琅嬛身上正合適。「昨兒陳二太太來送佛經，我們閒聊說起來。陳二太太說起康郡王妃，又說妳仁善。陳家和齊家本就走動勤，現在有了妳，更是親近了不少。」她不是聽不懂玄機的人，田氏話裡話外都是在說琅嬛照應康郡王妃。

周大太太道：「我就想，定是妳和姑爺在幫襯康郡王和陳家，今兒妳正好回來，才要提醒妳。」

陳二太太田氏的善名遠揚，不過周琅嬛卻越來越對這個善心的菩薩不以為然。若是果真善心，卻不見她勸說全家對名利之事適可而止，反倒是田氏平日裡出入的都是達官顯貴的內宅，這樣的話和那些三姑六婆有什麼區別？「母親別聽陳二太太的，如果母親想要聽佛偈，何不尋德高望重的師太，至少她們遠離紅塵俗世，心境更純淨些。」

周大太太含笑。「陳二太太也沒說什麼壞話，有些話未必全都不能聽。」還不是一樣，聰明人怎麼都能達到她的目的。

周琅嬛低聲道：「母親放心吧，二爺不過是個從六品修撰，就算想要幫忙也是有這個心沒那個力。」齊重軒沒有在她面前說起要幫忙，而現在這個情形，能打聽出消息的也就是祖父。齊重軒雖然身在翰林院，可畢竟是品軼低，想要盡份微薄之力也是千難萬難，弄不好反而壞事，最好的做法就是靜等消息，除非是熱鍋上的螞蟻，急得失了分寸，才會不管不顧地去幫忙。齊重軒平日不愛說話，卻是個持重的人，怎麼也不會這樣。

周大太太點點頭。「這就好，無論什麼時候，妳心裡也要有個數。」

在娘家吃了頓飯，周琅嬛坐車回到齊家。

進了門就聽丫鬟道：「三姑奶奶回來了。二爺下衙了，剛還讓門房準備馬，一會兒去接二奶奶，沒想到二奶奶這麼早。」

周琅嬛和悅一笑。早晨走的時候，齊重軒沒有說要去娘家接她，於是她就早回來了一會兒。

周琅嬛換了衣服，拿著從娘家帶來的糕點去書房，走到房門外，就聽到齊三小姐的說話聲。

# 第一百七十一章

屋子裡是輕聲的交談，陽光投下來落在地上是斑駁的樹影，已經快要落山的太陽，讓人覺得有幾分蕭索。

周琅嬛想要上前去推門，腳卻彷彿被黏在了地上，邁不得一步。

齊三小姐道：「哥哥剛才說的是什麼意思？有人利用廣平侯拉近和皇后娘娘的關係？哥哥說的那個人是誰？」

誰在利用廣平侯因皇后娘娘母家被奪爵的舊事？

齊重軒看著眼前的茶杯，一時沈默。他不該在這件事上想太多，只是每當林正青說起，他的腦子裡總是難免想到陳家。陳家復爵看起來是皇上嘉獎陳允遠大人為官耿直又在成國公案子上立下大功，其實是有人從中操縱，利用了廣平侯因福建水師獲罪之事……

齊重軒不說話，齊三小姐接著道：「明日就是皇后娘娘千秋，若是有消息，也就是這兩日。」

天色開始慢慢陰下來，周琅嬛幾乎能聞到空氣裡的潮濕味道。她後退了一步。齊重軒從來沒有在她面前說起這些話。

這段時日，就算翻來覆去在床上睡不著覺，齊重軒也沒有向她提起過，她屢次提起她和康郡王妃的關係，齊重軒也只是隨聲應喝，並不多說，看起來是他沈默寡言，其實細想像是有心事。

情願在這裡和齊三小姐商量，卻在她面前閉口不提半個字。他們之間相敬如賓，卻彷彿有一層隔閡在裡面，她也說不清楚。

眼前的人是好的，做事無可挑剔，人前也會維護她，對她的要求少之甚少，可是除去這些表面上的，想知曉他到底在想什麼是難上加難。

有時看到他在大獄裡留下的傷疤，問起來，他不以為然，彷彿那件事已經是過眼雲煙。若是外面人大約不清楚，她在他身邊，卻能感覺到那沈默中的抗拒——為人夫的抗拒，為人子的無奈。

周琅嬛抿起嘴唇，本已經將母親說的話拋諸腦後，可這時候鬼使神差地全都想起來。

齊家和陳家曾想要結親，這是她在嫁過來之前就知曉的。多少人家的婚事都是幾經波折，既然是父母之命、媒妁之言，就和齊重軒和陳六小姐沒什麼相干，於是她也不甚在意。當時她還覺得也挺好的，至少齊家和陳家彎彎繞繞沾著親，她和陳六小姐要好，齊家小姐也和陳六小姐要好，這樣一來，大家更好相處。

周琅嬛想了想，轉身重新走回了長廊。

桂兒忙跟過去，一直走出了月亮門，桂兒才道：「二奶奶怎麼不進去？」

周琅嬛道：「讓二爺和三姑奶奶說會兒話，我們先去給太太請安。」

桂兒這才明白過來，笑著道：「二奶奶真是為二爺想得周到。」

周琅嬛不說話，只是微微一笑。

大周朝只有在皇帝千秋時才會免了早朝，皇后娘娘千秋朝會雖然依舊，卻為了向皇后娘娘朝賀，比平日早了半個時辰。禮部前兩日已經發了邸報，寫明朝賀禮儀安排，內命婦、外命婦起得比平時早許多，要趕在吉時前入宮。

這樣一來，整個京城似是徹夜無眠。

琳怡洗了澡換上衣服，天還沒有亮。

今年皇后娘娘做壽比往年熱鬧些，宴請的女眷也多了，宗室營裡每家都請了人，上到親王下到閒散宗室，只要原是近支都接到了宮牌。

周大太太甄氏趕在這時候病癒，正巧能進宮，周老夫人特意將甄氏叫來交代，讓她進宮之後禮儀妥貼。

甄氏半開玩笑地道：「禮儀上不會差，萬一有別的事，我聽郡王妃的就是。」

琳怡就有些為難。「好些事我還要找大嫂商量……」

宗室營早早就有馬車駛出，然後是一輛接著一輛連成串，十分有氣勢，百姓紛紛到街頭看熱鬧，京中商鋪全都掛紅，城頭也掛上了紅綢，京裡如同過年般喜氣洋洋。

馬車停下來，眾位夫人下車，宮裡女官、內侍上前侍候、引路，大家換了小轎，在內宮門處下轎走到景仁宮。

周大太太甄氏已經先到，琳怡進門時，看到甄氏正和宗親女眷笑談，一掃幾日前灰頭土臉的模樣，只是臉上的脂粉依舊厚重，胭脂也用了不少，顯得臉色異常紅潤。

周元景要納妾的事鬧到現在，甄氏被氣得不輕，不過甄氏是就算後院失火也要戲臺高築的人，轉眼之間就打起了全部精神。
琳怡走進側殿，只覺得滿屋子的目光全都落在她身上。
「康郡王妃，彷彿比前段日子瘦了些。」
「就是，衣服眼見都寬大了不少。」
「聽說是……」
零零碎碎的聲音入耳。
若不是在宮裡，只怕早有人明著上前打探消息。
不過現在就算不圍著她明說，大家也找到了合適的人打聽。
周大太太甄氏身邊的人格外多，坐在旁邊不參與說話的女眷也是豎著耳朵靜靜地聽著。
宮人們忙得腳不沾地，坐下來的女眷緩緩說著閒話。
琳怡拿起茶來喝，等吉時到了，禮部官員到場，皇后娘娘身著石青色織金緞壽山紋、平水江牙吉服，讓三王妃、五王妃陪著出來。
等到皇后娘娘落坐，三王妃、五王妃和眾位女眷下跪朝謁，繁複的禮制下來，琳怡不知曉跪拜了多少次。
禮部官員喊：「禮成。」
皇后娘娘笑著開口。「為了本宮的生辰，辛苦妳們了。」
內命婦們忙做惶恐，還是五王妃會說話。「娘娘千秋，普天同慶，託娘娘的福，臣妾們才能沾上喜氣。」

皇后娘娘笑著道：「妳們有心了。」

眾人立即又行禮。

恭賀結束，皇后娘娘去換行服，內命婦們在偏殿等候皇后娘娘傳見。

女官們陸續端來糕點，離正式開宴還有些時候，眾人正好聚在一起說話。

這兩日，康郡王府家宅不寧的事早已經傳遍了宗室營。

現在大家互相議論考證，無非是想要得個更準確的結果。

周大太太甄氏憐憫地看了一眼琳怡，就與身邊的夫人道：「也真是難為了她。」可是即便如此，也不該這樣使性子。

周老夫人這個孀娘好些事不好開口。

「大嫂在說什麼？」清脆的聲音響起來，甄氏看到笑著走過來的琳怡。

甄氏看看身邊的憫郡王妃，笑道：「閒話些家常。」

「大嫂該不是在說我吧？」琳怡目光閃爍似是在開玩笑，看向旁邊的憫郡王妃。「大嫂時常幫我說話，倒讓我在各位嫂嫂們面前不好意思了。」

宗室都是一家人，琳怡這兩句話讓憫郡王妃笑著將她拉過來坐下。「看這話說的，怪不得讓人疼。」

琳怡親切地看向周大太太甄氏。

獻郡王妃笑容滿面去看周大太太甄氏。「那是自然，畢竟關係近著，差上一層是一層。康郡王還不就像親兄弟，她不幫襯誰幫襯？」

之前甄氏的話，獻郡王妃也聽到些，現在說起這個讓甄氏笑容有些僵硬。

甄氏看著琳怡笑容滿面的模樣，晶亮亮的眼睛，笑容由內而外沒有一分勉強。「獻郡王妃說的是。」

琳怡沒嫁過來的時候就聽說嬸娘一家對周十九如何親厚，現在身在其中，總被她們這樣糊弄，早就已經不順心了，這時候不讓甄氏自食其果也太便宜了她。「只要家裡有個風吹草動，外面就閒話四起。」從來都是看嬸娘一家委屈，今兒她也委屈一回。「朝堂上的事，我們在內宅裡也不懂，怎麼這把火就燒在我身上……」

眾人一瞬間緘口。

琳怡抬起頭看甄氏。「大嫂經常來郡王府，幾時見家中不和睦過？」真正不和睦的是周元景和甄氏。

甄氏抬起頭對上琳怡的眼睛，琳怡目光閃爍。

彷彿是和她親厚才會說出這樣的話，其實和質問她沒有區別，只是這樣的質問讓人無法反駁。

陳氏是聽到了她們剛才的交談，現在故弄玄虛，可眾目睽睽之下，她又不好真的將整件事擺上來細究。周大太太甄氏回過神來，周圍的視線若有若無地落在了她身上。

還好有宮女進來請宗親女眷們面見，甄氏才算吁了口氣。

琳怡彷彿知曉甄氏說不出話來一般，很體貼地走去和獻郡王妃說話。

憫郡王妃素來喜歡看戲，卻不願意就這樣被捲進去，看到五王妃從內殿裡出來，就迎了上去。

甄氏握著帕子，一時覺得帕子上精美的刺繡十分扎手。想到這裡，甄氏仰起頭，心中冷笑。如今陳家和康郡王的關係還用得著她說，就算再狡辯又有什麼用，早晚還是要讓人知曉實情。

甄氏想到這裡，只聽皇后娘娘宮裡的女官進來道：「皇后娘娘傳見康郡王妃。」

殿裡的聲音頓時有小了些。

繞過許多宗室，先要見年紀最小的康郡王妃——

眾人的表情從驚訝到了然不過是片刻的時間。

朝局動蕩本就和皇后娘娘的母家有關，會在這時候見康郡王妃也不足為奇。

琳怡起身跟著女官進去正殿。

東閣裡傳來女眷說話的聲音。

不是單獨召見她，琳怡反而放下心來。

女官掀起瓔珞寶石簾子，琳怡微頷首走了進去，抬起頭，只見皇后娘娘坐在紫檀海棠形高背坐榻上，正神采奕奕地握著蓋碗聽三王妃說笑，旁邊還有惠親王妃、端郡王妃和鍾郡王妃。

琳怡上前行了禮。

皇后娘娘柔聲道：「快起身吧。」

旁邊的女官忙搬來座位，琳怡恭敬地坐下去。

皇后娘娘端詳了琳怡一會兒，嘴角露出笑意。

外面又傳來一陣腳步聲，女官打簾，琳怡就瞧見了周大太太甄氏。

皇后娘娘讓女官叫過她之後，才叫周大太太甄氏。

端郡王妃和周元覺的夫人是妯娌，皇后娘娘就一起召見了她們兩個。一家人總是該一起覲見行禮，不分前後。

雖然琳怡行禮後，周大太太就被女官叫進來，卻也是有細微的區別。在皇后娘娘心裡，琳怡和周大太太甄氏不是正經的妯娌。

屋子裡的幾位宗室女眷表情多多少少有些變化。

# 第一百七十二章

甄氏笑著給皇后娘娘祝壽，又向在場的眾人也行了禮這才坐下。

皇后娘娘笑道：「剛才還說到康郡王妃，康郡王妃師承姻語秋先生？」

甄氏聽得這話，心裡一陣狂跳，幾乎屏住呼吸。宗室婦會難做，是有了差錯就會直接傳到皇后娘娘、太后娘娘耳朵裡，為了政事家宅不合、逼著康郡王改政見，這樣可是有失婦德，只要皇后娘娘訓斥，接下來娘就能明著教康郡王妃中饋。

琳怡道：「在福寧的時候，妾身跟著姻語秋先生學了幾年。」

皇后娘娘將手裡的茶碗放下，看了惠親王妃一眼。「那就怪不得了，要說金科聖手誰也及不上姻語秋先生，康郡王妃學到了不少。」

沒有順著姻家的事提政局，甄氏有些覺得奇怪，只能耐心地聽下去。

惠親王妃笑道：「可不是，姻語秋先生的名聲大，周朝哪個不知曉，只是姻家搬去福寧，我們是想求方子也求不來。」

惠親王妃雖然不知曉這裡面有什麼因由，卻會察言觀色。

「妾身也不識得什麼醫理，在福寧也是幫著先生分分藥。」

皇后娘娘頷首。「吃了太醫院那麼多劑藥，及不上康郡王妃送上來的外敷膏藥，不過才用了一日就覺得身上舒坦了不少，妳做的玉鞋也剛好合穿，將藥粉放在裡面虧妳能想到。」

被這樣誇獎，琳怡臉皮還是不夠厚。「妾身也就會這些，上次從皇后娘娘宮裡出來就想到姻先生有這張方子，卻也不能確定，寫信回去福寧有恐誤了時日，還好當時姻先生用的時候，妾身在旁邊聞著藥香，就將相似的藥拿來試。藥要磨成粉和在一起，才能知道對是不對。」

甄氏聽到這裡一怔。陳氏這段時日真的是在屋子裡做藥，而且是要呈給皇后娘娘用的……

琳怡說著想笑。「郡王爺尤其聞不得這個藥味兒，進了屋就不停打噴嚏，連眼淚都下來，皇后娘娘是沒見那個模樣……郡王爺還不准妾身說，說什麼刀槍堆裡出來的武人，還能怕這些草藥。」

甄氏腦子裡電光石火般地一閃。

康郡王搬去書房是這個原因？

琳怡低頭不好意思地笑，皇后娘娘也露出笑容。「別小看這些草藥，能救人也能害人，誰說及不上刀槍。」

琳怡道：「妾身覺得也是這個道理。姻語秋先生就說，一樣的藥，用法不同也不得治病。妾身這藥也是等姻語秋先生來京之後重新調好，讓太醫院的畢大人瞧過，才敢給娘娘呈上來用的。」

在太醫院院使眼皮底下行事著實不容易，好歹最近大家注意的都是政局。

「本宮用得甚好，」皇后說著緩緩一笑。「只是委屈了康郡王爺。」

提起這個，琳怡拿起帕子擦眼角，辣辣的藥粉頓時揉進眼睛裡，眼淚一下子湧出來。未免失儀，琳怡低下頭不停地吞嚥。

惠親王妃目光一閃，笑著和皇后娘娘說話。「妾身瞧著娘娘的玉鞋很是漂亮，只是不敢開口問，都說康郡王妃手巧，原來是康郡王妃做的。」

琳怡乘機用帕子另一頭將眼淚擦掉，只是再抬起頭，眼睛仍舊是紅紅的。

皇后娘娘看向旁邊的沙漏。「時辰不早了，宴席也快開了。」說著看向琳怡。「康郡王妃扶著本宮去更衣，妳們跪安吧！」

惠親王妃帶著眾位宗室女眷起身行禮。

琳怡走上前，跟著皇后娘娘進了內室。

惠親王妃幾個還沒有出大殿，只聽到皇后娘娘親切地詢問：「這是怎麼了？有什麼委屈，本宮替妳作主。」

然後是康郡王妃小聲道：「沒有什麼，妾身只是眼睛酸了……」

皇后娘娘道：「有什麼話是本宮不能聽的？」

東側室的門關上，裡面的聲音不復聞。

甄氏看向惠親王妃，想要開口詢問，惠親王妃表面上神情自若，高深莫測的目光一閃而逝，抬腳先走一步。

按理說皇后娘娘千秋，早朝該很快就散了，只是提到福建之事，文官的奏本就如同潮水般一下子湧了進來。

平常朝堂上死氣沈沈，最近卻一改往日。

文官上奏壓制武將兵權，以此能保天下太平，字字珠璣的背後直指福建主戰派。
皇帝從堆積如山的奏摺中抬起頭來，看下去。
花白鬍子的老臣神情激昂，太祖時期定下的祖制，閉著眼睛也能說個清楚。皇帝斂目。武將還沒有開口，文官先以言語封堵。
文官齊心，武將就各有盤算。
皇帝的目光落在廣平侯身上。「廣平侯，你祖上武將出身，如今身為科道，朕想聽聽你有什麼見解。」
眾朝官的眼睛立即看了過來。
陳允遠上前一步，內袍已經被汗濕透了。在周圍鄙夷的目光下，他倒慢慢挺直了脊背，開口道：「臣以為眾位大人所奏之事有失公允。」
聽得這話，老臣們將袖子一下子甩了出來。「陳大人身在科道兩衙門，一言不發、一摺不上，便是公允？」
陳允遠還沒說話，常在朝堂上如同打瞌睡、老神在在的張學士突然睜開眼睛，向旁邊跨了兩步道：「臣要參都察院六科掌院給事中廣平侯徇私枉法之罪。」
陳允遠驚訝地看向張學士。
滿朝文武俱都嚇了一跳，皇帝也放下筆，抬起頭來。
張學士道：「廣平侯是因為官耿直才任科道，可自上任以來可曾有過什麼利國利民之見解？倒是讓科道兩衙門官員無所適從，以至於參奏的摺子遲遲不能遞到御前。臣……老了，」說著嘴邊純白的鬍子一翹。「臣已沒有遠見，為怕誤了君上，臣大多時候不輕易說話。可是這次臣不得不開口，不能看著奸佞誤國。」

陳允遠在袖子裡的手抖起來。

「廣平侯非兩榜出身，在福寧三年考滿也無過人之處，不過是因成國公立下功勞，皇上體恤他在大牢裡受盡屈辱才准他入科道，廣平侯卻不肯體會皇上良苦用心，真是讓人心寒……科道兩衙門是朝廷之耳目，廣平侯想要蒙蔽皇上為己謀私，臣就算豁出一條老命，也不能眼見著他肆意妄為。」

皇帝聽得這話皺起眉頭，嗓子一癢、咳嗽兩聲，旁邊的內侍忙上前侍候，皇帝搖搖手，接著聽張學士參奏。

張學士哆哆嗦嗦地從袖子裡拿出奏本，躬身呈了上去。

要知道張學士已經很多年不曾寫奏本，就連傳遞奏本的內侍都覺得這本奏摺十分沈重。

在場的文臣都露出欣然的表情。多少人去請張學士出面，張學士都再三推諉，也不知道是誰最後說服了張學士。

張學士在皇上親政之初經常出入養心殿，為皇上所信任，皇上也願意聽他的見解，這些年，雖然天子近臣如走馬觀花般不停地換，可是張學士還立在朝堂之上，張學士請辭幾次要歸家養老，皇上都不肯應允，可見在皇上心裡的分量。

張學士開口說了話，文臣都沒有了後顧之憂，不停地站出來支持張學士。

陳允遠立在朝堂上，幾乎成了眾人攻擊的目標。

「臣以為張學士年老，不能辨別是非。」
清亮的聲音響起來，陳允遠轉過身看到石青色的蟒袍，康郡王從容淡然地站在大殿中央。
本來攻擊陳允遠的文臣立即被康郡王刺到。
「年少輕狂……」云云的話在大殿裡響起來。
朝堂上幾乎亂作一團。
「住口！」一聲厲喝，朝臣們嚇了一跳，抬起頭看皇帝。
皇帝表情仍舊深沈。
朝臣們這才發現，剛才那聲音來自廣平侯。
「臣有本。」陳允遠額頭上滿是細細的汗珠，竭力穩住身形，長吁一口氣，躬身下去。
皇帝面無表情，漠然道：「准奏。」
「國家有難匹夫有責，成國公禍國之時就不見眾位大人這般言辭激昂。如今是因倭寇之禍，康郡王和幾位武官主戰，姻家遠從福寧為百姓請命，皇上讓我們議是主戰還是重防禦，並不是讓我們參奏誰對誰錯，眾位大人若是不贊成主戰，大可上奏摺言利弊，而不是將矛頭指向康郡王和眾位主戰的武官。科道兩衙門是朝廷耳目之司，卻不是牆頭草，要辨認朝廷哪邊風大應和哪邊。臣議福建水師之奏本已經呈給皇上，接下來就是等皇上權衡利弊，早日作出決斷。」說著微微一頓。「再者不論是戰是防，都是為了大周朝江山穩固，眾位大臣何談奸佞？真正的奸佞是阻塞視聽，歪曲事實，想方設法排除異己。」
同是主戰的武將郭威看向康郡王，康郡王那雙黑亮的眼睛，彷彿讓他整個人都明亮起來，表情那般悠遠，目光清澈如水。

在朝堂上敢面對成國公的人，難道只是性子耿直而已？

若是這樣，名臣也太容易做了。

這般話過後，仍舊有文官小聲唾棄。「強詞奪理。」

皇帝從右手邊拿起一本奏摺遞給旁邊的內侍。「這是廣平侯陳允遠的摺子。」說完伸手指向張學士。「給張學士瞧瞧，看看廣平侯是否是奸佞之臣。」

內侍將摺子捧下去，張學士的手指微抖。內侍立在一旁，等到張學士將奏摺打開來看。是反對組建水師攻打倭國的奏摺。張學士的手更加抖了。

內侍等到張學士將摺子看罷，這才伸出手去，將摺子重新送回御案上。

皇帝緩緩道：「朕記得張學士有過目不忘的才能，朕年少時，常要依靠張學士才能親閱所有奏摺。張學士輔政之功，朕一直記在心上。」

張學士顫抖地拜下去。「老臣不敢。」

皇帝道：「若是當年，誰責怪張學士一句，朕心裡都不舒坦。」說著用旁邊的巾子擦擦手上的朱砂。「這麼多年，就算張學士請辭回鄉，朕依然是不准，只因為卿在朝堂上一站，朕就會想及朕年少時的誓言，定要像太祖皇帝一樣，就算做不成千古聖君，至少也該做個明君——張學士可曾記得朕的話？」

張學士花白的頭髮顫抖。「臣不敢相忘。」

皇帝長長地嘆口氣。「朕不是沒有為難的時候，張學士不說話，朕也不相問，因為朕知曉張學士年紀大了，不能太過操勞。」說著站起身慢慢地走下臺階。「今兒不同，文武百官都爭論福建之事。」

皇帝走到張學士跟前，沈吟了片刻，彎下腰親手將張學士扶起來。

張學士看著明晃晃的龍袍，眼睛一下子濕潤了，半晌才哽咽道：「臣萬死……」

皇帝搖搖頭。「在朕心裡，張學士仍舊是難得的賢臣，現在朕請張學士將剛剛看過那本廣平侯的奏摺說給眾位朝工聽。」

張學士牙齒一軟，嗑了兩下。

皇帝不再說旁語，轉過身徑直走下大殿去。旁邊的內侍緊跟了下去。

是下朝還是在原地等候？朝臣面面相覷，不知如何是好。

混亂了一陣，大殿上響起張學士背讀奏摺的聲音。

# 第一百七十三章

前朝的動靜慢慢傳去景仁宮。

皇后娘娘正和德妃、惠妃、淑妃及宗室女眷們說話，正殿裡坐滿了人。

等到女官的腳步輕輕地走進正殿，幾乎所有的聲音都止住了。

女官輕聲稟告。「皇上沒有傳下朝，朝臣們都在殿裡。」

德妃聽得這話微微驚訝。「宴席的時辰就要到了，這可如何是好？」

惠妃目光閃爍。「要不然，娘娘請人去問問聖上的意思，宴席誤了時辰就不好了。」

說話間，宮人進殿奉茶，宗室婦乘機低頭說話。

皇后千秋，皇上也不准朝臣下朝，這裡面是不是透著一層意思？皇后門前冷寂多年，莫不是皇上連這樣的盛典都不在意了？

還是因涉及皇后母家的事，皇上遷怒於皇后？

琳怡端起茶來喝，目光掃向惠妃娘娘。惠妃娘娘長長的甲套無意識地輕敲著桌面。只有在自己能掌控的場面才會這樣輕鬆。

惠妃娘娘心裡沒有表面上對皇后那般恭謹。

大多時候，皇后娘娘不過是表面上的稱號罷了，真正縱橫六宮的是花容月貌的惠妃。

大家中規中矩地坐了一會兒，彷彿在品景仁宮的好茶，其實人人都在互相打聽消息。

皇后帶著德妃、惠妃、淑妃去內殿裡說話。

宮人們跑進跑出，很快將前朝的消息帶進來。

不知是誰忽然驚呼一聲，眾人順著聲音看去，是張學士的兒媳蓋氏。

大家都知曉蓋氏的失儀，不過更在意的是蓋氏接下來要做什麼。

蓋氏起身去尋景仁宮的女官，低聲哀求。「煩勞通傳一聲……妾身……」

是張學士出事了？

周大太太甄氏有些坐不住，欠著身子隱隱約約聽到蓋氏要求見皇后娘娘的聲音。

「皇后娘娘，」蓋氏進了門，跪在地上懇求起來。「聽說公爹在前朝受了罰，求皇后娘娘在皇上面前說說情，公爹年紀大了，恐是受不住啊……」

皇后聽得這話，放下手裡的玉棋子。「皇上一向敬重張學士，我們身在內宮聽得的消息不作準。」說著讓女官將蓋氏扶起來。

蓋氏低聲哭泣。「公爹一向與世無爭，要不是這次為了……為了……若不然，也不至於此啊……」

這話中的深意，在場眾人都聽了出來。

皇后吩咐女官。「去給張淑人倒杯熱水來壓壓驚。」

皇后娘娘千秋宴還沒有開，就已經波瀾四起。

幸虧能進宮赴宴的女眷都是經過事的，這才能在殿裡穩穩坐著。

到了宴席的時辰，聖駕還是沒到景仁宮。

「吩咐下去擺宴吧！」皇后娘娘吩咐宮人。「皇上為國事操勞，我們身在內宮不得佐助，就不要因這種小事再添亂。」

皇后都這樣說，德妃、惠妃、淑妃自然也沒有異議。

皇后話音剛落，外面傳來禮樂聲，是聖駕到了。

女眷們紛紛起身，皇后也迎出內殿來。

命婦們在皇后娘娘帶領下行禮，皇帝命眾人起身，然後龍步行至內殿裡。

帝后說話，眾人便立在大殿裡聽命。

皇帝坐在軟榻上，皇后親手奉茶。

粉彩壽字的蓋碗打開，裡面飄出一股久違的茶香，皇帝不由自主地抬起頭看過去，清亮的茶湯光是看著就沁人心脾。「皇后又自己做茶了？」

皇后嫻靜地笑著。「這幾日身上舒服了許多，就想著好久沒吃自己做的茶了……這幾日又做不出來，就讓人將命婦們送來的賀禮，都拿來嚐嚐，剛好有相似的，就讓宮人沏了一壺。」

皇帝端起茶來嚐，是從前的味道。那時候在朝堂上被輔政大臣壓制，心中鬱結，只要飲上這樣一杯茶，心中就能開闊不少。

皇帝半晌才放下手裡的茶碗，伸出手來去拉皇后的手。手指還是那麼的纖細柔軟。「妳的手暖和多了。」

皇后微微一笑。「多虧了康郡王妃呈上來的外用藥貼。」

提起康郡王妃，皇帝想到從惠妃那裡聽到的傳言。「朕聽說康郡王內宅不寧。」

「皇上，」說起這個，皇后笑意頓消。「不知是誰竟然傳出這樣的傳言。」說著將康郡王妃做藥的事說了。「要不是妾身問起，還不知道這裡有這麼大的委屈。不過是兩人分開住了兩日，就被人傳得這樣難聽。要是這樣就算家宅不寧，不知道要有多少人告到妾身跟前來。」

皇帝皺起眉頭。不只是告到皇后跟前，就連他也知曉了。

康郡王夫妻不和，被人這樣拿來作文章。

皇后道：「康郡王妃年紀小，若是妾身失察，說不得就要叫到跟前訓斥。」那時在宗室女眷裡，康郡王妃就要抬不起頭來。「不過是幾日的工夫，榮親王已經送了兩個侍婢過去。」

為國事就不見手腳這麼快，內宅上倒是摻和得緊。

皇帝的臉色不大好看。「朕知道了。」說著看向皇后。「妳千秋宴席朕本該陪著……」

皇后輕垂眼簾。「妾身知曉，國事要緊。」

「下次定要補給妳。」皇帝臉上滿是歉意，說不清到底是為了什麼。「朕虧欠妳的。」

皇后抬起頭來，如水般的眼睛裡滿是波瀾，泛到深處卻莞爾一笑。

皇帝站起身又想起來。「這麼說，康郡王妃還通醫理？」

皇后也跟著起身。「康郡王妃師從姻語秋先生，姻先生是金科聖手，這藥貼就是康郡王妃請姻語秋先生做的。」

皇帝眼睛一亮，仔細地看向皇后。「朕看著妳用這藥似是見起色。」

「妾身也覺得奇怪，吃了那麼多年的藥，卻比不得這藥貼。」皇后說著拉起裙襬露出裡面的玉鞋。「藥粉就放在鞋裡。」

多年看不到這樣的笑臉，皇帝心中猛然一動。「既然如此，就讓姻語秋進宮為皇后診治。」

皇后道：「臣妾自然是願意，只是姻家的事……」

皇帝沈聲道：「事關政事和女眷無關，皇后放心就是。」說著轉身向殿外走去。

皇后蹲身恭送。

# 第一百七十四章

皇帝離開景仁宮，宴席很快擺上，內命婦、外命婦入席祝賀皇后娘娘長壽康健。吃過宴席，大家陸續出了宮門。

琳怡和周大太太甄氏一起回到康郡王府。

兩個人去見過周老夫人，琳怡回房梳洗歇著，周大太太甄氏留在周老夫人房裡說話。

周老夫人靠在羅漢床上，半瞇著眼睛看甄氏。「怎麼了？臉色鐵青。」

甄氏從丫鬟手中接過美人拳給周老夫人捶腿，屋子裡的下人忙退了下去。

「娘，」甄氏迫不及待地開口。「我們被人算計了。」

周老夫人微睜開眼睛。

甄氏道：「皇后娘娘將媳婦一起叫進去，雖然表面上沒說，但是怪媳婦說出陳氏和郡王爺不合的消息。」

皇后性子淡薄，竟然會這樣替陳氏說話。

甄氏道：「原來陳氏真的是窩在屋裡做藥，郡王爺聞著藥味身上不適，這才搬去了書房睡。」

夫妻兩個合起來演了齣戲，就是要給她們瞧。

怪不得皇后會怪罪甄氏，能夠出入康郡王府的只有她們一家而已。從前外面人都說康郡王和叔叔嬸嬸一家和睦，經過這件事，誰心裡都會疑惑，特別是還鬧到了皇后娘娘面前。

本來鬧得這麼大是想要琳怡在皇后千秋宴上丟盡臉面，卻沒想到丟臉的人是她。「兒媳都不敢抬頭看人。娘不知道陳氏說話的樣子，又是哭又是笑，那眼淚也不知道從哪裡來的，好像是真的被誰欺負了。」開始大家都圍著陳氏議論，等陳氏那番話說出來，所有人的目光都落到了她身上。

周老夫人靜靜聽著，半晌才問甄氏：「前朝怎麼樣了？有沒有在宮裡聽到消息？」

甄氏道：「張學士似是出事了，到底是什麼情形也沒有打聽出來，張學士的兒媳去求皇后娘娘，媳婦看著皇后娘娘大約是沒有答應。」張學士的兒媳是哭著出來的。

周老夫人去摸索袖子裡的佛珠，剛要伸手慢慢地捻，卻不想手裡一鬆，一陣清脆的落地聲響，一串佛珠滾落在地上。

甄氏嚇了一跳，外面的申嬤嬤也進了屋子。

申嬤嬤和甄氏忙蹲下來撿佛珠。這串佛珠是才去清華寺求來的，今天才用上，怎麼就斷了？

「算了，」周老夫人揮揮手。「明兒再去求一串來。」

申嬤嬤道：「是奴婢拿出來的時候沒看仔細，八成是請回來的時候就沒繫緊。」說著去看周老夫人手裡的線。「您瞧瞧還真是。」

周老夫人還沒說話，甄氏就道：「這是真的要出事了，清華寺裡年年請佛珠，從來沒有過這樣的情形。」

周老夫人一眼看向甄氏，甄氏頓時噤聲。

周老夫人道：「有空在這裡，還不安排人出去打聽打聽到底怎麼樣了。」

甄氏臉上一紅，忙應下來。

皇后的千秋宴席結束，女眷們都已經回到家裡，朝會還沒有散，各家都開始想方設法地打聽消息。

最讓人擔憂的是廣平侯家和張學士家裡。

陳家長房老太太在屋子裡歇著，小蕭氏已經急得團團轉。

長房老太太微睜開眼睛看了小蕭氏一眼。「別來回走，讓人看著眼暈。」

小蕭氏這才止住腳步。「我是害怕，娘，妳說，真的不會有事？」

長房老太太眼睛不抬。「六丫頭不是已經讓人捎消息回來——」

話是這樣說，可是見不到陳允遠，小蕭氏還是不能放心。

「怕什麼？」長房老太太微皺眉頭。「鄭閣老都被參奏了，妳還怕多一個廣平侯？」

小蕭氏坐下來。「媳婦是不明白，娘怎麼一點都不發愁，康郡王爺和侯爺政見不合，這裡面終究是要錯一個的啊！琳怡還支持老爺上奏摺……這郡王爺也沒有人幫襯……」

不是非要自己家人幫襯才能有好結果。

長房老太太道：「國姓爺答應上摺子，琳怡和我說了，福建水師定然是要建的，倭國也是要打的，可是侯爺的脾氣妳也不是不知道，讓他說違心的話比什麼都難，別人三言兩語就能將他戳穿。既然皇上看上了他的耿直，不如就讓他說實話，這也是康郡王的意思。再說皇上面前不一定要爭個對錯，真正的癥結並不在是否組建水師。」

小蕭氏還是不明白。「娘說政事媳婦是半點不通，只要郡王爺和侯爺都沒事，我就吃上一年素齋。」

長房老太太嘆氣。小蕭氏能做的也就是這個，一心向著家裡，不似琳怡，不管是家事還是政事一點就透。姻家的事剛出來，她心裡都覺得為難，沒想到硬讓郡王爺和琳怡想到這樣的法子。裡裡外外這樣一佈置，真正算計他們兩個的人就要吃虧。

再說，女婿和岳丈政見不合，更顯得康郡王和陳家沒有為了一己之私，那些參奏他們徇私的人就會被堵住嘴巴。京裡的文武官明明知曉皇上有意建水師，卻繞開不提，參奏主戰派。

只要將這件事擴大開來，真正藉此謀私的人就是這些遞彈劾奏摺的官員，關鍵時刻不為皇上分憂，卻一心要藉政事除掉異己……

這樣一來，在朝廷上廣開言論沒有錯反而有功，做到了一個為人臣子的本分，不管是姻家、康郡王還是陳家都不會有事。

所以，站出來參奏康郡王和陳允遠的張學士家裡才會亂作一團。

也就是說這法子奏效了。

「六丫頭這孩子膽子真大。」

提出要將姻語秋先生做的藥送到皇后娘娘面前的是六丫頭。

琳怡選了這個日子在屋子裡分茶喝，好幾天沒有這麼愜意的，現在鬆了口氣，終於可以托著腮邊看院子裡的景致，邊小口小口地抿茶。

橘紅在香爐裡添了一把香，是金桂的味道，聞起來甜甜的。胡桃將床被拿過來放在香爐前薰著。

被褥薰好了，橘紅去院子裡向琳怡稟告。「郡王妃，康郡王爺早晨吩咐，今兒要將床鋪從書房搬回來。」

真是多一天也不肯住。

想到周十九每晚都在窗臺下站一會兒，琳怡就覺得臉頰被陽光照得有些熱，乾脆將袖子搭在額頭上。

休息的氣力足了，琳怡才讓白芍扶著起身。

門上的婆子這時候進來道：「大老爺來了。」

現在這種情形讓周老夫人出乎意料，所以才著急讓周元景出去打聽消息。

「晚上是不是又要在府裡用膳？」玲瓏小聲道。

「還是讓廚房照常準備飯食。」琳怡微微一笑。經過上次，周大太太甄氏該有所頓悟了，這個時候還是回去周家祖宅比較好。

說完話，琳怡問起榮親王送來的兩個侍婢。「如何？」

白芍道：「什麼都不肯做，除了彈琴唱曲子，別的也不會。」

在榮親王府養起來的侍婢，自然是十指不沾陽春水。

粗活不會做，總能聽使喚。「讓她們跟我去老夫人房裡，日後就先當三等丫鬟用著。」三等丫鬟經常會跟著她四處走動，周大太太甄氏一直讓人打聽兩個侍婢的情形，今兒她就帶去周老夫人房裡，讓甄氏好好看個夠。

她也好謝謝甄氏，沒有甄氏去外面真真假假地將話傳出去，榮親王也不會送漂亮的侍婢過來。

琳怡帶著侍婢去周老夫人房裡，讓身邊的兩個侍婢給周老夫人沏了茶。

周大太太甄氏的目光不時地落在兩個侍婢身上。

旁邊椅子上的周元景就像沒看到似的，只是低頭飲茶。

「大伯可打聽到了什麼消息？」琳怡乾脆直言不諱地問。

周元景微皺眉頭。「還不清楚。」極力想要掩飾什麼，眉宇中更透著對她這話的厭惡。

也就是說，至少周十九沒有壞消息，否則周元景早就急著告訴她。

琳怡垂下眼睛，不一會兒工夫便等到申嬤嬤回來。

「有消息了。」申嬤嬤進屋走到老夫人跟前輕聲道。

周老夫人靜靜地聽。

申嬤嬤道：「張學士在宮裡暈倒了，被送回了張家，」說著頓了頓。「奴婢也是聽張家人說，張學士一直迷迷糊糊喊著，已經年邁要辭官回家。」

張學士被抬出了宮，朝會終於散了。

朝會上的消息就像長了翅膀一樣，一下子傳滿了京城各個角落。

張學士辭官，皇上當場就准了，還說了句：「張愛卿是老了。」

只這一句，就夠讓那些上過摺子的文官心中惶惶不安。

皇上當場賞賜給了張學士一千三百兩白銀。

張學士這才一下子暈厥了過去。

後來大家打聽才知曉，張學士之所以在朝堂上說話，是因為小兒子在賭場輸了銀子又打傷了人，張老學士為了遮掩，花出去不少積蓄，加上平日裡已經被小兒子賭輸了不少，家底一下子就清空了不說，還欠了賭場三千三百兩白銀，張學士為了湊銀子，就收了旁人兩千兩銀子賄賂。

皇上賞賜一千三百兩，正好對上張學士小兒子欠下的銀子。

張學士一看就明白皇上已經什麼都知道了。

# 第一百七十五章

周大太太甄氏想到張家長媳驚慌失措的模樣，原來是心中早就知曉張學士維護小叔的作為，見情勢不好就稟告給了皇后娘娘。

張學士為官還算清廉，只是過於嬌寵小兒子，早就將張家鬧得不得安寧，前些時候還因張家長媳用了些治家的鐵腕，殃及到了張家小兒子，張學士和長子大吵一架，張學士說了分明，只要有他在一日，就要護著小兒子。

皇后娘娘千秋宴席後將張家長媳留下來問話，張家長媳吞吞吐吐將家裡的事說個七七八八，皇后才知曉張學士這樣糊塗。

皇上那句：「愛卿是老了。」是在說張學士老眼昏花，不能辨別是非。

張學士收受賄賂參奏康郡王和陳允遠一下子就成了定案，只要跟著遞過摺子的文官全都人人自危。

琳怡聽得神清氣爽，慢慢地用手指捏著蓋碗，輕輕撇著碗裡舒展開的茶葉。相反地周元景越聽眉毛皺得越緊。

周老夫人倒是沒有特別的表情，只是聽得嘆氣。「張學士怎麼這樣糊塗。」

周元景怒氣無從排揎，正好想到周元貴。「所以我就說二弟不能再和那些人混在一起，否則將來也會和張老二一樣。」

周元景將弟弟一陣數落，這樣的家事琳怡首先聽不下去，站起身來。「我去讓廚房準備飯菜，晚上郡王爺回來再讓郡王爺說說宮裡的事。」

甄氏忙起身笑著道：「我們這就回去了，郡王爺因政事繁忙，我們怎麼好添亂。」只要想到皇后娘娘似有深意的眼神，甄氏就覺得脊背發涼，只想回到家中好好壓壓驚，再和周元景商量個對策。

琳怡笑容滿面。「大嫂太客氣了。」

甄氏看著她閃亮的眼睛只覺得嗓子發熱。同是在說客氣話，要是換了別人起碼要做做樣子，琳怡平日裡在人前也是大方得體的康郡王妃，可是只要那雙眼睛掃到她，裡面就裝滿了嘲弄、譏誚，嘴角一翹，笑容拿捏得剛好，讓人看不透卻又流露出些情緒，明明是安靜內斂的人，可是隨時隨地都能變得張狂似的。

周元景和甄氏走了，琳怡回到房裡讓橘紅伺候著換衣服。

到了下衙的時辰，消息陸續傳回來，張學士被抬出宮，朝會終於散了，皇上傳姻奉竹覲見，養心殿門一關，裡面到底如何，誰都不知曉。

琳怡到姻家租住的院子裡去和姻語秋說話。

姻語秋正在案前寫字，見到琳怡放下手裡的筆，笑著道：「郡王妃怎麼來了。」

姻語秋看著不擔心，其實也是牽掛兄長，否則就不會跟著兄長來京裡。

琳怡將聽來的消息和姻語秋說了。「先生不用著急，若是皇上想要遷怒姻家早已經下令，何必這樣大費周章。」

姻語秋喝口茶，頷首。「我知曉妳的意思。」說著微微一笑。「有人在其中周旋，我總是放心的。」若不然以康郡王的性子，是肯定不會幫忙的。哥哥說過，天子皇家只要是出色的周氏子弟，都一樣地狠絕。

琳怡輕笑。「也是先生肯信我。」二話不說地配合她做了給皇后娘娘的藥。

姻語秋先生眼睛微亮。「皇后娘娘收用了？」

琳怡道：「皇后娘娘還說先生果然是金科聖手，要請先生進宮診治。」

也就是說，皇后娘娘肯幫姻家的忙。

琳怡低頭看著姻語秋寫的字。最重要的是，皇后娘娘想要尋個人幫忙讓景仁宮繁華起來。皇后娘娘病了這麼多年，就是在皇上和母家之間掙扎，厭棄了這樣的生活，心灰意懶所以才會「久病纏身」，病了這麼長時間，每日都吃太醫院的藥劑也不見好，要是想要有所改變，就要有一個時機。

姻語秋先生能治好皇后娘娘身上的舊疾，至於心病，就要看皇后娘娘肯不肯治了。帝后之間情意還在，就是誰也不肯低頭罷了。

姻語秋捏起白玉的棋子準備和琳怡下棋。「看別人看得那麼明白，妳準備什麼時候低頭？」

琳怡執黑子的手一頓。先生是在說她和周十九。「先生取笑我。」她和周十九是不一樣的，她沒想過要嫁給周十九，有了婚約之後，她才想要做好康郡王妃，怎麼說這門親事都還算上乘，在內宅她要對付的是嬸娘，而不是有名分的婆母，周十九也答應過他要盡力保她父兄平安，雖然這些並不是她心裡想要的，不過周十九也能給她相對的安寧。

人貴在知足，這些對她來說已經足夠了。

所以這次遇到姻家的事，周十九不肯退讓，她也沒有半點脾氣，在周老夫人看來，她會使小性兒讓周十九就範，可是恰恰相反，她並不慣於依靠旁人，將所有精力用在依靠、要挾別人身上，不如自己想法子。

從姻語秋那裡回到康郡王府，琳怡才下馬車，鞏嬤嬤來迎道：「郡王爺回來了，正在屋子裡等著呢，讓玲瓏找件繡青花的蛟首腰帶，玲瓏說郡王妃還沒繡好，正愁怎麼和郡王爺說。如今郡王爺官服都還沒脫……」

琳怡一路聽著進門，抬起頭就看到端坐在椅子上的周十九。他如往常般慢慢地抿茶喝，玲瓏幾個伺候在一旁，丫鬟出了一頭冷汗。

難怪鞏嬤嬤要著急，周十九這樣一身整齊地坐在椅子上看書，就因一條腰帶將康郡王晾在那裡，滿屋子的人束手無策。

琳怡進屋就吩咐玲瓏。「那條青花腰帶我還沒做好，取那條松花綠攢花結長穗的宮絛來。」

滿屋子的丫鬟如蒙大赦，玲瓏也長長地吁了口氣。

琳怡接過玲瓏手裡的長袍和腰帶，服侍周十九去套間裡換衣服。

白芍對玲瓏用用眼色，兩個丫頭去門外說話。

「怎麼回事？」

聽到白芍問起，玲瓏幾乎要哭出來。「郡王爺要的那條腰帶郡王妃根本沒做完，我拿別的出來，郡王爺又不肯換。」

白芍拉起玲瓏安慰她。「郡王爺訓斥妳了？」

玲瓏搖搖頭。「那倒是沒有，只是郡王爺在那兒坐著，我們不知道怎麼辦才好，倒不如訓斥兩句……」

白芍道：「妳去問啊！」

玲瓏道：「鞏嬤嬤去問，郡王爺說是等郡王妃回來……我們哪裡敢問，郡王爺雖然經常笑著，可是……」她說不出話來。「我倒寧願去被廣平侯爺瞪上一眼。」

白芍聽得這話真是哭笑不得。

玲瓏哀求地看著白芍。「下次郡王妃出門，姊姊讓我跟著去吧，橘紅膽子大，讓她留下。」

玲瓏話音剛落，就聽到旁邊「啐」了一聲，橘紅揚著眉毛出來。「妳個小蹄子倒是好心，枉我平日時時想著妳，這時候倒將我賣了。」

玲瓏委屈地看了橘紅一眼。

橘紅狠狠道：「下次就還讓她伺候。」

玲瓏忙求饒。「好姊姊，我錯了，下次再也不敢亂說話，姊姊饒我這一次吧！」

套間裡，琳怡踮著腳給周十九繫扣子。

周十九低頭瞧著她，嘴角是一直不變的笑容，待琳怡拿起腰帶環上他的腰，周十九伸手一握，將她拉進懷裡。

透亮的眼睛映著矮桌上花斛裡的芍藥花，猶如月光下照進湖水中的一枝金桂，輕擺秀麗的身姿，在淺淺的清風中送進陣陣清香。
他將頭垂在琳怡的肩膀上，展顏一笑。「妳讓我住在書房，這幾日我半步也沒走進來，唯一不過是站在窗下看看妳。姻家的事就算我沒伸手幫忙，是不是也能將功補過？」
要說周十九完全沒有幫忙也是不公平。「朝堂上都是郡王爺一手安排的，怎麼能說是沒幫忙。」能夠避重就輕讓那些看笑話的官員首當其衝被皇上厭惡，不管是周十九還是陳家、姻家都少了罪責。
「這幾日書房冷得很，我和幕僚談政事又到深夜，廚娘做的東西實在難吃……妳做的竹筍湯，晚上是不是要多盛一碗給我？」
就像小孩子伸手要糖果一樣，不過是纏著她要碗竹筍湯喝。
「出門時我已經去廚房燉上了。」琳怡笑著道。
他似是沈默了一會兒。「真的不怪我了？」
琳怡抬起頭來看著他臉上的笑意，輕輕頷首。
夕陽落下，他臉龐微紅，眼睛明亮，伸出手指整理琳怡的髮鬢，慢慢地靠過去，一吻落在她的額頭上。「元元說話向來算數，這麼說我就不用怕哪一日又被趕去書房。」
這話說出來，讓琳怡心中生出一種奇怪的感覺。

# 第一百七十六章

琳怡和周十九從套間裡走出來，鞏嬤嬤來道：「晚飯已經準備好了，老夫人那邊來人說，想要讓郡王爺和郡王妃去第三進院子吃飯。」

嬸娘來請，總不好不去吧！

琳怡側頭看向周十九。

「不去了。」周十九微微一笑。「我去請個安就回來。」

也就是說不用她一起過去，那她倒是樂在不用去陪坐。琳怡將他送走，轉身吩咐鞏嬤嬤擺飯。

鞏嬤嬤低聲問：「郡王妃不好不過去吧？萬一被人說三道四……」

就是這個時候才不怕，只要周老夫人敢說，她就敢收下。現在大家正睜著眼睛看兩家如何不和，她何必在這時候作戲，替他們遮掩？乾脆這時候關係尷尬起來才好，他們就不必披著一層皮過日子，免得他們人前演得辛苦，她還要應付著叫好。

周老夫人在東側室裡的雕菊花二郎敬母的木炕上坐下，申嬤嬤親手打簾將周元澈迎進屋。

周元澈向長輩行了禮，申嬤嬤小心翼翼地捧上海棠色的鈞窯小碗，然後退了下去。

周老夫人眼看著周元澈抿了口茶，支起身來問：「這幾日外面鬧得凶，不知到底要不要緊，這一會兒聽說你回來了，就想著讓你們過來吃個飯。」

「那邊已經擺好飯了。」周元澈笑著道，說著向周圍看看。「大哥大嫂沒有過來？」

周老夫人慈祥地一笑。「來看了一眼，已經走了。」

周元澈目光不動，嘴角含笑。「大哥向我提過想要在朝廷裡謀個職，前些日子一直沒能尋到機會，正巧京營要進宗室子弟，我就將大哥的帖子遞了上去，這次大約有二十幾個缺，我算了算總該差不多能選上。」

什麼時候不好遞帖子，偏要等到這時候。

看起來是件好事，若是讓人前後聯繫起來，像是他們逼迫康郡王給元景尋前程。

周老夫人不說話，周元澈有些遲疑。「皇上說起，宗室也要靠文武謀前程，這樣的差事已經十分難得，雖然官職不高，若是能立下功勞，將來也是有成就的。」

將她的話一下子封死，不肯應下差事，就像是嫌棄官職太小。

怎麼都是個錯。

周老夫人嘆口氣。「你大哥哪裡是做官的料，只怕到任之後給你臉上抹黑……」說著頓了頓。「我們這一家人只要平平安安就是福氣，有你在朝廷任職，我們家已經是光鮮，再有子弟入仕，在宗室裡也是說不出去……」這官職說什麼也不能應下來，想要一下子將她壓下去也沒那麼容易。

周老夫人慈祥地道：「你叔父和我搬進康郡王府已經惹人非議，再這樣下去，只怕你叔父和我的臉面都沒處擺放，你大哥自己有本事早晚也能拿來，現在你才去了護軍營，怎麼好在這個時候——」

周老夫人話音剛落，只聽外面一陣窸窸窣窣聲響。

周大太太甄氏的聲音急急地傳進來。「娘怎麼好這樣說？老爺哪裡是沒有本事，咱們宗室入仕還不是要舉薦才能有的，文武科考我們都不能應，老爺的報國之心還不能成全了？」

周老夫人臉上一凜，皺起眉頭看向申嬤嬤，申嬤嬤還沒迎出去，甄氏已經甩著帕子進屋來。

甄氏才向周老夫人行了禮，很快又是一陣腳步聲，周元景也進了屋。

夫妻兩個一前一後急匆匆的模樣，讓周老夫人皺起眉頭，呵斥甄氏。「妳這是做什麼？」

甄氏臉上一紅，握緊帕子，想到周元景的官職就在眼前，錯過這個機會不知道要等到何時。「娘，媳婦說的是實話，不是都說舉賢不避親，總不能因郡王爺才被獎賞，老爺就還要等……」

周元景頂著滿身酒氣，目光直挺挺地看向周元澈。「宗室子弟不少已經在朝廷尋了差事，若是郡王爺能舉薦，我將來也能為朝廷立功。」

甄氏拉著帕子道：「就是這個意思，我們老爺還能讓郡王爺丟臉不成？郡王爺舉薦誰還不是一樣的。」說著小心翼翼地看向周老夫人。「娘，您就放心吧，元景也不是游手好閒不務正業的，從前家裡請武功師傅，元景一樣跟著學，要不然郡王爺也不會舉薦。」

周老夫人一掌拍在桌子上。「現在我說話誰也不聽了?!」

甄氏頓時噤聲。

周元景挺著脖子不肯低頭，甄氏用餘光掃向周元景。

周元澈微微一笑。「嬸娘不用動氣，既然大哥想試，何不就成全了大哥？」說著起身。「大哥、大嫂稍坐，我還有公務要處理，就先回去了。」

申嬤嬤將周元澈送出屋。

外面的隔扇門關上，周老夫人一眼掃向周元景。「連什麼官職都沒弄清楚就忙著答應下來，萬一撥了你去護軍營，將來你出了事，要郡王爺大義滅親？」

周元景睜大了眼睛。「不是說好了要提做侍衛？」

周老夫人望著不爭氣的兒子、媳婦，冷笑一聲。「我都還沒聽說是侍衛，你們兩個如何知曉？」

甄氏本來熱火般的心如同被澆了一盆冷水，從頭到腳打了個冷顫。「是郡王妃院子裡的婆子將話帶給我的，我和老爺這才趕過來。」

在郡王府裡布了耳目，到頭來卻被人所用。

周老夫人看向申嬤嬤。「告訴大太太剛才郡王爺是如何說的。」

甄氏看向申嬤嬤，申嬤嬤為難地頷首，甄氏這才真的信了。「娘……這可不怪媳婦……媳婦在外面聽娘說那些……不是將老爺的仕途封死了？這才心下著急。」

周元景尚未清醒。「著什麼急……宗室子弟那麼多入仕的……平日裡在衙門裡混吃混喝……三叔家的……舌頭短一截話也說不全……不管是什麼差事……我還能及不上他們……」

周元景的脾氣是不管得意還是生氣，都要先回去灌上一頓酒，陳氏早就將這一切安排妥當，等到周元澈回來，自然而然水到渠成。

「大老爺。」周老夫人聲音一高，帶著諷刺。「要提前程，先醒醒酒再說前程。」說著扶著矮桌起身，不願意再看兒子、媳婦一眼，讓申嬤嬤攙扶著去內室。

甄氏不知道怎麼辦才好，伸手去碰周元景。「老爺，這可怎麼辦才好？」

周元景正覺得天旋地轉，甄氏這樣撲上來，他伸手一揮將甄氏推到一旁，自己也一偏頭「哇」地吐在地上，濺了甄氏一臉。

周十九連著添飯，讓大廚房的廚娘喜得眉開眼笑。

尤其是琳怡親手安排的湯，讓他吃得一點不剩。廚娘將最後的湯底倒出來嚐了一遍又一遍，湯是好喝，可是她做得也不差啊，怎麼郡王爺就不愛吃呢？

「元元，」兩個人梳洗好了躺在床上，周十九喚著琳怡，將她抱在懷裡。「讓我瞧瞧腳好了沒有？」

這麼長時間了，不過是燙傷了一點，怎麼可能不好。

修長的手指放在她的腳上，琳怡微微縮起來。

他笑得優雅，一根手指比在嘴邊讓她噤聲，看過她白皙的腳背，又在燭光下靜靜地看了她半天，目光如同泛開的波紋。「想妳了。」聲音清脆，眼睛純淨，伸出手來撫上她的臉頰。「站在窗底下看妳的時候，就想妳了，知不知道？」那雙眼睛越發明亮越發幽深。「妳也不肯轉過頭來瞧我一眼。」

若是不知曉周十九的酒量，琳怡還當是酒釀圓子讓他醉了。

周十九的確帶著醉意，神態依舊風流，只是少了份懾人的寒意，多了幾分熾熱，不知道什麼時候，和她第一次見到時已經不一樣……琳怡覺得胸口微微酸澀起來，如同突然間聞了柑橘的味道，一直酸到了心底。

衣帶子被扯開來，如混著柑橘花和松香的香氣撲面而來，讓她臉上一熱，微微出汗。本來已經重新換過的被褥，又重新染了這樣陌生又熟悉的味道。

她的衣帶也被扯開來，與炙熱的皮膚相貼，琳怡立即感覺到強而有力的心跳，清晰得彷彿一下下敲在她胸口上，讓她的心微微攣縮，全身汗毛豎立，卻又被他手掌的溫度熨得服貼。

周十九的手沿著她的腰身撫下來，輕輕握住，柔軟的嘴唇尋著她的，輕輕親吻，一下子輕淺一下子深切，讓她喘息不得，卻不消片刻便將她放開。

「剛才下朝的時候，讓人送了兩罈桂花酒給岳父，算是賠罪。」

桂花酒不會讓人喝醉，卻也帶著酒香，能平定心神。這酒也是讓父親安心，雖然政見不一，但是女婿還是女婿。

這罈酒能讓父親睡個好覺，父親沒有支持周十九的政見，總覺得心中有愧。

周十九從來都能看透人心。

他嘴上說話，手下卻不閒著，轉眼間就將衣袍都褪下，微微伸展露出漂亮的腰線。他嘴角一翹，笑容高深莫測。「元元冷不冷？」

那笑容讓人覺得耀眼，琳怡輕合上眼簾。「不覺得冷。」

「那是因為我抱著元元，可是現在我覺得冷呢……」

琳怡睜開眼睛，眼前周十九那如同白玉雕琢的臉頰沒有半點紅暈。

怎麼好意思說出口。
琳怡不由得笑他。
周十九卻受得十分坦然，沒有半點異樣，笑容純粹如一輪光彩的明月。

# 第一百七十七章

周十九低下頭來輕輕抵著琳怡的額頭，和她一樣無聲地笑。

不知道什麼時候，他將燈吹滅了，月光一下子從黑暗中露出來，灑在兩個人身上。身上的衣衫都除下，周十九依舊笑得從容。

腿輕輕被分開，周十九就擠身進來，沈下身，兩個人皮膚相接，如溫暖的流水般，又暖和又親切，一會兒工夫就熱起來，像是一塊熱炭幾乎讓她喘不過氣。

輕輕的耳鬢廝磨就像羽毛一般畫過心口，癢癢的，又讓人覺得舒服，琳怡第一次笑出聲，輕推周十九。

聽到她的笑聲，周十九突然間停下來。

琳怡仰頭看過去。

他莞爾笑著，老神在在的模樣讓她想到新婚之夜，周十九向她要壓箱底看時的情形。那時候她看了一眼就挪開了目光。

她很少一直和周十九對視，因為周十九的那雙眼睛雖然漂亮，卻能看透人心裡所想，她十分清楚這一點。

這一次，她卻不準備挪開視線。

他探究她，她也可以看清楚他。

她雖然羞澀卻帶著許興味，似是在琢磨他臉上從容的神情。

屋子太昏暗，可是她的眼睛依然明亮，安靜地躺在那裡，涇渭分明、一眨不眨地笑著看他。

她從來不輕易吃虧。

無論是盛氣凌人的拒絕，還是婉轉的算計，就是有一種讓人學不去的聰明。無論外面的喧囂，總是有一種閒倚在窗前品茗的安閒。

這樣的神態會讓那些不喜歡她的人恨得牙癢，讓那些喜歡她的人追逐她的笑容。

所以鄭七小姐第一眼瞧見她，就恨不得和她做了手帕交。

周十九微閉上眼睛，將身體慢慢向前推，眉角的春意讓人看了臉紅，帳子裡，暖香縈繞在鼻端。

本來她的目光勝他一籌，可是轉眼就被他扳回一局。

他總是知曉她的弱點在哪裡。

一絲絲地推進，便如香爐裡飄出的一縷縷香煙，正好飄在身上，香中透著蜜般的甜，那感覺想要捉卻又能從指間溜走，若有若無、斷斷續續，閉上眼睛如在雲端，久而久之，讓人眼睛微潮。

大約是好久沒有，這次時間格外地長，琳怡開始覺得身體的力氣漸漸地消磨光了，垂在周十九腰際的腿也微微抖起來，她伸出手去推身上的周十九。

觸手之間，光滑卻緊緻的皮膚上都是細密的汗珠。

「再一會兒就好。」周十九微笑著，伸手將琳怡的腿抬起來放在肩膀。

她嚇了一跳，不由得掙扎。「好了，別……」

周十九微笑著，笑容如晨光漸亮般慢慢擴大開來。「元元別動，這樣我很疼呢。」是她疼還是他疼。

他合斂笑容，那雙不見底的眼睛裡帶著坦然。「讓我更深一點好不好，才能更快活。」

琳怡覺得渾身的血液一下子衝到臉上，推他的手也就軟下來，腰就被抬高了幾分。他腰胯輕送，彷彿一下子就頂到了她的心口。

她正心跳難穩，耳邊就傳來他暢快的嘆息。

身體皮膚的撞擊讓她耳根一片火熱，他俯下身，細細地親吻著她胸前的柔軟，每次在身體送入的時候，吸吮也加深了力道。月餘前他還手忙腳亂，而今卻褪下青澀，逐漸熟練起來。

她伸出手卻只推到他的肩膀，那光滑緊致的皮膚下，堅硬挺拔的身軀如磐石，這時她才發覺，和他相比自己是多麼地纖小。

足足折騰了一個時辰這才好了，周十九讓人端了熱水進來，琳怡糊裡糊塗地洗了個澡，才一起身就被周十九抱去了床上。

躺下來，琳怡終於鬆了口氣。

「元元見沒見過真正的江南水鄉？」

琳怡想起之前她讓人買來江南畫卷，煙雨中淡淡的婉約。

「我去過，真的很漂亮，元元想不想去？」

明知道女子約束甚多。

琳怡道：「我去不了，那邊沒有近親可走動。」

周十九笑道：「我帶妳去，等到我們閒下來了，我就帶妳去。」

說說罷了，朝會日日都要去，哪裡能得閒？

聽到琳怡似是「嗯」了一聲。

聽著她均勻的呼吸聲，周十九微微一笑。「我是說真的。」

周十九大約睡了兩個時辰就起身，琳怡迷迷糊糊地看了一眼，想要跟著起來，只聽他說了句：「多睡一會兒，等廚娘準備好早飯再讓丫鬟喊妳。」

琳怡只記得似是微微頷首，還想著要起身囑咐丫鬟，不知道怎麼地轉眼就睡著了。待醒過來的時候，屋子裡靜悄悄的，連廊下的鸚鵡也沒了聲音。

琳怡起身沒急著去拽床邊的鈴鐺，而是披上衣服，親手將窗子打開。

夾竹桃和翠竹在風中搖曳，白芍、橘紅、玲瓏幾個坐在院子裡輕輕地說話，白芍邊說話邊看過來，看到琳怡忙起身。「郡王妃醒了。」

橘紅跟了進來，玲瓏忙去吩咐丫鬟端熱水。

白芍這時候上前低聲道：「早晨郡王爺走的時候，大太太和大老爺過來了，不過沒能攔住郡王爺。」

沒能攔住周十九，以周元景和周大太太的脾氣定會來她房裡鬧。

「大太太過來找郡王妃，奴婢們說郡王妃還沒有起身，大太太不肯相信，就要大聲喊。誰知道半路上郡王爺回來了，問大太太這是要做什麼，天還沒有亮怎麼就跑到二進院子來了……」白芍說著頓了頓。「郡王爺當著大太太的面將第二進院子守門的婆子發落了。」

發生了這麼多事，她竟然半點不知曉。

琳怡揚起眉毛。「守門的婆子呢？」

白芍道：「在柴房關著。那婆子聽了話本要呼喊，郡王爺說若是喊叫就直接攆出府去。」意思很明白，別讓大家臉上不好看。「婆子就半個字也不敢吭，活活挨了二十板子。」

周十九發落看門的婆子，其實是在給甄氏看。

說攆出府，也包括甄氏在內。

守門的婆子是鞏嬤嬤親手挑選的，這是周十九一早定下的戲碼，鞏嬤嬤和守門婆子配合演了一齣戲，就是要做給甄氏看。

甄氏大早晨在康郡王府鬧的事，很快就能傳出去。

這下子，周老夫人一家想要不息事寧人也沒有別的路可走。

婆子來換床褥，琳怡洗好了坐在凳子上梳頭。「怎麼沒聽到鸚鵡叫？」

白芍笑著道：「郡王爺上朝的時候吩咐的，讓將鳥兒拿遠些，等到郡王妃醒了再拿回來。是怕擾了郡王妃休息，奴婢們也是遠遠退了出去，只留了人聽鈴鐺聲。」

鞏二媳婦邊給琳怡綰頭髮邊抿嘴笑。「咱們郡王妃真是好福氣。」平日裡從來不說話的老實人，現在也說起話來。

看琳怡不說話，鞏二媳婦忙道：「都怪奴婢多嘴多舌。」

看著鞏二媳婦的憨態，琳怡也忍不住一笑。「好了，我也沒怪妳。」梳妝好了，琳怡站起身。

白芍又捧來只精巧的黃梨木一葉扁舟方匣。「這是郡王爺吩咐給郡王妃的。」

琳怡看過去，匣子是刻花鑲貝的，雖然精巧卻沒有什麼特別，但匣子上的鎖就是不常見到的。

「這只匣子能打開嗎？」玲瓏都覺得奇怪。「那鎖看著怪模怪樣的。」不能打開怎麼叫匣子？橘紅好笑地看玲瓏一眼。

琳怡將鎖頭放在手裡看了。「這是孔明鎖，還是我從前沒有見過的樣式。」做得十分精巧，比她從前見過的都要好。

琳怡放在手裡試了試，沒能將鎖打開。這把鎖太小，要用釵子來撥動，琳怡正要拿起來仔細看，鞏嬤嬤進屋道：「郡王妃，廣平侯府那邊，老太太有些不自在，夫人捎了消息，請郡王妃回去看看。」

祖母病了？若是尋常不舒坦，小蕭氏不會讓人傳消息過來。

琳怡心裡一縮，只覺得悶悶的不舒服，長吁一口氣穩住心神，低聲吩咐鞏嬤嬤。「讓門房備車去請姻語秋先生一起過去。」

鞏嬤嬤應下來，帶著人去安排。

琳怡不敢耽擱，徑直回到廣平侯府。小蕭氏紅著眼睛迎出來。「剛才不知曉是怎麼了，我們開始還好端端地在說話，一轉眼間就……就……我趕忙讓人準備救命的藥，藥吃下去了，也只是睜開眼睛看了我一眼。」

琳怡加快腳步跟著小蕭氏進了屋，撩開簾子，牛黃的味道撲面而來，趕來的御醫剛好開了方子遞給小蕭氏，小蕭氏不懂這個，又遞給琳怡。

老人家多是舊疾，這藥方也是治痰壅之症。

小蕭氏吩咐丫鬟去取藥，琳怡去內室裡看長房老太太。

「祖母。」琳怡輕喚一聲，床鋪上的長房老太太一動不動。

祖母最是疼她，若是平日裡聽說她回來了，早就讓人準備好了她愛吃的點心，笑著等她進門。

白嬤嬤擦了擦眼淚，上前道：「郡王妃不要太著急，御醫說是舊疾，吃了藥說不得就能好轉。」

上次姻語秋先生過來，祖母知曉先生為姻家事發愁，推說不肯請先生看脈，她也覺得等過兩日福建的事告一段落，再請姻先生為祖母調理身子，沒想到……這就……

琳怡正想著，橘紅急匆匆地進門稟告。「姻先生被傳召進宮了，恐是今日不能來。」

偏偏趕巧在今天。

琳怡望著長房老太太的臉色，解下腰間的牌子。「去請太醫院的院使大人來一趟，就說廣平侯家太夫人身子不適。」

# 第一百七十八章

太醫院的院使是常給皇太后、太妃們開方子的，對於老人家的這些病症十分拿手，一會兒工夫就施了針、開出藥劑。

琳怡又吩咐將內務府特供的藥拿來給長房老太太用上。

大家聚在屋子裡等了兩個時辰，長房老太太這才醒過來，眼睛在屋子裡轉了一圈，落在琳怡臉上，想要掙扎著起身卻沒能支撐起來。從前紅光滿面和她說笑的祖母，一下子虛弱成這般，琳怡的眼淚一下子湧了出來。

「祖母，」她上前拉住長房老太太的手。「有沒有好一點？」

長房老太太憔悴的臉上露出一抹笑容。「好多了……妳就安心吧……」說著頓了頓。「聽說妳將太醫院的程供奉請來了，有沒有打理好？那畢竟是常在皇太后身邊伺候的……」

琳怡露出笑容。「祖母安心吧，我用的是康郡王府的牌子，外面有郡王爺呢。」這時候還關切她，生怕她失禮。

長房老太太聽了點頭，看看桌子上的沙漏。「時辰不早了，妳們早些散了吧！」

琳怡低聲道：「祖母身子不好，晚上我還是留下吧。」

長房老太太皺起眉頭。「那怎麼行……」說著喘息了一陣。

琳怡忙伸手幫長房老太太理氣。「我總要教教廚娘做些藥膳出來，光靠藥總是好得慢些。」

小蕭氏也道：「是啊，琳怡回去也不安心，倒不如和郡王爺說一聲，就算走也要等晚上看看情形。」

長房老太太經這樣折騰，早已沒有了力氣，微合上眼睛緩緩點頭，算是應了。

琳怡輕手輕腳地將軟絨被子給長房老太太蓋好，等到長房老太太睡著了，琳怡和小蕭氏才到了東側室裡坐下。

程院使剛才已經說得明白，長房老太太的病沒有別的法子，只能平日裡將養，但是病來如山倒，長房老太太年紀大了，經不起這樣的折騰，這次就算能緩過來，不能保證下一次就能好了。

小蕭氏想想那些話也掉了眼淚。「早知道真不該讓老太太去鄭家，這樣來回奔波才會病倒了。」

聽得這話，白嬤嬤臉色忍不住一變。

小蕭氏這才發現自己失言了。長房老太太不想讓琳怡知曉去鄭家的事，好在琳怡想著長房老太太的病，沒有在意。

小蕭氏忙拿了茶來喝。

長房老太太不放心陳允遠，特意去鄭家探口風，本來現在是皆大歡喜的結果，鄭老夫人卻沒那麼輕鬆，話言話語中總是帶著深意。

姻家不肯入仕，皇上一直耿耿於懷，從前鄭閣老在皇上面前提過姻家，皇上當時的話是早晚要讓姻家人為朝廷、百姓盡盡忠心。

那話雖然說得平常，可是皇上眼睛中那股寒氣，鄭閣老依舊記憶猶新。這次皇上將姻奉竹留在宮裡，一直沒有放出來，鄭閣老也是好不容易才打聽到，皇上讓姻奉竹將建水師的弊處寫成摺子，然後尋主戰的武將來駁斥，此番動作彷彿是和陳允遠之前參奏的眾朝工公私不分、利用政事排除異己有關，是想要支持那些一心為國事著想的朝臣，其實鄭閣老知曉，皇上心中對姻家的那口氣不可能一下子平息。

鄭老夫人將這話說給長房老太太，長房老太太就一路思量，生怕姻家有個什麼閃失，琳怡可脫不了干係。要知道膽大地將姻語秋推薦給皇后娘娘的人是琳怡。

白嬤嬤知曉老太太就是思慮過重才會病倒了，只是長房老太太之前吩咐不可與郡王妃提起。

琳怡去廚房裡給長房老太太做藥膳，不多會兒，二老太太董氏那邊聽到了消息陸續趕了過來，琳怡在堂屋裡見到琳芳。

琳芳在女眷中坐著，聽到琳怡的腳步聲抬起頭來。

目光對視，琳芳的眼睛一揚，漂亮的臉上多了幾分氣勢。大家起身向琳怡行禮，琳芳也不情願地站起身斂衽拜下去。

二老太太董氏詢問長房老太太的情形。

琳怡道：「只是需要將養些時日。」

二老太太董氏煞有介事地頷首，仍舊不放心，一直坐到長房老太太醒過來，董氏才親自過去探望。

這幾日，宮裡的動靜漸大，不知道是誰問了一句董家和陳家是姻親，好像不見有什麼動靜，董長茂的正妻尚氏來跟陳二老太太董氏商量。「快有些動作吧，不然會有人說董家在看熱鬧。」

正好長房老太太病了，二老太太董氏帶著全家老小來探病，又親切地問起廣平侯陳允遠最近朝局如何，活脫脫是個慈母的模樣。到了晚上，就連琳婉、周元廣和林正青也來了，唯有周十九被絆在衙門裡。

小蕭氏張羅家宴，琳怡一手操辦長房老太太的飯食。

進了小廚房，直到最後一道菜做好，琳怡才讓丫鬟趁熱端去長房老太太屋裡，她也跟著出了門。

走到花園裡，琳怡深深吸了口氣，耳邊忽然傳來一聲男音。「郡王妃好久不見了。」是林正青的聲音。

她轉過頭，看到林正青從假山石那邊踱步過來。

琳芳嫁去林家，琳怡就知曉日後在這樣的場合裡不免會遇到林正青，本來被突如其來的聲音駭了一下，轉眼就煙消雲散。

旁邊的玲瓏跟緊了幾步，警惕地站在琳怡身側。

林正青不知道看著一個人會有多種的情緒，從一開始的好奇到後來的怒氣幾乎在他不知曉的情況下一氣呵成，讓他措手不及，卻又覺得很好玩，這就像是一個永遠也試探不完的遊戲。

琳怡從林正青面前走過。

若有若無的聲音飄進她的耳朵。「妳嫁給他是想要報復，還是忘記了從前的事？聰明人都知曉，千萬莫要重蹈覆轍。」說完之後，帶了一聲輕笑。

琳怡腳下不停，卻將林正青那些話聽了清清楚楚。

林正青是什麼意思？

重蹈覆轍說的是她和周十九？

長房老太太的病不見明顯好轉，琳怡乾脆讓鞏嬤嬤回去傳話，她就留在娘家住一晚。

周十九公務繁忙，正巧也沒能回府，讓桐寧來陳家帶消息。「郡王爺說了，今晚就在衙門裡歇了，讓郡王妃安心住在侯府。」

琳怡頷首，讓桐寧仔細伺候周十九，桐寧應了一聲出府去，她回到長房老太太房裡，就讓玲瓏在側室裡鋪床。

一直看護著長房老太太睡熟，琳怡這才躺在床上。

林正青的小人行徑她是再瞭解不過，他的話她也從來不放在心裡。

卻不知怎麼地，安靜下來，眼前浮起的都是周十九的笑容。

雖然笑容溫雅，眼睛深處卻是陰狠和冷漠。

她輾轉反側。

成親之後，她刻意和周十九相敬如賓，藉此掩蓋兩個人之間的陌生和疏離。

昨晚卻有了些觸動，不管是周十九說起父親，還是姻家，那麼一刻她是覺得很溫暖的。相處了一段時間，隨著兩個人慢慢地互相熟悉，也許會不同起來。

就像她也會覺得羞怯，也會在周十九面前放鬆下來睡個懶覺。

今天早晨，她尚覺得心中舒暢，回到娘家之後，她就發現有些不對的地方。

一時之間還說不清楚，可是那種感覺怎麼也揮之不去。

琳怡坐起身，屋外的玲瓏沒有睡著，聽到內室裡的聲音，披著衣服拿了燭檯進屋。「郡王妃怎麼了？是不是擔心長房老太太睡不著？要不然我去點些香來，等郡王妃睡下了，我再撤掉。」

琳怡搖搖頭，乾脆吩咐玲瓏。「明天一早晨就去請姻語秋先生。」姻語秋先生進了宮，該是會聽到些消息。

臨到天亮，琳怡才睡了一會兒。

她穿好衣服去長房老太太房裡，長房老太太已經醒過來，精神比昨天看著好了許多。祖孫兩個才說了兩句話，宮裡的消息傳出來，皇上臨時免了早朝。

這情形可是很少見的。

皇上昨晚在南書房，今天仍舊留在裡面，只偶爾傳召臣下入宮。

去接姻語秋的人還沒回來，陳允遠忙著讓人又帶了消息。「郡王爺被罰了半年俸祿，姻奉竹還在宮裡。」

如同一塊懸在頭頂的石頭，不知道什麼時候會落下來，落下來之後，又砸在哪裡……

就這樣慢慢地磨著人的神經。

南書房那邊彷彿要今日有個結果，消息從各個渠道送出宮裡。

姻語秋才踏進陳家，就有個讓人意外的消息。「姻奉竹願意隨大周朝的商隊出海。」

商隊是經常在海上遇到倭寇或是海盜的，文弱的姻奉竹願意親眼看看倭寇和海盜的猖狂。

姻語秋聽得這話，臉色一下子變得異常難看。

早就想過許多種結果，卻不料是這樣。

皇上沒有明令賞罰，不知這到底是福還是禍。
小蕭氏道：「聽聽郡王爺怎麼說。」和姻奉竹一起被處置的還有康郡王。
和她想像的差之千里。琳怡一時沈默。

# 第一百七十九章

「我哥哥最怕水的，我常想去海邊看漁船，哥哥說什麼也不肯帶我去。」姻語秋想到這個微微一笑，抬頭看向琳怡。「要是從前我是怎麼也不會相信哥哥會隨商隊出海。」

琳怡嘴裡微澀。「先生先別急，這消息也不一定作準，不是還沒有聖旨下來……」

姻語秋搖搖頭，嘴角浮起一絲不能再淺淡的笑容。「皇后娘娘已經和我說過了，皇上有意賜哥哥忠勇侯。」

忠勇侯，這幾個字背後的意思不言而喻。

姻語秋道：「我知道哥哥不可能答應。」家中的長輩相傳，家中子弟至少在大周朝不能入仕，哥哥一直聽長輩們的話。

姻家曾被前朝皇帝器重，前朝朝廷授給姻家三塊旌表，孝子、賢人、節婦，姻家一直妥善收藏，因此姻家名聲極高。

姻家不肯入仕已經不是秘密，與姻家結交的書香門第入仕者也比前朝時不知少了多少。就算有族人、子弟在朝廷任官，不過就是屈於小吏，只保自家安寧，不肯真正出力。經過了幾代，姻家族人乾脆習醫術救人謀生，不肯再碰觸政事，這些年倒也過得自在。

姻語秋道：「哥哥送百姓請命書進京，就沒想著會平安回去。」說著嘆口氣看向琳怡。「妳已經盡力了，接下來也只能看天意，說不得哥哥能化險為夷。」

光憑「忠勇侯」這三個字就不易。

姻語秋去內室給長房老太太看脈，琳怡等在外間，剛喝了半盞茶，白嬤嬤捧了錦盒進屋。盒子放在桌子上，白嬤嬤輕聲道：「是五王妃送來的藥。」

寧平侯五小姐？她何時和陳家長房這樣親厚了？

琳怡伸手將藥盒打開，裡面一只只小瓷瓶上都貼著內務府的黃籤。

白嬤嬤道：「夫人也是不想收，只是礙於五王妃的面子，不好太推辭。」送上門的好意哪裡就能拒絕。

琳怡將盒子裡的藥看過一遍，然後遞給姻語秋看。「不知道能不能用得上？」

「內務府的藥總是好的。」姻語秋將藥拿出來。「正對老太太的病症，能送來這些也是有心。」

若是五王妃將藥送給二老太太董氏，琳怡倒不覺得奇怪。

琳怡親手給姻語秋倒茶，姻語秋拉起琳怡的手。「老太太的病有太醫院看護，一時也不會有什麼大礙，就要看今年冬天會不會有變化。」

琳怡頷首。

「倒是妳，」姻語秋笑著看琳怡，兩個人眼睛中的彼此都有幾分憔悴。「身子不如在福寧的時候了，手又濕又冷。」說著沈下眼睛。「平日裡還是少費心思。」

「我沒事，只是昨晚沒有睡好。」琳怡說著頓了頓。「倒是先生要保重身子。」

不知怎麼地，話說到這裡，琳怡胸口更覺堵得厲害。「不如先生從院子裡搬出來，住到西園子，我們也好有個照應。」

婀語秋搖頭。「等皇后娘娘鳳體康健了，我還是要回福寧，等到哥哥有了消息我也好知曉。家裡長輩年紀都大了，家裡之事都要我幫襯。」

沒有提讓她再幫忙的事……琳怡眼睛一紅，眼淚幾乎落下來，急忙用帕子擦了，強露出笑容。「我還以為先生能在京中多些日子。」

婀語秋眼睛一亮。「我們有緣分，說不得哪日相見了，何必圖一時？」

這話的深意，現在也只有琳怡能聽懂。

朝廷果然賜給姻家忠勇侯，姻家少不了要讓子弟入仕，尤其是承繼爵位的嗣子說不得是要搬進京裡的。

婀語秋恍然一笑。「這樣也好，平日裡在家中，就算大家不說，其實也是擔心哪日就會大禍臨頭，而今禍事果然在眼前，倒也不覺得有什麼可怕。」說著看向左右，見沒有旁人這才接著說：「來之前，父親和哥哥還將家裡的藏書送出去不少，但凡親友都寫了書信，免得哪日誰糊裡糊塗就受了牽連。哥哥不怕別的，就是怕讓旁人無辜受累。來京裡之前，我還想說不得會牽累妳。妳要知道，幸虧有郡王爺在外打點……」

其實這件事的首尾，就算婀語秋不說，琳怡如今也明白過來。

「先生，」琳怡長吸一口氣，讓情緒平復下來。「何不想辦法勸兄長接受朝廷封賞，若是兄長斷然不肯接受，姻家總還有本宗後人子孫能……」

婀語秋先生頷首。「我知曉妳的意思，只是現在修書回家不一定能送到，眼下迫於眉睫，再周旋也來不及了。」

姻語秋的臉色比剛才更白了些。

琳怡沈默了片刻。「要不然去求皇后娘娘，先生才從宮裡出來不方便出面，我想法子看看能不能遞牌子進宮。」

姻語秋微微一笑。「妳真的覺得這是好辦法？」

不過是慰藉罷了。琳怡怎麼會不知曉，皇后娘娘能幫忙，昨日就會提醒姻語秋先生，現在再去求也是一個結果。

姻語秋在琳怡心裡不同於尋常人，姻家兄長也是一樣，從前她被姻語秋罰抄書，還是姻家兄長幫忙求情。

在姻語秋面前只要犯了錯，瞄到那個身影，琳怡總會鬆口氣，心中慶幸她的救星來了。

質勝文則野，文勝質則史，文質彬彬，然後君子。福寧那邊，她常聽人這樣談論姻家公子。

送走了姻語秋，小蕭氏幫琳怡張羅起回郡王府的東西，囑咐琳怡。「回去好好歇著，老太太這邊有事，我就讓人送信過去。」一副說什麼也不留琳怡在家的模樣。

小蕭氏還不忘給琳怡添做衣衫，一邊收拾一邊嘴上不停。「姻先生的事妳也不要太擔心，外面總有郡王爺呢，咱們婦道人家只要管好內宅也就行了。」

在小蕭氏眼裡，琳怡最大的靠山就是周十九。

她能依靠的周十九，是要與周十九同心同德才行。

這同心同德恰好是夫妻之道，周十九早就知曉，有一天她必為這個原因折服，心甘情願地幫襯他。

琳怡迎上小蕭氏的目光。「母親安心吧！明日我再來看祖母。」說著頓了頓。「母親也要好好歇著，晚上就讓白嬤嬤幫著照看祖母。」

小蕭氏一早就將床鋪搬去了長房老太太房裡，是準備床前侍奉藥湯了。

琳怡回到康郡王府，給周老夫人請了安，吩咐廚房準備晚飯，這才進內室裡歇了一會兒，等到睜開眼睛，正覺得嗓子發乾，伸手去拿矮桌上的茶碗，就看到周十九俊逸的臉頰和悠然的笑容。

「醒來了？我新換了茶，剛好能喝。」

琳怡起身喝了茶，才覺得嗓子清潤了些，可是聲音仍舊有些沙啞。「郡王爺什麼時候回來的？怎麼沒讓丫頭喚我起身？」

周十九看著琳怡安寧的表情道：「也是剛進院子，聽說妳睡著沒讓人打擾。」

琳怡垂下眼睛。「飯菜準備好了，還是先吃晚飯吧！」

周十九笑容更深些。「好。」

晚餐廚娘準備得十分豐盛，只是琳怡沒有胃口，坐在一旁慢慢地吃飯，靜等著周十九。

從來都是要添兩碗飯的周十九，今晚好像也不太想吃東西，很快就放下碗筷。平日裡吃過飯，他總要在臨窗的大炕上坐下，看著她吩咐丫鬟做這做那。

他喜歡吃過飯後，邊看書邊吃些點心。

琳怡才要吩咐橘紅將核桃酥端上來，周十九卻已經起身。「今晚公文不少，恐怕到很晚才能處理好。」

周十九極少將公文帶回家，晚上下了衙，多數是和她說說話、下下棋。

琳怡低聲問：「要多晚？」

他一偏頭，笑得眼睛半瞇起來，嘴角的弧度翹起。「若是元元等我，我就早些回來。」說完話，目光似是停頓下來，靜靜地看著琳怡。

不知怎麼地，琳怡彷彿看出些柔軟的期盼來，那份期盼一直等候著，生怕她會張嘴說出別的話，從容的神情中也透出淡淡的疲倦，彷彿經久在臉上的笑容隨時隨地都會垮掉一般。

他昨晚一直在衙門裡，想來是沒有合眼，好不容易回到府裡，哪有那麼多的公文要看。

但凡誰看了這樣的神情都會心軟，就算有話也問不出口。

可是自從成親之後，周十九在她面前從來都是看似坦誠，甚至示弱。大約是對周十九的脾性已經太過瞭解，她怎麼知曉這不是周十九的算計……

就是算計著讓她不忍去問。

琳怡微抬起頭。「我只有一件事想問郡王爺，皇上勢必要封賜姻家忠勇侯了？」

一針見血，又讓他對這樣的問題無從躲閃。

周十九仍舊笑著。「是。」

「那郡王爺早就知曉姻家會為百姓請命上京。」琳怡說著，滿滿地吸口氣，房間裡的梔子花香氣飄進鼻端。「還是郡王爺親手促成整件事，就為了讓姻家人送上一條性命？若是姻家人死在倭寇手裡，不但少了人阻止伐倭，朝廷還師出有名，以姻家人的聲譽，福寧的漁民也能做出退讓。」

琳怡看向周十九微笑的臉。「我說的對不對？」皇上被百官稱為聖君不是沒有道理的，至少從表面上看來，對於任何政見皇上都不會一意孤行，想要朝廷上少於爭執，讓文武百官順利接受自己的決定，作為至高無上的皇上比誰都會利用權柄。現在大家都以為皇上接受姻家的意見，少花兵力在海上，實則不過是緩兵之計。姻奉竹被倭寇殺了之後，皇上更加可以順理成章賞賜爵位給姻家，那些反對建立水師的人，開口反對之前又都會想起姻奉竹的下場，到時候支持的人將會占多數。

民心所向，朝工支持，大周朝的水師才得以順利建立。

周十九眼睛裡好像潤著一層柔和的光。「我以為元元要問我是不是被罰了半年俸祿。」

周十九和姻奉竹在皇上面前爭論政見，輸了的那方自然要受到一定的責罰，半年俸祿換了姻奉竹隨商隊出海。琳怡垂下眼睛。「我不用問，郡王爺什麼時候都不會吃虧。」琳怡微微停頓。「姻家公子和郡王爺是有交情的，郡王爺不準備提醒姻公子，這一去到底會有什麼結果？」

周十九臉上的笑容停下來，一瞬不瞬地瞧著琳怡。「元元真以為我什麼都沒和姻公子說過？姻公子不肯改變想法，總不能讓我變了政見站在他那邊，聖意已決，就算我站在他那邊也不會有什麼好結果。」

琳怡聽得這話哂然一笑。

不是周十九的真心話。他從來就想要朝廷打開海禁，若果然是被逼迫無奈才走到這一步，她也不會怪他，只是他從頭到尾都清楚最終會走到哪一步。

琳怡垂下手來，腕子上的玉鐲碰撞出清脆的響聲。這兩只玉鐲是她今天早晨特意戴的，是周十九前幾日拿來送給她的，兩只鐲子，一只是鮮豔的翡色，另一只是翠色，雖然不如藍田玉貴重，漂亮在兩只鐲子的花紋對應，看著讓人想起翡翠兩個字的由來。雄鳥翡、雌鳥翠，羽毛是赤色和綠色，一對鳥兒合起來就是翡翠。

所以這對鐲就是要一起戴來。

早晨，琳怡戴上鐲子，還故意將手伸出窗子去，輕輕轉動手腕，兩只鐲子碰撞的聲音清脆悅耳，可是而今只覺得刺耳。

# 第一百八十章

周十九看著琳怡的手腕。「元元什麼時候戴的這對鐲子？」

但凡她有什麼變化，周十九早就察覺了，現在提這個無非是想要提醒她，她是康郡王妃，該站在他這邊。

琳怡不再說話，轉身要離開，才走了兩步，手就被周十九握住。

「元元，只要有爭辯就會有對錯，姻家只因被前朝皇族器重就不肯在大周朝入仕，成祖、高宗先後想啟用姻家人，都被姻家推託，若是換作前朝任意一個皇帝，姻家都會被滅了滿門。」所以拖到現在已經很仁慈了。

她早知曉周十九的冷酷，卻忘了他是正經的天皇貴胄，若論對大周朝的忠心，是多數人及不上的。

琳怡心底突然燒起一把火來。

「姻家已經與世無爭，在福寧，姻家懸壺濟世，光是姻語秋先生就不知救過多少人……相比之下，有多少宗室子弟肆意妄為，郡王爺既然從大局出發，何不先從身邊做起，讓宗室子弟先做了表率。」說著輕笑一聲。「我們陳家是勛貴，依然要幫襯宗室種土地養佃戶，遑論普通百姓。平日裡赴宴席，我也常聽說宗室營那邊出人命，倭寇遠在海那邊，死於倭寇之手的百姓比災荒時餓死的少了多少？姻家說少費軍資減少賦稅，哪點錯了？憑什麼宗親、勛貴錦衣玉食，已經逃去福寧的姻家就要去送死？」

周十九從來沒見過琳怡這樣的目光，即便是昨晚，他想要竭力看清，也被她避開了去，現在卻不再遮掩，而是真真切切地惱怒地瞧著他，第一次讓他真真切切地看清她的情緒。

因為姻家、福寧有她最快樂的時光，她將最真切的過往都留在了那裡，進京之後，她變得謹慎小心，將所有的情緒藏起來，凡事盡可能做到盡善盡美，可是唯有終身大事卻被他算計。她雖然不曾哭哭啼啼地閃躲，卻不代表心裡沒有思量、計較。

周十九仍舊微微笑著。「江南才子不少，每年參加科舉的都不算多，姻家雖然避去了福寧，仍舊與江南的大族往來。若是姻家能為朝廷所用，朝廷不知道能選多少可用之才，這是皇上的原話。就算沒有水師的事，姻家也不能再隱居避世。」

話說得再好聽，也遮掩不住他真實的性子，只要對他有利，旁人一概可以不用理會。在周十九眼裡，只有他自己。這樣玩弄權術，和成國公有什麼區別？

若是她沒經過前世，說不得還會信周十九，可是經過了從前，現在的姻家和當年陳家的情形如出一轍，就算她想要說服自己都沒有理由，更找不到藉口。

周十九娶她不過是因利益驅使，陳家沒有當年被奪爵之事，或是父親沒能幫襯周十九除掉成國公立下大功，周十九不可能大費周折地將她娶來。

這些不是她的猜測，是前世真真切切發生的事。

所以，他們之間注定隔閡。

窗外天際一亮，霍然一聲驚雷，如同巨大的煙火在天空中炸開，琳怡嚇了一跳，回過神，已被周十九拉進懷裡。

周十九的手習慣性地輕拍她的肩膀，如同每晚睡前一樣。

響雷過後，大雨瓢潑而下。

潮濕的味道順著窗子飄進屋子，將屋裡最後一點溫暖也都捲走了。

琳怡從周十九懷抱中掙脫出來，吩咐橘紅。「讓人準備雨具出來，郡王爺要去書房。」他早就知曉姻家的事傳出來，所以追問她還怪不怪他，還說別真的將他趕去書房裡睡。既然周十九早就預料到了，她也不必客氣。

周十九笑了笑，最終也沒說什麼。

眼看著丫鬟將周十九送走，琳怡坐在椅子上看著窗外的大雨。

橘紅準備關上窗子，琳怡道：「就這樣開著，透透空氣也好。」

雨順著窗子飄進屋裡，倒讓人覺得隨意、暢快。

憋悶在心底的話終於一下子說出來，壓在胸口的陰鬱也宣洩了不少。琳怡梳洗完，躺在床上聽外面的雨聲。

一會兒工夫，白芍來道：「書房的床鋪好了，郡王爺不用旁人伺候。」

琳怡點點頭。「落門，都早些睡吧！」

白芍退下去吩咐婆子落門，然後拿走了內室的燈。

眼前暗下來，外面的閃電不時地劃過夜空。

琳怡聽著外面的雨聲，閉上眼睛，不知道什麼時候睡著了。

第二天醒來，琳怡吩咐廚房做好早飯送去書房，拿著針線坐在書房裡，等到周十九吃過飯出門，這才又回房裡將府裡的管事叫來說話。

長房老太太的病不見好，琳怡要經常回陳家，郡王府的中饋要事先交代好。管事的陸續退下，屋子裡沒有了旁人，鞏嬤嬤半天才勸道：「奴婢也知曉郡王妃和姻先生有情分在，可是事到如今也沒有了轉圜的餘地，您已經將話講給郡王爺聽……這也就行了……千萬別就此生分了。」

琳怡知道鞏嬤嬤的意思，除非周十九不要她，否則就是一輩子。如果兩個人就生分了，周十九可以納妾回來，她就失去了夫君的庇護。「嬤嬤放心吧。」那些話就算她不說，周十九也心知肚明。

至於旁的，她現在還不願意去想。

琳怡回到廣平侯府徑直去看長房老太太。

小蕭氏精心照顧了長房老太太一晚，看到琳怡過來，才放心地去休息。

琳怡和姻語秋想了幾種藥膳，輪番換著做，生怕長房老太太吃著膩了。長房老太太看著孫女每日都過來，心裡舒坦，飯也能多吃兩口。

吃過飯，祖孫兩個靠在一起說話。

「是不是跟郡王爺說姻家的事了？」長房老太太說著，伸手整理琳怡的袖口。什麼事也瞞不住祖母。

琳怡還沒說話，長房老太太已經勸說道：「有些事分不清誰對誰錯。郡王爺在叔叔嬸嬸家長大，自然和旁人是不同的，習慣地為自己考慮也無可厚非，妳也不要太較真。」所以她一早才不同意這門親事。六丫頭若是嫁去齊家，不如現在風光，卻能落得心裡舒坦，夫妻間也能真正地相敬如賓。她怕的就是六丫頭和郡王爺兩個人性子不合，將來漸行漸遠，富貴榮華都是過眼雲煙，身邊真正要有個知冷知熱的人。

琳怡道：「郡王爺也是沒有辦法，這個我知曉。」祖母的病不能思量太重，她不願意讓祖母操心。

祖孫兩個說著話，白嬤嬤進屋通稟。「齊二奶奶來看老太太了。」

周琅嬛來了，琳怡起身迎了出去。

# 第一百八十一章

周琅嬛穿著靛色微染掛線小八寶紗衫，鵝黃色的羅裙，外面罩了一件交領褙子，腰上束著梅花結腰帶，見到琳怡，關切地微笑。「老太太怎麼樣了？好些了沒有？」

琳怡輕頷首。「有些精神了，御醫說要想大好，還要等到冬天。」

周琅嬛看向琳怡的眼睛。「瞧妳，自己先憔悴下來，這樣怎麼行，要多歇歇才是。」

兩個人說著話進了內室。

長房老太太已經讓白嬤嬤扶著靠起來，看到周琅嬛笑著道：「好久不來家裡作客，非要等到我這個老婆子病倒了才肯過來。」

周琅嬛微笑著。「我是時時想著，就怕老太太嫌我聒噪，這才不肯來呢。」

「哪裡的話，」長房老太太笑得更慈愛。「就是每日在我才開心，現在倒是少些來，免得被我傳了病氣。」

「我祖母說了，老人病算不得什麼，只要被晚輩圍著繞著也就好了。」周琅嬛和琳怡一起坐在床邊。「每次祖父、祖母病了，我們都是這樣亂上幾日，您猜怎麼著？病反而就好了。」

長房老太太被逗笑了。「妳這孩子倒是會說話，這一會兒就讓我暢快不少。」

在長房老太太面前說了會兒話，琳怡服侍長房老太太睡下，然後和周琅嬛拉著手去屋裡說話。

兩個人好久不見，坐在一起說了好一會兒話，琳怡笑著道：「怎麼樣？是不是都順利？」

周琅嬛知曉琳怡的意思，笑著點頭。「還好。」卻不願意多談。「妳呢？我聽說姻家的事不太順利，現在老太太又病了，妳……」

琳怡微微一笑。「我和姻先生正在想法子。」她不知道要怎麼和周琅嬛說起。

兩個人靜坐了片刻，琳怡抬起頭，不經意地看到周琅嬛神色複雜，彷彿和她一樣也是心事重重。

周琅嬛的神情一閃而逝，琳怡挪開目光當作沒有看到。

「郡王爺不能幫忙嗎？」

琳怡搖搖頭。「已經儘量想法子了。」

周琅嬛想要勸說琳怡幾句，卻不知道怎麼說才好，目光輕瞥忽然看到桌子上的匣子，上面掛著一只奇怪的小鎖。

「這是什麼鎖？看起來好奇怪。」

琳怡看過去。是那只周十九送給她的小匣子，她沒記得從康郡王府帶出來，定是白芍自作主張……這丫頭膽子越來越大了。「是孔明鎖。」

周琅嬛拿起帕子捂嘴笑。「郡王爺知道妳喜歡這些東西，所以才特意買來的。」說著問：「我能不能瞧瞧？」

琳怡伸手拿來遞給周琅嬛。

周琅嬛仔細瞧了瞧。「這麼精巧，也就妳能打開。」

琳怡笑著搖頭。「我也沒打開。」

周琅嬛的手微微停頓，抬頭看向琳怡。

琳怡那雙無時無刻都清澈光亮的眼睛，此時也爬上了紅血絲。

周琅嬛輕輕一笑，搖搖頭。「據我所知，妳這雙巧手，只有妳不想打開，沒有妳打不開的。」

周琅嬛是她認識的人當中最為聰明的，輕易就猜中了她的心事。

周琅嬛又靜謐了片刻。「大約大家都一樣。怪不得成親那日大家都哭得像個淚人，原來夫家的日子的確不如娘家時好過。」

這口氣哀怨，倒和周琅嬛之前黯然的神情同出一轍。

既然周琅嬛提起，琳怡試探著問：「姊姊在齊家不好？」

周琅嬛看向窗口。「也談不上不好，娘對我很好，三妹妹時常回來與我說話，我和五妹妹也性情相投。」

那是因為齊重軒？

「是二爺，他還像成親前我看到的那樣，回到家裡大半時間都在書房。」周琅嬛頓了頓。「我已經是不愛說話的人，可是在他面前，我就顯得聒噪。」

也就是說，齊重軒在家中不怎麼說話。

周琅嬛輕嘆了口氣。「他心裡想什麼我是半點不知曉，只是不停地猜，即便是猜也猜不到他的心思。」

齊重軒和周十九恰恰相反。

她和周十九成親之後，周十九雖然不提及政事，卻在她面前也不加遮掩，彷彿隨意地將真實的性情拿給她看，所以她才越來越瞭解周十九，瞭解他的性情，知曉他的冷漠和陰狠。就像姻家的事，在外面人看來，周十九即便和姻家交好，卻也幫不了姻家，因為所有人都要屈服於皇命，周十九作為臣子首先要自保。

只有她知曉，周十九從在福寧和姻奉竹談起福寧的事起，他就已經打好算盤，算計到了這一步。

她不是將姻家今天的結果都怪罪到周十九身上，只是一時難以接受周十九的性子，無論是什麼人，他首先想到的是能不能利用。今日是姻家，明日不知道又會是誰。

周琅嬛道：「我這段日子總是在想，只要他跟我說實話，無論是好是壞我都能接受。」有時候她又覺得自己太過奢求，母親都說齊重軒對她很好，處處尊重她的意見，對那些漂亮的通房、丫鬟又不多看上一眼。只是再怎麼樣，她都走不到他心裡……她希望他能將心裡的話說給自己聽，而不是在她半夜醒轉的時候，身邊已經少了人。

周琅嬛笑著看琳怡，似是開玩笑。「我羨慕妳，琳怡，我是說真的。前陣子多少人都在傳妳的流言，沒想到最終是周大太太甄氏在搗鬼，現在人人都和我說，康郡王和叔嬸不像表面上那麼親和。」周琅嬛綻開她的笑容。「琳怡，這是妳的長處，旁人都及不上的，無論什麼時候妳都那麼聰明，換作我在這種情形下，要嘛哭著回了娘家，要嘛康郡王府定是要讓周老夫人一家掌控，我不如妳，永遠也及不上妳。所以，我想說的是，妳這樣聰明的人，該知道怎麼讓自己幸福。要幸福、快樂。這是妳能選擇，妳也必須這樣選擇，否則別人要怎麼樣呢？」

周琅嬛這話說出來，兩個人眼睛都有些濕潤。

「別光說我，」琳怡笑著道：「妳要做起來比我更好。」

周琅嬛搖頭。「我已經盡力了，不知道將來會如何。」說著也笑起來。「我還想向妳討些主意，誰知道妳也滿心煩惱。」

記得譚嬤嬤說過，小蕭氏開始嫁到陳家來時，父親突然喪妻、心裡悲痛，也不怎麼說話，還好小蕭氏性子沒那麼細膩，這樣慢慢磨著磨著，反而磨好了。現在父親是一日也離不開小蕭氏。

琳怡雖然知曉欲速則不達，應該勸周琅嬛看開些，或許過些日子順理成章也就好了，可是反觀自己和周十九還不是也這樣。人和人不同，尤其是夫妻之間很難用旁人的經驗來談對錯，說多了反而會弄巧成拙。

周琅嬛挽起琳怡的手。「知道妳這些日子忙，我請鄭七小姐到齊家作客，我們大家說話，將來有什麼事找主意都要指望妳呢。」

送走周琅嬛，琳怡又去看了長房老太太，剛要讓人收拾回去康郡王府。

小蕭氏拉著琳怡去內室。「二房那邊出事了。」

琳怡正在思量，小蕭氏接著道：「是二老爺陳允周，上衙的時候喝酒讓人捉了正著，連同幾個宗室子弟一起被打了板子，才讓人攙回來。」

小蕭氏道：「妳二叔前些日子還說風涼話，今日就受了責罰，可見朝廷還是公正的。」

朝局變化快，福建水師的事才放下，就引出整頓吏治來，陳允周正好先趕上了第一刀。

小蕭氏話才說完，譚嬤嬤進來道：「二老太太遣人來說，明兒要過來瞧老太太呢。」是為了陳允周的事。

小蕭氏點點頭，看向琳怡。「定是來打聽消息的，這時候想起妳父親了，怎麼不去求董家？」

小蕭氏就算再生氣也說不出狠話來。

琳怡笑了挽起小蕭氏的手。「不管怎麼說，母親就裝作聽不懂也就是了，朝廷裡的事誰能說得準？」陳二太太田氏將太多的時間都花在給女眷講佛偈上，所以才縱得陳允周整日裡風花雪月，現在鬧出事來，田氏也該收收心將精力放到內宅裡，畢竟田氏還沒有剃了頭髮做姑子。

小蕭氏將琳怡送上馬車，馬車離開陳家，琳怡就覺得頭髮沈，到了康郡王府，已經連著打了幾個噴嚏。

白芍進了屋忙安排廚房去做薑湯。「郡王妃定是昨晚下雨染了風寒，不如讓郎中進府來開個方子。」

琳怡搖搖頭，哪來這樣嬌貴，在福寧還不是總下雨，也不見生什麼大病。「喝些薑湯歇歇也就好了。」

嘴上這樣說，誰知道病來得真是快，琳怡支撐著將府裡的事處理妥當，安排好晚飯，這才躺去內室裡歇著。

一覺醒過來，身上彷彿輕鬆了不少，鼻子卻有些緊了。

琳怡讓白芍扶著起身。「什麼時辰了？郡王爺回來沒有？」

白芍頷首。「已經是申時了，郡王爺回來了。」

琳怡簡單整理了髮髻，正要問飯菜準備好了沒有，橘紅這時候匆匆進屋道：「郡王爺發了好大的脾氣，將咱們院子裡小廚房的下人都攆了出去。」

# 第一百八十二章

橘紅低聲道：「今天郡王爺的脾氣可真是奇怪，就連桐寧也不敢說話。」

琳怡道：「郡王爺從外面回來有沒有進屋？」

橘紅垂下頭。「進屋了，奴婢們要服侍換衣服，郡王爺看了看郡王妃轉身就走了，奴婢們想要叫郡王妃，郡王爺沒讓打擾。」

好在不是大廚房，否則這時候周老夫人就要過來問了。

小廚房外面，鞏嬤嬤已經將人遣了下去。

琳怡踏上臺階，鞏嬤嬤道：「郡王爺說，不准旁人進去。」

哪有男人進廚房的？琳怡看向鞏嬤嬤。「讓小廚房伺候的人不要出去亂說。」

鞏嬤嬤頷首。「奴婢這就去安排。」

琳怡將橘紅幾個留在外面，伸手去推小廚房的門。

小廚房靜悄悄的，琳怡腳步不停地向裡面走，陽光越過梅花福格的窗櫺，在地上畫出淺淺的斑紋。

再仔細看，廚房裡一片狼藉，好像剛剛供完宴席還來不及收拾。

聽到身後有腳步聲，緊接著腰上一緊，落入溫暖的懷抱。

熟悉的氣息和輕輕的笑容，她知曉是周十九。

周十九的官服還沒脫掉，繡著蟒紋的錦緞正翻捲著，露出裡面的行褂。這行褂是昨日穿的那件。周十九每日都會換上乾淨的衣袍，今天早晨，她已經讓人準備出來，他卻沒有換。

「郡王爺在做什麼？」

周十九的手上似是想像往常一樣撫上琳怡的額頭，卻忽然停了下來。

從昨晚開始，兩個人就在嘔氣，沒怎麼說話，自然不可能像平日裡那般。

琳怡就要離開他的懷抱，周十九卻轉過身面對著琳怡，慢慢低下頭。

她還沒反應過來，周十九的額頭已經觸上了她的。「比平時熱些，我已經讓人請郎中來。」說完，手上用力將琳怡抱到錦杌上坐好。

「我沒事。」現在想起來，這幾日院子裡有不少丫頭病倒，胡桃也因病不能跟前伺候，她大約也是同樣的病症，昨晚她就已經覺得不對勁，只是沒來得及理會。「倒是郡王爺，別被我過上病氣。」

周十九笑起來，爐灶裡傳來燃燒柴禾的聲音。

琳怡抬起頭看過去。「郡王爺在做什麼？」

周十九轉身踱步過去，從容地拿起砧板上的菜刀，低下頭細細切著。「我小時候病了，母親常給我做的飯食。事隔多年我記得也不大清楚，不過大體錯不了。」

琳怡略有些驚訝。「郡王爺吩咐廚娘做也就是了。」

周十九笑得眉宇微皺。「若是我沒有爵位和宗室身分，平凡百姓家這也算不得什麼。」

那自然是不一樣，若是平頭百姓，婦做炊，夫添柴該是平常，只是現在這樣不合規矩，要將廚房的下人都遣出去，外面人正惴惴不安，不知怎麼惹了郡王爺。

「父親獲罪之後，我們一家在京郊尋了個院子住下來，鄰居是個老秀才，那秀才吃飽了飯就拿著書到村口坐下，說是在讀書，其實大多時間都在打盹，他家的糟糠常來喚他回去幫忙燒柴，他就說，『君子遠庖廚』。」

琳怡看著周十九笨拙握刀的模樣，想想他平日裡少年鮮衣怒馬，嘴角一時也浮起了笑容。將話這樣用，也怪不得到老了仍舊是個秀才。

「村裡還有個老先生，有一日去河邊洗菜被秀才看到了，秀才恥笑老先生，老先生就說，治大國如烹小鮮，讓秀才去廚房學學，說不得能學到治國之策，將來也能考中舉子。」周十九說著抬起頭，一雙眼睛閃爍著流光溢彩。

那是周十九很快樂的時光，如同她在福寧時一樣。

他將鍋蓋揭開。「這話原來是真的，治大國不易，烹小鮮也不易。」

琳怡要起身過去幫忙。周十九忽然伸出手來放在嘴邊。「噓，元元就讓我善始善終。」

「原以為記得很清楚，」他低頭，夕陽下，側臉優雅俊美。「做起來卻不一樣。」說著鼻子一皺，彷彿很委屈。「我還不知道煮個粥要放這麼多水。」看著琳怡的眼睛又是一亮。

她乾脆安靜地看著周十九。

這樣穿著官袍在廚房裡忙得一塌糊塗的人，琳怡還是第一次見到。

周十九將菜切完放進鍋裡，眼睛一眨不眨地看著，不時地用旁邊的杓子去攪和，好一會兒才盛進碗裡，端到琳怡跟前。

是菜粥，裡面還有半熟的肉末和亂七八糟的雞蛋。

琳怡記得小時候也吃過這個，小孩子生病胃口不好，就煮來軟糯的粥，將肉末和蔬菜都放進去，這樣就不會難吃，不過長大以後生病就不吃這個了，小蕭氏會做些清淡的飯食給她。

周十九的認知只停留在小時候，他稍大之後就在叔叔嬸嬸家，漸漸遠離這樣的親情，所以他覺得人生病了就吃這個。

米還是一粒粒的，眼見是沒熟。

在琳怡的目光下，周十九要先舀一勺嚐嚐。

「別吃。」她不由得笑道：「沒熟。」

周十九目光一閃，有些不甘心，又微微一笑，琳怡耳邊傳來輕飄飄的幾個字。「我嚐嚐。」硬硬的米，真的不能吃。

「還是我來做。」琳怡起身去灶臺旁。

望著滿滿一鍋亂七八糟的東西，她笑著將東西盛出來，重新將米淘洗放進鍋裡。「郡王爺就幫我添柴吧！」

灶膛裡的火燒得旺，襯得兩個人臉頰微紅。

「元元還在生氣。」

琳怡看著火光，一時安靜。「我不是生氣，我只是覺得不能面對姻語秋先生。」她說著，抬起頭看向周十九。「郡王爺早知道姻家會這樣，卻沒有和我說起，我卻和姻先生一直抱著期望，若郡王爺不是我的夫君，看到這種結果，我會陪著姻先生難過，現在我卻更多了一分愧疚。姻先生真心真意待我，我卻不能將這始終講給她聽。」

這樣兩難的境地，她無法向旁人傾訴，所以就在周十九面前爆發出來。

成親之後，他們兩個人從來沒有彼此坦承過心中想法，這一次儘管是不好的情緒，她卻願意先邁出這一步，讓周十九知曉她心中所想。

「也是我的過錯。」琳怡看著水氣不斷地冒出來。「我也沒有向郡王爺問起，即便心中有過疑惑，表面上也粉飾太平。」遮掩性情，只是想要表面上相安無事，做個舉案齊眉的夫妻，其實他們都錯了。

只是表面上的親和，根本經不住考驗，勢必會有今天的結果。

所以寧願說出來，讓彼此知曉癥結所在，真的想要做夫妻，就要真正互相瞭解。就算不能相濡以沫，也能以誠相待。

琳怡的睫毛沈下來。「既然已經做了夫妻，至少在涉及到我身邊的人和事上，郡王爺不該瞞著我。至少我們是一家人，我要以郡王妃的身分面對旁人。」

「元元，這就是我。」周十九挽起琳怡的手，那雙眼睛沈靜中讓人覺得微涼。「只要對我有利，我必然毫不猶豫地利用，既然走上仕途，就要想盡法子不去輸。」他說著一笑，眉梢如同染了白雪。「我有的只是算計，算輸了就是沒了所有，所以無論什麼時候，我都不能讓步。」

這樣的性子不論是陰暗或是涼薄，他知曉和她期盼的都相差甚遠。他不是沒見過齊重軒，不是不瞭解陳允遠，他當然知道她真正喜歡的人會是什麼模樣。

就算能變成類似那個模樣，卻不是他。

他不願意哄騙她，雖然那更容易得到原諒。

或許她會從此失望，他也不後悔。既然選擇了就不必遮掩，既然做出來了也不必羞愧，遵從自己的心沒有什麼錯，世事教會他，任何時候只要選擇了就不能動搖，若是輕易改變，站在這裡的就不是周元澈。

能站在她眼前，這樣和她說笑的，只有周元澈。

只因一步步的謀算，他才有今天，每日掛著的笑容不是為了遮掩情緒，是真的微笑，為他的每一步決定都不遲疑、不後悔，哪怕最終一敗塗地。

人生來就要有永遠微笑的勇氣和信心。

周十九微微一笑。「從前是我一個人，早已經習慣。元元說坦誠，以後我會去適應。」

琳怡頷首。既然成親了，她也會試著放下前世種種去相信周十九，也許會有好的結果。

至少要給彼此一個機會。

一股青煙不合時宜地冒起，琳怡低頭去看，爐灶裡的火不知什麼時候燒著了她的裙角，她不由得嚇了一跳，忙踩腳躲閃，手正好摸到灶邊的水，只想著用水去滅火，拿起水舀潑下去，才看到周十九已經低下身用巾子去掩她的裙角。

半勺水正好潑在周十九身上。

火滅了，周十九卻半身濕淋淋。

一瞬間，兩個人狼狽不堪。

四目相對，兩個人都忍俊不禁。

不過是一鍋粥，竟然就鬧成了這樣，一會兒倒要如何出去見人？

# 第一百八十三章

周十九先反應過來，看向琳怡。「要裙子吧！」

換了裙子再出去。

知道的是她燒了裙角，不知道的還當發生了什麼事，鬧不好就有流言蜚語到周老夫人那裡，還不如就大大方方地打開門，讓丫鬟、婆子進來收拾。

琳怡伸手去揭鍋蓋，將切好的肉末放進粥裡，然後放了些鹽。

「郡王爺愛吃核桃仁，不如最後撒些進去。」

看著忙碌的琳怡，周十九點點頭。「好。」

她放下手裡的東西，走幾步打開門將橘紅叫進來。「讓廚娘進來煮菜粥。」說著看向灶火。「我剛才不小心燒到了裙角，還弄了郡王爺一身水，叫白芍將衣服找出來，我們回屋裡換。」

橘紅睜大眼睛，半晌才回過神來，忙打發小丫鬟回去報信。

兩個人換好衣服坐下，小廚房也將菜粥端了上來，琳怡親手拿給周十九。「郡王爺嚐嚐是不是小時候吃的味道。」

所有小孩子吃的菜粥都是這個樣子。

味道也是差不多，鹹鹹的吃進去很開胃，不知不覺中就能吃掉許多。看起來平平常常的一碗粥、幾道小菜，連廚娘都覺得寒酸，連著問了鞏嬤嬤幾次。「能不能行？」

這樣素淡的飯菜還是第一次，何況大部分都是郡王妃親手做的。

就是這樣平常的一碗粥，有人卻不嫌棄，那就是好哄騙的小孩子，因為盛在細瓷的小碗裡，清亮的米粒上飄著嫩綠的青菜葉，看著漂亮，喝起來也暖暖的。

讓人就想起從前。

周十九吃一碗，側臉看琳怡，琳怡也小口小口地吃著。

小時候他是被慣壞的孩子，在父母前面遇到不如意，喜歡鬧喜歡哭，只要哭就能得到想要的東西，聽到族裡兄弟姊妹說他醜他會哭，說他笨他也會哭，細細的小手緊攥著母親，聽母親安慰，沒關係，還小著，長大也就好了。

就因為被寵著，捧在手心裡怕捏著，含在嘴裡怕化了，雖然沒有半點出色的地方，父母也會說這樣挺好，平平安安地過一生。

宗室裡許多人都知道康郡王這支的小十九是個平庸的小傢伙，只有他父母依舊喜歡他，不嫌棄他。

父親也愁過，這樣的孩子將來長大了不會被宗族重視。

母親就悄悄和他說：「找到一個不嫌棄你的人，那就能幸福了。只要有那樣一個人，無論你哭你笑，你是聰明還是平庸，只是不嫌棄，陪在你身邊。」

那時候他不懂得，以為幸福原來就是這樣簡單的事。

好久好久沒想起從前，卻被這一碗粥勾起來，比每次想起的時候都清楚，都鮮豔，恍若就在眼前。

飯剛吃完，太醫院的御醫來給琳怡看脈。

琳怡知曉不過是風寒，御醫看後也只是開些疏風散熱的方子，周十九吩咐白芍去抓藥，御醫不忘了囑咐琳怡。「這段時日京裡染病的不在少數，郡王妃要好好將養。」

御醫剛走，申嬤嬤就來打探消息，還主動請纓。「老夫人說府裡病的下人不少，讓奴婢來伺候郡王妃。」

話說到這裡，她也不好不留下申嬤嬤。

生病是大事，不能染給周十九，否則誤了政事就是她不夠賢慧，周老夫人像長輩一樣來提點她，在這種大是大非上，她還是能拿住尺度的，就算申嬤嬤不來，她也會將周十九的床鋪在書房裡。

將周十九安排去了書房，琳怡才躺下歇著。

臨睡前，申嬤嬤端來熱湯給琳怡。「郡王妃試試奴婢的手藝，趁熱喝了蓋上被子，若是能出了汗，病也會好得快一些。」

琳怡笑著向申嬤嬤點頭。「煩勞嬤嬤了。」

申嬤嬤笑容滿面地伺候。「只要郡王妃不嫌棄奴婢。」

申嬤嬤是周老夫人從娘家帶來的，平日裡極為信任，周大太太甄氏、周二太太郭氏平日裡都要禮遇申嬤嬤幾分。

到了琳怡這裡，自然還是一樣。

申嬤嬤親手給琳怡蓋好被子。「親家老太太病了，郡王府又要指望郡王妃一個，這樣忙著才累倒了，明日郡王爺上朝，奴婢早早過去伺候，郡王妃就安心休息。」

雖說是因她病了，申嬤嬤也太過殷勤了些。

周老夫人安靜了幾日，終於在她病的時候又伸出手腳來。

真是無孔不入。

琳怡向申嬤嬤微微一笑。「那就煩勞嬤嬤了。」

她吃過藥躺下，又將明日周十九穿的衣服讓橘紅找出來看過一遍，這才吹了燈歇著。

睡到半夜，身體痠痛得厲害，強忍著又睡過去，第二天，連掌心都覺得發熱。

一盞燈照得頭頂微亮，琳怡的手被稍涼的手指牽著，然後讓申嬤嬤扶起來，一碗藥就遞在面前。

耳邊傳來周十九的聲音。「吃些藥再睡，燒得厲害。」

琳怡點點頭，一口氣將苦苦的藥湯喝下去，等再醒過來的時候，身上的燒已經退了些。白芍坐在錦杌上做針線，看到琳怡睜開眼睛，立即上前道：「郡王妃覺得怎麼樣了？身上可好了些？」

琳怡頷首，張嘴說話，聲音有些沙啞。「什麼時辰了？府裡有沒有旁的事？」

「已經是午時了。」白芍低聲道：「大太太和二太太來府裡看郡王妃，都在第三進院子坐著呢。」

她竟然睡了這麼久。

白芍將琳怡扶起來。「奴婢剛才聽大太太說田地的事，彷彿是和陳家有關係，大老爺也因這件事被宗室家的長輩叫過去訓斥。」

陳家的田地？又怎麼會牽連到周元景夫妻？

琳怡微皺眉頭思量。「還有什麼別的話？」

白芍道：「大太太沒有說完，二太太怕打擾郡王妃休息，就拉著大太太去老夫人房裡了。」

話說半句留半句，是故意讓她著急。

琳怡微微一笑。這樣賣關子，到頭來還不是要告訴她？不想讓她安心養病，她就偏不能合了嬸娘一家的心意。

——未完，待續，請見文創風058《復貴盈門》5

文創風
057

# 復貴盈門
4

國家圖書館出版品預行編目資料

復貴盈門 / 雲霓著. --
初版. -- 臺北市 : 狗屋, 民101.12-
冊 ; 公分. --（文創風）
ISBN 978-986-240-992-3（第4冊：平裝）. --

857.7　　101023145

著作者　雲霓
編輯　戴傳欣
校對　黃薇霓　林若馨
發行所　狗屋出版社有限公司
地址　台北市104中山區龍江路71巷15號1樓
電話　02-2776-5889～0
發行字號　局版台業字845號
法律顧問　蕭雄淋律師
總經銷　知遠文化事業有限公司
電話　02-2664-8800
初版　102年1月
國際書碼　ISBN-13　978-986-240-992-3

原著書名：《复贵盈门》，由起点女生网（http://www.qdmm.com/）授權出版。

定價250元
狗屋劃撥帳號：19001626
網址：love.doghouse.com.tw　E-mail：love@doghouse.com.tw
版權所有．翻印必究　倘有倒裝、缺頁、污損請寄回調換